THE OMNIPOTENT BRACELET

전능의 팔찌 2부 10

김현석 현대 판타지 장편소설

초판 1쇄 찍은 날 § 2024년 7월 19일
초판 1쇄 펴낸 날 § 2024년 7월 26일

지은이 § 김현석
펴낸이 § 서경석

총괄팀장 § 황창선
편집책임 § 양준
디자인 § 스튜디오 이너스

펴낸곳 § 도서출판 청어람
등록번호 § 제387-1999-000006호
등록일자 § 1999. 5. 31
어람번호 § 제1-3231호

본사 § 경기도 부천시 부일로 483번길 40 서경B/D 3F (우) 14640
편집부 § 서울특별시 구로구 디지털로 272 한신IT타워 404호 (우) 08389
전화 § 02-6956-0531 팩스 § 02-6956-0532
http://www.chungeoram.com
E-mail § chungeorambook@daum.net

ISBN 979-11-04-92517-7 04810
ISBN 979-11-04-92499-6 (세트)

MODERN FANTASTIC STORY

THE OMNIPOTENT BRACELET

2부

김현석 현대 판타지 소설

전능의 팔찌 2부

THE OMNIPOTENT
BRACELET

목차

10권

Chapter 01 투자제국의 황제 ·· 7

Chapter 02 다이안, 기록을 깨다! ·· 31

Chapter 03 연습이 지겨워요? ·· 57

Chapter 04 야구 할 줄 아십니까? ·· 81

Chapter 05 인적사항을 알려주세요 ·· 105

Chapter 06 대표님! 저예요 ·· 129

Chapter 07 오자공이 뭘까? ·· 153

Chapter 08 빨래해주는 여자 ·· 177

Chapter 09 선수 등록을 하다! ·· 201

Chapter 10 챔피언 결정전 ·· 225

Chapter 11 사람은 고쳐 쓰는 게 아냐 ·· 249

Chapter 12 드디어 시험 ·· 273

Chapter 13 저도 따라 갈래요! ·· 297

Chapter 01

투자제국의 황제

인터내셔널 이코노믹에 보도된 이 자료의 배후엔 미국연방 국세청 IRS(Internal Revenue Service)가 있다.

남아공 국적 하인스 킴은 어느 날 갑자기, 아무런 예고도 없이 툭 튀어나온 인물이다. 그런데 미국 증시에서 엄청난 돈을 벌었고, 계속해서 벌고 있다.

미국연방국세청에서 조사한 자료에 의하면 하인스 킴은 프리토리아 의대를 졸업하고, 인턴을 마친 초보 의사이다.

그러고는 한국으로 건너가 내내 그곳에 머물고 있으며, 겨우 서른 남짓한 사내이다. 여기까지는 특별할 것도 없다.

그런데 전 세계 투자자들의 흠모를 한 몸에 받고 있다.

유사 이래 어느 누구도 따르지 못할 만큼 무지막지한 투자 수익률을 올리고 있는 때문이다.

노래를 작곡한 저작권료로 시작한 돈은 불과 반년 만에 5만배가 넘는 돈으로 불어났다.

뉴욕 타임스의 보도 이후 이것에 대한 철저한 조사가 실시되었다. 언제, 어디서, 어떤 방법으로, 얼마만큼의 수익을 올렸는지에 대한 면밀한 조사였다.

분명히 불법적인 무엇인가가 있다 생각한 것이다. 하지만 조사 결과는 완전한 합법이었다.

다시 말해 조금의 흠집도 잡아낼 수 없는 완벽한 투자 수익이었다. 물론 세금도 다 납부되었다.

그간의 주식투자를 자세히 살펴보니 거의 전부 발목일 때 매입하여 어깨에 달했을 때 팔았다.

발바닥에 사서, 머리 꼭대기까지 올랐을 때 팔았다면 더 많이 벌었겠지만 그러지 않았으니 매우 신중한 투자였다.

물론 손해를 본 것도 있다. 놀라운 것은 적중률이다. 실패한 것은 1% 남짓이고, 나머지는 몽땅 엄청난 수익이었다.

도저히 믿기지 않는 일이다. 하여 전문가들을 총동원하여 여러 번 복기(復碁)까지 실시하였다. 매번 다른 전문요원들이 투입되어 하나부터 열까지 완전하게 파헤쳤던 것이다.

그런데도 아무런 문제가 없었다.

의대를 졸업한 의사가 어떻게 단 한 번의 실수도 없이 승승

장구하여 무지막지한 수익률을 얻었는지는 의문이다.

하지만 트집 잡을 것은 전혀 없다.

누가 봐도 투자할 만한 곳에 투자하였다. 면밀히 검토해 보니 그 시기에 가장 큰 수익을 얻을 곳이었다.

다시 말해 지구에서 가장 큰 수익을 얻을 곳만 골라서 그야말로 시기적절하게 투자했던 것이다.

4월 22일에 있었던 구마모토 지진과 4월 24일의 에콰도드의 지진, 그리고 6월 24일 영국의 브렉시트를 알고 있었다는 듯 세계 각국에서 콜옵션[1] 과 풋옵션[2] 을 행사했다.

그 결과 상당히 많은 돈을 벌어들인 것이다.

아무튼 죽었다가 환생하여 한번 살았던 인생을 다시 사는 것이 아니라면 그야말로 귀신같은 투자였다.

이에 IRS는 하인스 킴의 투자에 관한 연구팀을 만들었다.

상당히 많은 미국인 투자자들이 손해를 봤기에 조금이라도 불법적인 요소가 있다면 즉각 제재를 가하려는 것이다.

FBI도 두려워하지 않는 범죄계의 거물도 미국연방국세청의 추적에는 전전긍긍한다. 하여 할리우드 영화의 클리셰[3] 중 하나로 자리 잡았을 정도이다.

미국 마피아의 거두였던 알 카포네(Al Capone)도 IRS에게 탈

1) 콜옵션(call option) : 옵션거래에서 특정 기초자산을 만기일이나 만기일 이전에 미리 정한 행사가격으로 살 수 있는 권리

2) 풋옵션(put option) : 옵션거래에서 특정 기초자산을 장래의 특정시기에 미리 정한가격으로 팔 수 있는 권리를 매매하는 계약

3) 클리셰(cliche) : 진부한 표현 혹은 상투구를 칭하는 비평 용어

세 혐의로 덜미를 잡힌 바 있다. 그 결과는 몰락이었다.

여러 사람을 죽이고도 법망을 잘 피해갔지만 세금만은 피할 수 없었던 것이다.

어쨌거나 무지막지한 투자수익률의 비결을 알기 위해 하인스 킴과 접촉하려는 무리들은 무수히 많다.

'투자의 귀재' 라 칭해지는 워렌 버핏(Warren Buffett)과 '투자의 신' 이라 불리는 조지 소로스(George Soros)라 하여 예외는 아니다.

이들 뿐만 아니라 월스트리트의 모든 투자사들이 하인스 킴을 영입하기 위해 행적을 추적하고 있다.

그런데 계속 한국에만 머물고 있었다.

에이프릴 증후군 때문에 입출국이 엄격히 제한된 국가인지라 만나고 싶어도 그럴 수가 없어 속이 타는 중이었다.

그러다 아제르바이잔으로 갔다는 소문이 돌자 곧바로 비행기를 탔던 이들이 있다.

심지어 킨샤사까지 왔던 인물도 있다.

이들의 공통적인 생각은 현수의 한마디를 제대로 파악하면 거액의 수익을 보장받을 수 있다는 것이다.

하지만 불행히도 만날 수가 없었다.

콩고민주공화국 정부로부터 물샐틈없는 경호를 받고 있었던 때문이다. 그런데 다시 한국으로 돌아갔다.

또다시 그림의 떡이 되어버린 것이다.

에이프릴 증후군에 걸려 비명과 신음을 내지르고 싶지 않으면 절대로 가면 안 되는 곳이기 때문이다.

2016년 9월 중순부터는 아파트 옥상 등에서 뛰어내리는 자들이 속출하고 있다. 극심한 고통을 견디지 못하여 스스로 목숨을 끊기 시작한 것이다.

그 숫자는 결코 적지 않다.

2016년 1분기의 OECD 주요국 자살률은 다음의 표와 같다. 이는 인구 10만 명당 표준화 자살률이다.

순위	국가명	자살률
1	대한민국	25.8명
2	라트비아 · 슬로베니아	18.1명
3	일본	16.6명
4	헝가리	16.2명
5	벨기에	15.8명
6	에스토니아	14.1명
7	미국	13.8명
8	폴란드	13.5명
9	핀란드 · 프랑스	13.1명
	OECD 평균	11.3명

대한민국 자살률은 OECD 평균의 2.3배 가까이 된다.

왜 이렇게 많은 이들이 스스로 목숨을 끊을까? 그리고 언제부터 대한민국의 자살률이 세계 1위였을까?

아마도 IMF 구제금융 시기부터였을 것이다.

긴 공부시간, 치열한 취업준비, 그리고 고된 근무시간과 짧은 정년, 아울러 과도한 경쟁을 불러일으킨 학벌 위주인 사회 분위기가 원인일 것이다.

그런데 여기에 극심한 경제난까지 가세했기에 자살률이 크게 늘어나 세계 1위가 된 것이다.

설상가상으로 에이프릴 증후군이 더해졌다. 하여 자살률은 훨씬 더 큰 폭으로 늘어났다.

인구 10만 명당 25.8명이었는데 55.2명으로 대폭 늘어난 것이다. 이는 OECD 국가 평균의 5배 정도이고, 자살률 2위인 라트비아와 슬로베니아에 비해도 3배 이상이다.

이제 대한민국의 자살률은 어느 누구도 따라올 수 없는 명실상부한 세계 1위 자리를 굳히고 있다.

그런데 이밖에도 상당히 많은 분야에서 세계 1위이다.

교통사고 사망률 세계 1위이고, 보행 중 사망률도 세계 1위이다. 뿐만 아니라 산업재해 사망률도 세계 1위이고, 40대 남성 사망률도 세계 1위이다.

별 거지 같은 분야까지 세계 최고가 된 것이다.

어쨌거나 자살률 세계 1위의 이유가 뭔지 분석한 기사가 있다. 다음이 그 내용이다.

첫째는 너무나도 각박한 경쟁 때문이다.

유치원 입학부터 정년퇴직 때까지 모든 게 경쟁이다.

그리고 어떠한 경쟁이든 한번이라도 실패하거나 뒤처지면 다시는 주류에 끼일 수 없는 분위기가 굳어졌다.

둘째는 매사가 돈 중심이다. 돈을 위해서라면 무엇이든 하겠다는 분위기가 팽배되어 있는데 빈부격차가 너무 크다.

이밖에도 많은 이유들이 있다.

어쨌거나 2016년 9월의 대한민국은 극심한 불경기이다. 그래서 생활고로 인한 자살자가 적지 않다.

그런데 이들보다 훨씬 더 많이 자살한 사람들은 결코 가난하게 살지 않았다.

국회의원, 정치인, 아나운서, 기자, 판사, 검사, 변호사, 장관, 차관, 공무원, 군인, 경찰 등이 엄청나게 자살하고 있다.

전부가 고소득자이고, 철밥통이다. 그리고 전 · 현직이 망라되어 있다.

거의 매일 누군가가 옥상에서 뛰어내리기에 뉴스에서는 언급도 하지 않는다. 너무 흔한 일이라 그렇다.

대신 방송 말미에 '오늘의 사망자' 라는 코너가 새로 생겼다. 이를 보려고 기다리는 시청자들이 대폭 늘어났다.

방송국 게시판에는 다음과 같은 글들이 올라온다.

—어휴! 그놈 참 잘 뒈졌다. 축! 사망. ^^

—그러게, 나쁜 짓 많이 하더니 천벌받은 거야.

—쌤통~! 뒈져도 싸다. 곧바로 지옥으로~!

—국회의원일 때 꼴통 짓 많이 하더니 결국 갔군.

—잘 가라. 네 고향 지옥으로!

—기레기는 쓰레기장으로…….

—뒈진 걸 보니 군납 비리가 사실이었구나.

—지 맘대로 판결하더니 지 목숨도 마음대로 끊네.

애도나 추모보다는 비아냥거림이 대부분이다.

이는 '어제 자살자의 정보' 라는 사이트 www.ysi.net 때문이다. Yesterday' s Suicide Information의 이니셜이다.

이 사이트엔 어제 자살한 사망자들에 대한 자세한 정보가 실시간으로 업로드되고 있다.

어디에서 올리는지, 누가 올리는 것인지, 어떻게 자료를 확보했는지는 알 수 없다.

그런데 이 사이트에 가보면 어제 자살한 자들이 생전에 언제, 어디서, 누구와, 어떤 짓을, 어떻게 저질러서, 어떤 결과를 빚어냈는지를 낱낱이 밝혀놓았다.

기레기를 예로 들면 생전에 쓴 기사들이 모두 게시되고 그 내용이 조목조목 반박되어 있다. 명명백백한 증거자료까지 같이 올라가 있기에 신뢰도 100%이다.

아울러 어떤 생활을 했는지도 다 올라가 있다. 금품수수, 횡령, 뇌물, 협잡, 불륜, 외도, 정보 조작 등이다.

금품을 수수한 자, 불륜과 외도의 상대 및 유족들은 지우고 싶겠지만 삭제 불가능이다.

사이트 차단도 마찬가지이다.

하여 죽은 자들이 저지른 온갖 범죄 및 부도덕 행위가 만인의 눈앞에 고스란히 공개되고 있다.

스스로 목숨은 끊을 수 있었지만 생전의 죄는 조금의 가감도 없이 언제든 확인 가능한 역사로 남았다.

디지털계의 신(神)인 도로시가 떡 버티고 있는 때문이다.

하여 에이프릴 증후군에 걸린 년놈들은 뭔가 문제가 있으며, 조만간 죽게 된다는 것이 사회통념이 되었다.

하여 에이프릴 증후군에 걸린 가족이 있으면 사회적으로 기피대상이 되고 있다. 사회적 왕따가 되고 있는 것이다.

그럼에도 부당하다는 의견은 거의 없다.

나쁜 짓으로 돈을 벌어 그간 떵떵거리며 살면서 온갖 갑질을 하며 횡포를 부렸는데 어찌 그들을 동정하겠는가!

그랬다가는 본인 또한 왕따의 대상이 될 수 있다.

어쨌거나 신형섭 사장은 현수를 그윽한 시선으로 바라보고 있다.

"그래, 조차지 공사는 언제부터 시작할 생각이신가?"

"대통령 재가가 떨어지면 곧바로 사람부터 모아야지요. 사업을 진행하려면 상당히 많은 인재가 필요하니까요."

"그런가? 우리는 뭐를 준비하면 되겠는가?"

"기술인력이죠. 건설장비는 제가 준비합니다."

건설장비에는 굴삭기, 불도저, 그레이더, 페이로더, 크레인, 진동로더, 지게차 등이 있다. 이것들은 도로시가 인수해놓은 두산 인프라코어 등에서 생산하는 품목이다.

이밖에 덤프트럭, 레미콘 트럭, 콘크리트 펌프카 등이 필요한데 이것들 역시 국내 생산이 가능하다.

뿐만 아니라 벌목기, 조재기, 직재기, 굴삭기톱 등 벌목장비도 필요하다. 이것 역시 국내 제작이 가능하다.

"그렇겠군! 알겠네. 그나저나 잉가댐 수주 가능성은 어느 정도로 보고 있는가?"

"공사비가 40억 달러 미만이라면 100%입니다."

마지노선이 정해져 있다는 뜻이다.

"…저, 정말인가?"

"네! 조제프 카빌라 대통령님께서 제게 직접 말씀하신 겁니다. 그러니 너무 쥐어짜지 않아도 됩니다. 변수가 상당히 많은 공사가 될 테니까요."

"으잉? 변수가 많다고?"

"네! 잉가댐 현장 인근에 반군거점이 있습니다. 지나 건설사가 공사를 포기한 이유가 그들의 공격 때문이었습니다."

"뭐? 뭐라고? 반군이 현장을 공격했다고?"

미처 모르고 있었다는 듯 몹시 놀란 표정이다.

*　　　*　　　*

"네! 여러 차례 공격하였답니다. 건설국장이 말하길 그래서 적지 않은 피해를 입었었다고 했습니다."

"끄응……!"

전혀 예상치 못했던 복병을 만난 듯 나지막한 침음을 낸다. 실제로 반군에 관한 것은 공사비 책정에 전혀 반영되지 않고 있었던 것이다.

"그러니 외곽에 경계 근무자 배치를 고려해야 합니다."

"…알겠네. 충분히 참고하겠네. 근데 무기는……?"

대한민국 남자들에겐 병역의 의무가 있다.

하여 남자 직원 대부분이 예비군이다. 따라서 경계근무엔 어려움이 없다. 문제는 무기이다.

어떻게 구해야 할지 감조차 잡히지 않는다.

"K2소총과 K5권총, K2전차, 그리고 K21보병전투장갑차와 K9자주포, KUH 수리온과 FA-50은 구해 드릴게요."

"뭐, 뭐라고? 방금 뭐라고……."

방금 언급된 것들은 돈이 있다 하여 살 수 있는 것이 아니다. 모두 인명을 살상할 수 있는 무기인 때문이다.

어디서 살 수 있는지조차 알 수 없다. 하여 신 사장이 머뭇거릴 때 현수의 입이 열린다.

"무기는 제가 방위사업청과 협의하겠습니다. 반군들이 엄두도 내지 못할 만큼 충분히 공급하도록 하죠."

방위사업체 전부를 소유하고 있기에 어려운 일은 아니다. 국내 배치가 아니라 대외 수출인 때문이다.

"그, 그런가? 알겠네."

어떤 방법을 쓸지 알 수는 없지만 개인화기는 물론이고, 장갑차와 탱크, 그리고 헬기와 전투기까지 공급해준다고 한다. 여기에 자주포 추가이다.

이쯤 되면 엄청나게 막강한 전력이다.

콩고민주공화국 반군들이 어떤 무장을 하고 있는지 몰라도 대한민국 예비군을 당해내지는 못할 것이다.

군대용어로 초전박살이 될 확률이 매우 높다.

"다시 말씀드리지만 40억 달러 미만이어야 합니다."

"알겠네. 참조하지. 걱정 마시게."

신 사장을 고개를 끄덕였다. 견적실로부터 들은 이야기가 있는 때문이다.

천지건설 견적실에서 뽑아

본 공사금액은 29억 달러 남짓이다. 킨샤사에서 현장까지의 임시도로 개설 포함이다.

여기에 마진을 얼마나 얹을지는 임원들이 결정하게 된다. 최종 견적금액이 나온 후 상황 봐서 정하면 된다.

실제로는 이보다 훨씬 덜 든다.

품삯을 한국인 노무자에 맞춘 것이기 때문이다.

2016년 9월 현재 건설현장 잡부 일당은 12만 원 정도이다.

한편, 콩고민주공화국 잡부는 이보다 훨씬 적다.

둘이 똑같이 30일간 일했다면 한국인은 360만 원을 받는데, 콩고민주공화국에선 많이 받아야 8만 원이다.

워낙 인건비가 싼 데다가 실업자가 많아서이다.

해외공사이므로 건축기사, 토목기사 및 각 분야의 기술자들에게 더 많은 급여 또는 더 많은 일당을 지급해야 한다.

그럼에도 절대다수인 일꾼들의 일당이 훨씬 적으므로 실공사비는 25~26억 달러 정도가 될 것이다.

게다가 현장까지의 도로는 지나 건설사가 일단 한 번 뚫어놨던 것이기에 새로 만드는 것보다 훨씬 비용이 덜 든다.

어쨌거나 예상 공사기간은 3년 6개월이다. 이것 역시 도로를 개설하는 기간 포함이다.

일단 도로가 뚫리면 곧바로 물량을 투입하여 속전속결해야 한다. 고온다습한 기후와 10월부터 5개월간 지속되는 우기(雨期)를 고려해야 하는 때문이다.

무장한 반군의 공격을 대비하는 것에는 그리 큰돈이 들지 않을 것이다. 백수인 예비군이 지천에 널려 있는 때문이다.

따라서 마지노선이 40억 달러 미만이라면 그에 맞추는 건 어렵지 않으니 잉가댐과 수력발전소 건설공사 또한 천지건설이 수주하게 된 것이나 마찬가지이다.

'흐음! 지사 조직부터 제대로 갖춰야겠군. 그럼 이춘만을 차장으로 진급시키는 것으로는 부족하지.'

공사 규모가 40억 달러나 되는데 그곳 지사장이 차장 직급이라면 말이 안 된다. 이뿐만 아니라 현수가 얻은 조차지에서도 어마어마한 공사가 쏟아져 나올 예정이다.

이것 역시 킨샤사 지사가 관장한다.

현수는 이춘만 지사장을 콕 집어서 진급시켜 주라고 했다.

알게 된 것이 얼마 안 된 것이 분명하지만 현수의 마음을 단단히 사로잡은 듯싶다.

이럴 땐 선제적 대응을 해서 환심을 사야 한다.

하여 슬쩍 메모를 했다. 킨샤사 지사장 이춘만을 즉시 부장으로 진급시키고 정상적인 지사로 만든다는 것이다.

당장은 부장으로 승진되지만 조차지 개발공사까지 수주하게 되면 이사나 상무로 진급시켜야 할 것이다.

건축, 토목, 전기, 설비 등의 분야별 책임자가 부장급으로 파견되기 때문이다. 아무튼 이춘만은 조만간 두 계급 승차라는 기쁨을 맛보게 될 것이다.

이는 긴 시간 동안 만년 과장으로 보낸 것과 부당한 귀양살이를 한 것에 대한 충분한 보상이 될 것이다.

이런 걸 보면 현수 근처에 얼쩡거리면 신분 상승이라는 엘리베이터를 타게 되는 듯싶다.

이걸 타고 가장 높이 올라간 것은 '다이안' 이다.

인기가 없어 해체되었던 걸그룹이었는데 일약 세계적인 아티스트가 되었다. 10단계 이상 오른 셈이다.

Y—그룹에서 책임자 직급을 얻은 이들도 신분 상승한 것이나 다름없다.

일용직 근로자로 떨어졌던 Y—엔터 조연 지사장은 연봉 6억 원인 CEO가 되었다.

노숙자였던 박근홍은 Y—어패럴 부사장이 되었다. 근홍의 연봉 또한 6억 원이다. 조연과 형평성을 맞춘 것이다.

권지현의 남편인 김인동도 건설현장 잡부에서 Y—스틸 과장이 되었다. 조만간 부사장으로 진급시킬 예정이다.

강연희의 남편 곽진호는 Y—에너지 배터리 사업부를 총괄하는 본부장이 될 예정이고, 주인철은 태양광발전 사업부 본부장으로 승차하게 된다.

Y—메디슨 민윤서는 조만간 자살할 상황이었는데 지금은 아주 정열적으로 부사장 직을 수행하고 있다.

Y—코스메틱의 태정후 전무와 이예원 이사도 나락으로 떨어질 상황에서 극적으로 건져 올려졌다.

다음으로 덕을 본 건 김지윤과 조인경이다. 불과 6개월 만에 대리에서 부장으로 수직 상승했다.

신형섭도 수혜자 중 하나이다. 여전히 천지건설 대표이사직을 유지하는 것이 그 증거이다.

어쨌거나 현수 근처에서 얼쩡거리면 좋은 일이 생긴다는 걸 사람들이 알면 많이 귀찮아질 것 같다.

*　　　*　　　*

"대표님! 정말 오래간만입니다."

Y—엔터 조연 지사장의 말이었다. 그의 곁에는 조환 수석 매니저가 서 있다. 지하에 주차하고 올라오다가 1층 현관에서 현수를 만나 이곳까지 동행한 것이다.

'지현에게'와 '첫 만남'은 지난 4월에 발표되었다. 외국에는 To Jenny와 First Meeting으로 발표되었다.

아일랜드 데프 잼 레코딩스의 수석 매니저 올리버 캔델은 약속을 지켰다.

곡을 발표하고 3개월 이내에 빌보드 차트 10위 안에 오르면 라스베이거스 MGM 그랜드 가든 아레나에서 콘서트를 열어주겠다던 것이다.

사실 이 약속을 할 때는 실현 가능성을 매우 낮게 보았다. 미국에선 동양인이 성공하기 매우 어렵기 때문이다.

그런데 지현에게는 불과 7일만에 빌보드 10위에 랭크되었다. 이때 첫 만남은 13위였다.

문제는 다이안이 발표한 곡이 딱 두 곡 뿐이라는 것이다.

처음 데뷔 때 발표했던 곡은 한국에서도 중간 정도였고, 후속곡은 그야말로 완전히 폭망한 곡이다.

하여 이를 부를 수는 없다. 문제는 콘서트 시간이다.

달랑 두 곡만 부르고 내려오면 10분도 안 걸린다. 이런 걸 어찌 콘서트라 하겠는가!

이에 아일랜드 데프 잼 레코딩스는 소속사 아티스트들을 찬조 출연시켜 무대를 빛나게 했다.

본 조비, 머라이어 캐리, 저스틴 비버, 엘튼 존, 어셔, 저메인 듀프리 등이 동원되었던 것이다.

다이안은 두 곡으로 무대를 열었고, 이 두 곡은 다시 엔딩 곡으로도 불렀다. 그런데 열화와 같은 앙코르가 있었다.

하여 두 번이나 더 불렀다. To Jenny와 First Meeting이 네 번씩이나 불린 것이다.

이게 제대로 방송을 탔다. 같은 곡을 네 번이나 부르는 경우는 거의 없었기에 뉴스가 된 것이다.

전국방송인 NBC 덕분에 미국 전체에 다이안이 알려졌다. 그 결과는 10주간 빌보드 차트 1위 랭크였다.

이때 First Meeting은 2위였는데, 10주 후 To Jenny를 밀어내고 기어코 빌보드 1위에 올라섰다.

이는 미국이나 캐나다뿐만이 아니다.

두 곡은 영국, 프랑스, 독일, 스웨덴, 스페인, 스웨덴 등 유럽 각국과 필리핀, 태국, 베트남, 일본, 지나 등 아시아 각국의 차트에서도 1위와 2위로 군림하기 시작했다.

그러다 남미와 중동 지역을 포함한 전 세계적인 인기를 끌고 있는 중이다.

미국은 엘비스 프레슬리나 마이클 잭슨, 영국에선 비틀즈,

스웨덴에선 ABBA를 능가하는 뮤지션으로 평가하고 있다.

듣는 것만으로도 마음이 편안해지고, 질병이 치유되는데 어찌 안 그렇겠는가!

이때부터 대한민국 유일의 S급 아티스트 그룹으로 불렸다. 걸 스룹의 '걸(Girl)' 자를 떼어냈던 것이다.

현수가 약속한 대로 다이안은 3개월간 활동하고, 1개월간 휴식을 취했다. 멤버들은 환호성을 지르며 바하마 저택으로 몰려갔고, 그야말로 환상적인 휴가를 즐겼다.

그러고는 곧바로 후속곡 연습을 하면서 바하마를 배경으로 한 뮤직비디오를 찍었다.

8월에 발표되었는데 Y—엔터는 7월 중순부터 홈페이지에 다이안의 복귀를 예고했었다.

그 결과는 유투브에서 '24시간 동안 가장 많이 본 비디오' 세계기록 경신이다.

이전의 최고 기록은 아리아나 그란데의 'Thank U, Next' 의 5,540만 회였는데 무려 8,753만회를 기록한 것이다.

너무 압도적이라 다들 깜짝 놀랐다.

그런데 이게 끝이 아니다. '최단시간 1억 뷰' 기록도 단숨에 깨버렸다. 불과 25시간 2분 7초만의 일이다.

24시간 이후 불과 1시간 2분 7초 동안 무려 1,247만 번이나 재생되었던 것이다. 유투브 전문가들은 당분간 깨지지 못할 기록이라는데 모두가 동의했다.

아무튼 다이안은 현재 걸 그룹이 아니라 슈퍼 아티스트 그룹으로 분류되고 있다. 걸 그룹이라는 명칭으로 부르기엔 너무 커버린 결과이다.

그리고 방송계의 절대 '갑(甲)' 이 되었다.

방송사들이 정한 음악방송 출연료는 너무나도 짜다.

데뷔 10년 정도의 솔로 가수가 새 앨범으로 컴백하면 제일 먼저 가요 순위 프로그램에 출연하려고 애쓴다.

한번 나갈 때마다 수백만 원의 돈이 든다.

한껏 힘을 준 의상부터 헤어와 메이크업에도 많은 돈이 들고, 백댄서도 돈을 줘야 고용된다.

그런데 지급되는 출연료는 40만 원을 약간 넘긴다. 방송사가 3개이니 한곳 당 13만 5,000원쯤 지급하는 것이다.

가수의 노력과 투자에 대한 대가라고 하기엔 너무 적다.

생방송되는 프로그램에 출연하려면 새벽부터 움직여야 한다. 의상을 챙겨야 하고, 머리 손질도 해야 하며, 메이크업도 받아야 한다.

방송국에 당도해서는 드라이 리허설[4] 과 카메라 리허설을 한다. 중간 중간 프로그램에 쓰일 영상도 따줘야 한다.

이 모든 게 끝나야 비로소 생방송에 출연하여 3~4분짜리 무대를 갖고 내려오는 것이다.

4) 드라이 리허설(dry rehearsal) : 텔레비전 방송에서 카메라를 사용하지 않고 하는 연습

해 뜨자마자 출근해서, 하루 종일 기다렸다가 늦은 오후 또는 밤이 되어야 간신히 퇴근한다.

따라서 이날은 다른 스케줄을 잡을 수 없다.

그렇게 해서 받은 출연료는 본인과 매니저, 로드매니저, 코디네이터, 메이크업 담당 등의 도시락 값 정도밖에 되지 않는다.

머리 손질한 돈도 안 되는 경우가 많다.

한편, 방송사에서는 거액의 광고료를 받는다. 그런데 아티스트들에겐 정말 쥐꼬리만큼만 주는 것이다.

솔로 가수는 혼자니까 차라리 낫다.

2015년에 보도된 바에 따르면 모 방송사는 멤버 수에 관계없이 신인이면 10만 원을 지급했다.

5인조 그룹이면 1인당 2만 원이고, 9명으로 구성된 그룹이라면 두당 11,000원이다. 세전금액이 이러하다.

그런데 이런 가요 순위 프로그램은 홍보효과가 엄청난 것이 결코 아니다. 조사된 자료에 의하면 방송 3사의 음악방송은 시청률은 1.7%~3%에 불과했다.

이렇듯 바닥인 시청률은 이미 오래전부터였다.

그럼에도 컴백하는 가수들에게 있어 음방은 선택이 아닌 필수다. 대중들에게 무대를 보여줄 곳이 없는 때문이다.

하여 매니저들은 어떻게든 '존경하는 PD님' 또는 '위대하신 CP님' 을 알현하기 위해 예능국 앞을 서성인다.

그러다 눈에 뜨이면 식사라도 같이 하자고 달라붙어야 간신히 출연이 가능해진다.

상황이 이러니 방송사들이 '갑질' 을 하는 것이다.

몇몇 세상 물정 모르는 PD들은 뇌물 또는 성상납을 받았다가 공개적인 망신을 당했고, 신세까지 망쳤다.

어쨌거나 방송사 입장에서는 가수들이 신곡을 PR하려고 나오는 거니 출연료를 많이 줄 필요가 없다고 생각한다.

하여 가끔은 쥐꼬리 같던 출연료를 내리는 경우도 있다.

그럼에도 연예기획사들은 항의 한번 못 해본다. 절대 갑인 방송사와 척을 지면 좋은 꼴을 못 보기 때문이다.

아무튼 방송 수익의 대부분은 '방송사가 꿀꺽' 하는 시스템으로 굳어진 상태이다.

예전엔 다이안도 이런 대접을 받았다.

데뷔무대에 3,000만 원 가까운 비용을 들였는데 출연료는 달랑 10만 원이었다. 1인당 2만 원이라 그걸 보고 웃었다.

물론 씁쓸한 웃음이다.

아무튼 출연 요청은 많고, 음악방송은 많지 않다.

골라잡을 수 있는 선택권이 방송사에 있으니 절대 갑의 입장이라 온갖 생색을 낸다.

Chapter 02

다이안, 기록을 깨다!

한편, 다이안은 현재 세계 각국의 방송사에서 서로 와달라고 애원하는 슈퍼스타가 되었다.

그렇기에 굳이 국내 방송사 출연에 목을 맬 이유가 없다. 그리고 방송사가 정한 출연료에 결코 동의할 수 없다.

다시 말해 푼돈 받고는 굳이 움직여줄 이유가 없다. 그래서 방송사에서 애걸복걸했지만 바쁘다는 핑계를 댔다.

그럼에도 계속 전화가 걸려왔다. 이에 Y—엔터에서는 각 방송사에 출연 조건을 제시했다.

1. 무대 설치 비용과 의상, 헤어, 메이크업 등 출연에 필요한 모

든 것은 방송사가 부담한다.

2. 다이안의 위상에 걸맞는 출연료를 지급한다. (한 곡을 부를 때마다 1인당 1,500만 원 정도).

3. 대기시간을 줄이기 위해 드라이 리허설 없이 카메라 리허설만 참가한다.

4. 전용 대기실을 제공하여야 한다.

5. 인터뷰는 10분을 넘기지 않는다.

이를 받아본 방송사들이 거친 항의를 했다.

—헐~! 한마디로 미쳤군! 어디서 감히…….

—그러게 한번 뜨니까 눈에 보이는 것이 없나 봐.

—좋아, 어디 한번 두고 보지. 계속 잘될까?

—니들이 언제까지 잘나갈 것 같아?

—앞으로 Y—엔터 소속은 출연 안 시킴!!!

Y—엔터에선 이에 일체 대응하지 않았다. 대신 BBC에서 보내온 전세기를 타고 영국으로 날아갔다.

곧이어 스페인, 프랑스, 이탈리아, 독일 등 유럽 각국에서 성황리에 공연을 마쳤다는 외신이 있었다.

모든 공연이 매진되었고, 표를 구하지 못한 팬들이 발을 동동 굴렀다는 것은 후문이다.

이 공연의 결과를 외신들이 보도한 내용이다.

하여 다이안의 위상은 한 단계 더 업그레이드되었다.

귀국하던 날, 방송 관계자들이 일제히 공항까지 가서 다시금 출연 요청을 했지만 전부 거절되었다.

미국과 캐나다 등지에서의 순회공연 일정이 빡빡하게 잡혀 있었기 때문이다.

한국의 방송사들은 어떻게 한 번이라도 출연시키려고 여러 경로를 통해 선을 댔지만 뜻을 이루지 못하였다.

올해는 연말까지 스케줄이 꽉 찼을 뿐만 아니라 2017년에도 출연할 수 있을지 모르겠다는 대답을 들었을 뿐이다.

이건 허장성세가 아니라 실제로 그러하다.

미국의 방송사 NBC에서는 전세기를 제공할 테니 제발 출연해달라고 요청을 했고, 라스베이거스 MGM 그랜드 가든 아레나에선 언제든 출연하겠다고만 하면 즉시 무대를 비우겠다는 통보를 해왔다.

콧대 높기로 이름 높은 '카네기홀'에서도 다이안에겐 언제든 무대를 열어줄 테니 말만 하라는 메시지를 보냈다.

한마디로 세계적인 인지도를 가진 슈퍼스타로 인정받은 것이다.

따라서 한국의 방송사들을 상대로 전혀 아쉽지 않은 상황이 되었다.

"다이안이 잘나간다면서요? 수고 많으셨네요."

"에고, 저희가 무슨 일을 했다고…."

조연 지사장은 부담스럽다는 듯 겸연쩍은 표정을 짓는다.

"맞습니다. 스태프들의 노력보다는 곡이 가진 힘이 워낙 좋아서 그렇게 된 거라 생각합니다."

조환 매니저의 말이었다.

"후속곡도 잘나간다면서요?"

"네! '지현에게' 나 '첫 만남' 못지않습니다."

"'잠자리와 나비' 는 빌보드 4위, '나만의 그대' 는 5위에 랭크되어 있습니다. 다음 주면 톱3에 들어갈 것 같아요."

조연 지사장에게 있어 빌보드 차트 1위는 이제 대수롭지 않은 일이 되어버렸다.

'지현에게' 가 연속 10주 1위를 했고, '첫 만남' 은 내내 2위를 랭크했다.

사람들은 모차르트와 살리에리(Antonio Salieri)[5] 를 예로 들며 첫 만남도 좋은 곡이라고 칭찬했다.

'지현에게' 의 멜로디가 워낙 감미롭고 아름다워서 '첫 만남' 이 1위로 올라가지 못할 것이라 생각한 것이다.

이를 비웃기라도 하듯 11주차에 기어이 1위에 올랐고, 8주 연속 빌보드 1위를 했다. 이때는 '지현에게' 가 2위였다.

---

5) 안토니오 살리에리 : 이탈리아 음악가. 모차르트를 넘지 못한 비운의 천재. 베토벤, 슈베르트, 리스트의 스승

어쨌거나 18주면 넉 달이다. 3개월 활동 후 1개월 휴식이 끝날 때이다.

'첫 만남' 이 1위이고, '지현에게' 가 2위일 때 후속곡들이 발표되었고, 곧바로 톱10에 진입했다.

톱10 중 1, 2, 4, 5위가 다이안의 곡이 된 것이다.

기대심리 덕분이었는데 다이안은 이를 실망시키지 않았다는 평(評)을 듣고 있다.

하여 조만간 1위곡이 바뀔 것으로 예상하고 있다.

아무튼 한국을 제외한 첫 주의 전 세계 앨범 판매량은 1,000만 장이다. 사실은 더 팔릴 수 있었다.

아일랜드 데프 잼 레코딩스에서 찍어낸 앨범의 숫자가 딱 1,000만 장이라 그렇게 된 것이다.

다시 말해 없어서 못 팔았다.

아일랜드 데프 잼 레코딩스에선 설마 다 팔릴 거라고 예상하지 못했다.

하여 환호를 지르면서도 정신없이 더 찍으라는 주문 전화를 걸어야 했다.

아무튼 첫 주 1,000만 장은 비교 대상이 없는 세계기록이고, 2016년 전 세계 판매량 1위이다.

현재 추가로 2,000만 장을 더 찍고 있다.

한국은 이와는 별도로 찍었고, 그 또한 매진되었다. 초도물량으로 200만 장을 찍었는데 이틀 만에 몽땅 팔려 버린 것이다. 이걸 포함하면 첫 주 판매량은 1,200만 장이다.

실로 어마어마한 양이다.

한국에선 인터넷으로만 주문을 받았는데 이 중 1,000명에게는 멤버들의 친필 사인이 된 브로마이드가 증정되었다.

이를 갖고 싶은 팬들이 콘서트 티켓을 구할 때처럼 극성을 부렸다.

하여 부득이하게 1인 1매만 구입하도록 했음에도 매진 사태가 빚어진 것이다.

어쨌거나 지금은 300만 장을 더 찍고 있다. 이마저 다 팔리면 500만 장이다.

참고로, 다이안 1집은 아직도 팔리고 있는데 지금까지 9,750만 장이 팔려 나갔다. 이 수치는 한국 포함이다.

2015년 12월에 미국음반산업협회(RIAA)는 다음과 같은 발표를 한 바 있다.

지금껏 골드 플래티넘 앨범을 60년 가까이 시상해 왔지만 한 아티스트가 30회 멀티 플래티넘상을 수상한 적이 없다.

마이클 잭슨의 '스릴러(Thriller)'가 골드 · 플래티넘상 역사에 엄청난 업적을 세운 데 대해 존경을 표한다.

음반사 역사에 길이 남을 엄청난 성과다.

스릴러가 미국에서 3천만 장이 팔렸다는 뜻이다. 세계적으로는 1억 장 이상이다.

마이클 잭슨에겐 미안하지만 이 기록은 이미 다이안에 의해서 깨져 버렸다. 1집 미국 판매량은 4,500만 장이고, 여전히 팔리고 있다. 얼마나 더 팔릴지는 아무도 모른다.

적어도 스릴러보다는 훨씬 더 많이 팔릴 것은 자명하다.

'도로시! 지현에게가 실린 다이안 1집 총 판매량이 얼마나 되었지?'

'지금이요? 아니면 시공간 이동을 하기 전이요?'

'당연히 후자지.'

'그럼 429억 8,807만 6,654장이에요. 이리로 온 지 꽤 되었으니 지금은 더 팔렸겠지요. 판매 추이를 감안해서 추산해 보면 431억…….'

'그만!'

'넵!'

말 그대로 불후의 명곡이 되어 두고두고 사랑은 받았기에 세월이 지나도 계속 찍어냈고, 계속 팔린 것이다.

하긴 세계의 모든 음악 교과서에 실린 곡이다.

이 기록을 누가 깰 수 있겠는가?

시공간 이동 전의 사람들은 이런 이야기를 했다.

다이안의 기록을 깰 수 있는 건 오로지 다이안뿐이었다. 따라서 다이안의 기록은 아무도 못 깬다.

서기 4946년이 될 때까지 다이안만큼 세계인들의 사랑받은 아티스트가 없었던 것이다.

하니 이곳에서도 비슷한 양이 팔리지 않을까 싶다.

어쨌거나 다이안은 세계 1위에 등극하였고, 현재에도 그 자리를 견고하게 지키고 있다.

이러니 빌보드 차트가 대수롭지 않은 것이다.

하지만 현수는 아니다. 그게 어떤 의미인지를 안다. 그렇기에 진심으로 놀라는 듯한 표정을 지었다.

“정말요? 그렇게 되면 좋겠네요.”

현수의 말에 조환은 무슨 천부당만부당한 소리냐는 표정을 짓는다.

“대표님이 직접 작사, 작곡하신 건데 당연한 일이죠.”

조연, 조환 형제는 Y-엔터의 대표 하인스 킴이 세계 최고의 거부(巨富)라는 것을 알고 있다.

인터내셔널 이코노믹의 기사가 국내에도 알려진 것이다.

하여 하인스 킴이 국내에 대대적인 투자를 한다는 뉴스가 연일 보도되고 있다.

재경부 등은 혹시라도 하인스 킴의 마음이 변해 다른 나라로 날아갈까 싶어 그러는지 사전 검열이라도 하는 모양이다. 심기 거스를 내용 없이 몽땅 찬양일색인 것이다.

어쨌거나 형은 세계 최고의 거부가 세운 연예 기획사의 2인자이고, 아우는 세계 최고 아티스트의 매니저이다.

그렇기에 둘은 행복하며, 두려울 것이 없다.

"참! 플로렌은 어떻게 되었죠?"

플로렌은 2015년에 데뷔한 5인조 걸그룹인데 2번의 방송활동과 3번의 길거리 공연, 그리고 2개의 안무 동영상만 남긴 채 무대에서 멀어졌다.

여수 앞바다 해상사고를 오마주[6] 한 뮤직비디오 때문이다.

유치하고, 졸렬하며, 온갖 부정부패로 물든 현 정권과 그의 하수인들의 미움을 받아 반강제로 해체된 것이다.

소속사는 데뷔 2개월 만에 손을 들어버렸다. 야심차게 시작했지만 비굴함으로 끝낸 것이다.

"멤버들이 다시 규합은 했습니다만 메인 보컬을 맡은 친구의 성대에 문제가 있습니다."

"성대(聲帶)요? 병원에 데리고 가보세요."

"에고, 벌써 가봤지요. 성대결절이라 하여 치료는 받았는데 음성장애가 있어 수술해야 한답니다."

의학적으로 맞는 진단이다.

"그래요? 그럼, 수술은 언제 하죠?"

"그게… 주리가 수술을 거부하고 있습니다."

"주리요? 주리가 누군가요?"

6) 오마주(Hommage) : 일반적으로 타 작품의 핵심요소나 표현방식을 흉내 내거나 인용하는 것을 의미함

"아! 말씀 안 드렸군요. 주리는 메인 보컬의 이름입니다."

"그래요, 근데 왜 수술을 거부하죠?"

성대결절은 경우에 따라 수술하면 회복될 수 있기에 물은 말이다.

"자칫 고음 불가가 될 수 있어서 그렇답니다."

이 또한 맞는 말이다. 수술을 잘해도 가끔은 이런 결과가 빚어질 수 있다.

대표적인 실패 사례로 줄리 앤드류스를 꼽을 수 있다.

1964년엔 '메리 포핀스'로 오스카 여우주연상과 골든 글러브, 그리고 영국의 아카데미 여우주연상까지 휩쓸었다.

1965년에 공개된 '사운드 오브 뮤직'에서도 빼어난 노래 솜씨를 드러냈다.

이후에 성대결절 수술이 잘못되어 고운 음색을 잃었다. 이전 수준의 노래를 부를 수 없게 되었던 것이다.

한국에선 70년대에 인기를 끌었던 '어니언스'의 보컬 임창제를 꼽을 수 있다.

성대결절 수술 후 2년 동안 말을 하지 못했다.

가수가 목소리를 잃는다는 것은 직업이 사라짐을 의미한다.

본인이 가장 잘할 수 있는 일이었는데 그걸 못하게 되면 어떻겠는가! 하여 주리가 수술을 거부하는 것이다.

"에고, 그게 항상 그런 건 아닌데… 아무튼 좋아요. 지금은 어떻게 하고 있나요?"

"가족들이 총동원되어 비수술적 요법을 찾는 중입니다. 나머지 멤버들은 연습실에 있고요."

플로렌 멤버들은 현재 노래와 춤을 연습하면서 기본 소양을 쌓고 있는 중이다. 참고로, 기본 소양은 일반 상식과 외국어, 그리고 국사, 예의범절, 도덕 등이다.

아울러 1인 1악기 연주를 목표로 매진 중이다. 리드기타, 세컨드기타, 베이스기타, 키보드, 드럼이다.

능숙해지면 밴드를 결성할 수도 있다. 보이밴드는 많지만 걸밴드는 거의 없다. 따라서 차별화가 가능해진다.

다시 말해 독특한 걸그룹 콘셉트로 대중 앞에 설 수 있게 되는 것이다.

성대에 문제 있는 주리는 노래만 부르지 않을 뿐 나머지는 모두 참여하고 있다. 악기는 세컨드기타이다.

주리의 성대결절이 극복되면 플로렌은 완전체로 다시 대중 앞에 서게 될 것이다.

* * *

"흐음! 제가 플로렌 멤버들을 볼 수 있을까요?"

"아이고, 그럼요! 가시죠. 지금 연습실에 있습니다."

"그래요!"

조연 지사장의 뒤를 따라 연습실로 갔다. 유리창으로 보니 보컬 트레이너 앞에서 노래를 부르고 있다.

그런데 네 명이다. 제법 격렬한 안무를 하며 노래를 부른다. 숨이 차서 힘들 텐데 그런 내색은 보이지 않았다.

하나는 어디 있나 싶어 휘휘 둘러보니 구석에서 노트북에 시선을 박고 있는 아가씨가 하나 보였다.

"저 친군가요?"

"네! 재가 주리입니다."

현수는 대꾸 대신 멤버들의 움직임을 유심히 살폈다.

"저 친구는 이름이 뭔가요?"

현수가 지목한 멤버는 165㎝에 50㎏ 정도로 보이는데 긴 생머리를 허리 어림까지 길러서 움직일 때마다 머리카락이 제멋대로 휘날리고 있다.

"아! 머리 긴 애요? 재는 은비입니다."

"흐음! 주리랑 은비만 따로 보죠."

"네! 대표님 방으로 보내겠습니다."

"주리 씨 먼저 보내고 은비 씨는 대기시켜 주세요."

"네, 알겠습니다."

*　　　*　　　*

Y—엔터가 처음 나타났을 때에는 아무도 주목하지 않았다.

소속 연예인이라곤 이미 해체되었던 걸 그룹 하나뿐이다.

하여 누가 영세 기획사를 차렸는지 몰라도 금방 망할 것이라 생각하고 신경을 끊었다.

그런데 어마어마한 계약금을 지급했다고 한다.

7년 전속이며, 1인당 21억 원씩 지급했다는 내용은 현재에도 Y—엔터 홈페이지에 공개되어 있다.

공개 이유는 원활한 활동을 위해서이다.

다이안은 한번 데뷔했다가 완전히 망했다. 동시에 이전의 소속사도 같이 망했다. 해체가 당연하다.

하여 방송사에 출연 요청을 하면 무시당하기 일쑤였다.

Y—엔터를 '듣보잡' 연예 기획사로 취급했던 것이다. 그런데 엄청난 전속금을 지불했다는 소식이 연예계를 강타했다.

그제야 '이건 뭔가?' 하는 표정으로 바라보기 시작했다.

그러다 'DK 엔터테인먼트' 와 '연예 기획사 C&R' 을 흡수했다. 갑자기 연예계 공룡이 되어버린 것이다.

이때부터는 방송사들도 함부로 대하지 않았다. 뭔가 있다 싶었던 모양이다.

증권가 찌라시도 Y—엔터에 관한 내용을 담기 시작했다. 대표는 하인스 킴이고, 남아공 출신이라는 것이다.

얼마 지나지 않아 '지현에게' 와 '첫 만남' 을 작사 · 작곡한 장본인이라는 것도 밝혀냈다.

그즈음에 다이안이 일약 슈퍼스타가 되었다.

세인들의 관심이 쏠리자 각종 매체까지 나서서 Y—엔터에 대한 각종 정보를 다루기 시작했다.

그러다 대표가 투자제국의 황제이며 509억 달러를 가진 사나이라는 것도 알려졌다.

그때의 환율로 계산해 보면 약 60조 원이다.

참고로, 2016년 서울시 순수 예산이 16조 원 정도이다. 그리고 대한민국의 국방예산은 약 38조 8,000억 원이다.

둘을 합치면 54조 8,000억 원이다. 이를 다 지불하고도 5조 2,000억 원이 남는다.

이 돈은 10억 원짜리 아파트 5,200채를 살 수 있고, 5억 원짜리라면 1만 400채나 구입할 수 있다.

하여 단번에 세상의 이목을 집결시켰다. Y—엔터가 자리 잡은 마포구 구수동이 졸지에 'Hot Place'가 된 것이다.

소문이 번지자 파리들이 꼬였다.

동네 양아치는 물론이고, 여러 조폭 조직에서 이리저리 간보기 시작한 것이다. 하지만 그 기간은 그리 길지 못했다.

Y—엔터를 쑤셔서 어떻게든 한몫을 보려던 양아치 내지 조폭들은 아침 이슬이 마르듯 금방 사라졌다.

이들의 공통점은 당분간 제 손으로 밥을 먹을 수 없을 정도의 중상을 입었다는 것이다.

겉보기엔 멀쩡해도 벗겨보면 엉망진창이다.

갈비뼈가 모조리 부러졌거나, 양쪽 대퇴골이 작살나는 등

뼈 부러진 놈들이 대부분이다. 내장이 진탕되어 뭐를 먹기만 하면 곧바로 쏟아내는 놈도 있다.

특히 양쪽 손목뼈가 바스러진 놈들이 많다. 이들은 당분간 숟가락도 못 들 것이다.

개중에는 남의 도움 없이는 일상생활이 영구히 불가능해진 놈들도 있다. 날이 시퍼렇게 선 칼 같은 흉기를 품고 Y-엔터 근처에서 얼쩡대던 놈들이다.

이들의 겉모습도 멀쩡하다. 팔다리 중 하나가 없어지거나 눈알이 빠지는 등의 일은 전혀 없다.

다만 척추에 심각한 문제가 발생되었을 뿐이다.

꺾일 수 없는 방향으로 젖혀지면서 척추가 골절되었고, 이로 인한 다발성 신경 손상으로 하반신 마비가 된 것이다.

타인에게 폭행을 가하거나 협박하여 제 이득을 차리던 놈들이기에 사회생활 불가능으로 만들어 버린 것이다.

병원을 찾았지만 에이프릴 증후군 때문에 만원이다.

급하다고 애원했지만 전 · 현직 국회의원, 법조인, 언론인, 군인, 고위 관료 등은 결코 병상을 비워주지 않았다.

그러면서 끔찍한 고통을 겪기는 본인들도 마찬가지라고 하였다. 맞는 말이긴 해도 인정머리 없는 놈들이다.

관할서인 마포경찰서에선 수사 인력을 총동원하여 누가 그랬는지 찾아봤지만 아무것도 알아낸 게 없다.

곳곳에 설치되어 있는 CCTV와 주차된 차량에 부착된 블랙

박스까지 모조리 확인했지만 귀신이 곡할 노릇이다.

흉기를 소지하고 있던 놈들의 척추가 저절로 꺾이는 장면만 녹화되어 있을 뿐이기 때문이다.

의사들은 아무리 의지가 강해도 본인의 허리를 뒤로 젖혀 척추에 골절이 생기게 할 수는 없다고 했다.

하지만 CCTV나 차량용 블랙박스 등에 녹화된 장면을 보면 그게 아닌 것 같다.

분명히 스스로 허리를 작살내는 때문이다.

하반신 마비가 된 놈들은 하나같이 아주 강력한 힘이 가해졌다고 하는데 그럴 만한 것이 전혀 없다.

이상한 일이기는 하지만 의심해 볼 것은 아무것도 없다. 하여 사건은 그냥 종결되었다.

아무튼 서울을 기반으로 한 조폭 중 상당수가 은퇴했다.

동네 양아치들도 모두 찌그러졌다. 이들은 구수동 근처엔 얼씬도 안 해서 동네가 조용해졌다.

일련의 일이 벌어지는 동안 Y—엔터는 연예인 지망생들의 러시(Rush)로 몸살을 앓았다.

대표가 엄청난 부자라 절대로 망하지 않고, 자신들을 빵빵하게 지원해 줄 수 있을 거라 생각하고 몰려든 것이다.

Y—엔터는 'DK 엔터테인먼트'와 '연예 기획사 C&R'를 흡수한 직후 대대적으로 인원을 정리했다.

성추행과 성상납에 조금이라도 연루되어 있으면 모조리 잘

라낸 것이다.

연예기획사 직원이라면 소속 연예인을 가장 소중히 다뤄야 한다. 그런데 치욕적인 나락으로 떨어뜨렸다.

이는 결코 용서할 수 없음을 분명히 한 것이다.

일련의 소문이 번지자 다른 연예기획사에 몸담고 있는 가수 및 연기자들도 이적(移籍)을 타진했다.

영화나 드라마 출연 또는 광고를 미끼로 연예인들의 성(性)을 유린하려는 놈들이 다 죽은 건 아니기 때문이다.

하지만 받아줄 수가 없었다.

가칭 Y—엔터 타워의 가구수가 확정되어 있는 때문이다.

다시 말해 쾌적하고, 안락하며, 세련되고, 안전한 거주지를 제공할 수 없어서 받아들이지 않은 것이다.

다만 플로렌은 예외였다.

인기나 콘텐츠에 관계없이 야비하고, 속물인 여권 인사들의 부당한 압력 때문에 실력이 있음에도 내쳐졌다.

그렇기에 특별히 대우해준 것이다.

"주리 씨!"

"네, 대표님!"

본명 한주리는 초롱초롱한 눈빛으로 현수를 살핀다.

"성대에 문제가 있다면서요?"

"그건… 네! 하지만 비수술 요법을 찾으면……."

본인은 가수이다. 그것도 걸 그룹의 메인보컬이다.

그런데 지금은 노래를 부를 수가 없다. 쥐를 잡지 못하는 고양이가 된 셈이다.

본인을 따로 부른 건 그만두고 나가라는 통보를 하려는 모양이라 생각했는지 잔뜩 주눅 든 표정이다.

"혹시 내가 의사라는 거 알아요?"

"아…! 진짜요?"

얼핏 들은 기억이 있다. 그럼에도 처음 듣는다는 표정이다. 거짓말을 하려는 게 아니라 당황해서이다.

"남아공에서 의대를 졸업했어요. 여기로 치면 서울대학교 의과대학 같은 곳이에요. 의사 면허도 있고요."

"네에……!"

주리는 왜 이런 이야기를 하나 하는 표정으로 현수의 눈치만 살핀다.

"한국 의사 면허도 곧 따요. 그때 쓰려고 이 건물 바로 옆 건물에 진료실을 만들고 있어요."

이 건물에 들어오기 전에 밖에서 대강 둘러보고 왔다.

안에는 못 들어가 봤지만 진료실과 수술실 인테리어까지 모두 마친 듯 말끔했다.

"네에."

"다음 주에 의사시험 보고 와서 주리 씨 목 상태를 보고 싶은데 괜찮겠어요?"

"저어…, 대표님이 수술을 하시려고요?"

살짝 겁먹은 표정이다.

"상태를 본다고 했지 수술하겠다는 말은 안 했어요."

"아! 네에."

"그때까지 될 수 있으면 말을 하지 말아요. 자칫 상태가 심해질 수 있으니까요. 알았죠?"

"네에, 그럼요!"

현수는 이 대목에서 싱긋 웃어주었다.

"나 실력 좋아요. 그러니 겁먹지 말고 있어요. 알았죠?"

"네, 대표님!"

"좋아요! 주리 씬 이만 내려가고 은비 씨 불러줄래요?"

"네에."

주리는 꾸벅 고개 숙여 절을 하고는 물러났다.

"휴우~!"

대표실 문을 닫은 후 벽에 기댄 주리의 입에선 긴 한숨이 나왔다. 자신을 콕 집어서 면담하자고 할 때엔 올 것이 왔다는 심정이었다.

나가라는 말을 들을 것이라 생각했던 것이다.

잠시 숨을 고른 주리는 연습실로 뛰어 내려갔다.

똑, 똑, 똑—!

"네에, 들어와요."

소리 없이 문이 열리더니 땀에 젖은 은비가 들어선다.

"부르셨다고 들었어요."

"그래요. 일단 거기 앉아요."

"네에."

은비는 처음 들어와 보는 대표실이 너무 단출해서 뭐 이런가 하는 표정으로 여기저기를 살핀다.

책상 앞에 소파가 있고, 벽에는 책장 같은 게 있는데 텅 비어 있다. 벽에는 달랑 시계 하나가 붙어 있을 뿐이다.

현수는 책상 아래 소형냉장고에서 음료수를 꺼냈다.

이 냉장고는 조금 전에 발견한 것이다. 그렇기에 주리에게 아무것도 주지 않은 것이다.

아무튼 냉장고를 열어보니 각종 음료수들이 채워져 있었는데 모두 현수가 선호하는 것이다.

도로시의 지시가 있었음이 분명하다.

은비와 현수는 거의 동시에 사과주스 캔을 땄다.

딱! 딱—!

시원 달콤한 액체가 식도를 타고 위장으로 들어간다.

"은비 씨! 혹시 왼쪽 발목 아파요?"

"네…? 그, 그걸 어떻게…?"

아무에게도 말하지 않았는데 어떻게 알았느냐는 표정이다.

"그거 오래되었어요?"

"그건… 일 년은 넘은 거 같아요. 데뷔할 때 삐끗했는데 그냥 놔뒀더니 무리하면 아파요."

"그렇죠? 초기에 제대로 된 치료를 하지 않아 만성적인 발목불안정으로 가는 거 같아요. 관절염도 생길 거예요. 그리고 그냥 놔두면 다음은 무릎과 허리까지 아파져요."

"……!"

"입사할 때 계약서 잘 안 봤죠?"

"네…? 보긴 했는데…, 아! 봤어요."

계약한 직후 멤버들이 다 같이 모였을 때 이전 소속사의 계약서와는 무엇이 다른지를 비교해본 적이 있다.

Y—엔터의 계약서엔 '아티스트가 원하지 않는 행위는 강요하지 않는다'는 내용이 있다.

이전 소속사의 것을 보니 '회사가 요구하는 걸 반드시 따라야 한다'는 내용이 있었기에 확실히 기억한다.

Y—엔터의 것은 거부권을 확실하게 명기해 준 것이다.

다음은 전속기간과 수익 분배율이다.

플로렌은 전속계약금이 없다. 대신 계약기간은 2년이다. 본인들이 원해서 이렇게 된 것이다.

계약금을 얼마나 받을 수 있는지는 몰라도 다이안처럼 7년이라는 긴 전속기간이 몹시 부담스러웠던 모양이다.

하여 수익배분율을 조금 높여줬다. 회사 : 멤버가 2 : 8이다. 8을 다섯이서 나누는 것이다.

참고로, 회사 : 다이안은 3 : 7이다.

이전 소속사의 것을 보니 회사 : 멤버가 5.5 : 4.5로 되어 있었다. 이는 필요비용이 모두 제해진 후에 나누도록 되어 있다. 다시 말해 소속사가 지불한 모든 비용이 회수될 때까지 단 한 푼도 주지 않는다는 것이다.

Y—엔터도 필요 경비를 제하기는 한다.

전속 코디네이터와 메이크업 아티스트, 그리고 전담 매니저의 급여 및 전용차량 유지비는 수입에서 제한다.

그런데 이는 얼마 되지 않는다.

이보다 훨씬 큰돈이 드는 숙소 비용과 식비, 무대 설치비용, 의상비를 모두 회사에서 부담하기 때문이다.

은비를 비롯한 멤버들은 이 두 가지가 가장 중요하다 생각하였기에 이것만 기억하고 있다.

"그거 찬찬히 읽어봐요. 몸에 문제가 있으면 반드시 회사에 알리라는 조항이 있을 거예요."

"아! 그건 본 적이 있는 거 같아요."

언뜻 기억이 났지만 별로 중요하다 생각하지 않았다.

이제 겨우 20대 초반이고 다들 건강한 편이라 신경 쓰지 않은 것이다.

"근데 왜 발목 아프단 소리를 안 했죠?"

"네? 그, 그건……! 죄송해요."

누구에게도 이야기하지 않은 것이다. 심지어 멤버들도 모른다. 가끔 삐끗했나 봐 하면서 파스를 붙이곤 했는데 그건 주리를 비롯한 다른 멤버들도 마찬가지이다.

"아까 보니까 왼쪽이 조금 불편해보였어요. 아닌가요?"

"그건 맞는데… 하지만 평상시 걸을 땐 괜찮아요."

"근데 안무 연습을 하면 아프죠?"

"네, 격렬하게 움직이면 가끔 아플 때도 있어요."

"조금 전에도 말했지만 그냥 놔두면 관절염으로 발전해요. 심하면 류머티즘(Rheumatism)이 되어 심한 고통을 느끼게 되고 일상생활이 매우 불편해질 수 있어요."

"그, 그런가요?"

은비는 다소 겁먹은 표정이다.

"평생 다리를 절 수도 있는데 그렇게 되고 싶어요?"

"당연히 아니죠."

절름발이가 될 수도 있다는데 어찌 괜찮겠는가!

"내가 의사인 건 알아요?"

"네에, 들은 거 같아요."

계약서 작성을 마쳤을 때 조연 지사장이 했던 말이다.

한국으로 치면 서울대학교 의과대학이나 마찬가지인 곳을 졸업했고, 의사 생활을 하다 왔다는 이야기이다.

"다음 주에 한국 의사 면허를 따는 시험이 있어요. 그거만 통과되면 진료를 봐도 돼요."

"……!"

대꾸할 말이 없는지라 고개만 끄덕인다.

"진료실 열면 은비 씨 발목을 봐줄게요. 그때까지는 안무 연습 금지입니다. 알았죠?"

"네에. 신경 써주셔서 고맙습니다."

"당연한 일이죠. 그나저나 회사에 바라는 점 있어요?"

"네?"

"회사가 플로렌에 해줬으면 하는 거 있느냐고요."

Chapter 03

—

연습이 지겨워요?

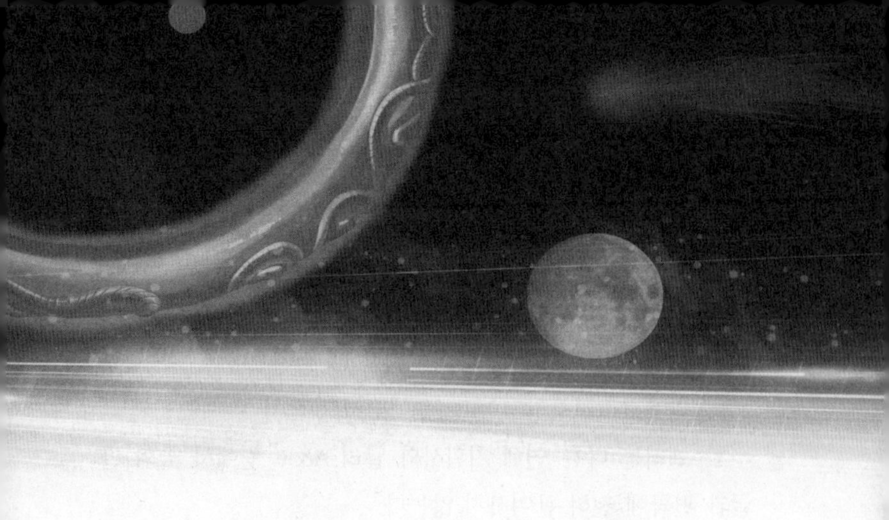

"…우린 언제까지 연습만 하고 있어야 해요? 우리가 부를 곡은 아직인가요?"

"연습이 지겨워요?"

"아, 아뇨! 그건 아닌데…. 연습만 하니까 조금 그래요."

어떻게 해서 지겹다는 뜻이 되어버렸는지 알 수는 없지만 회사 대표에게 할 말은 아니라고 생각한 듯하다.

이런 걸 보면 인성이 글러먹은 것 같지는 않다.

"플로렌에게 주려고 준비해 둔 곡이 있어요. 들어볼래요?"

"지금이요?"

현수가 고개를 끄덕이자 은비는 잠시 망설였다. 리더로서 어찌해야 하나 싶어 잠시 갈등했던 것이다.

"저어, 죄송한데 멤버들하고 같이 들으면 안 되나요?"

"당연히 되죠! 그럼 다 올라오라고 하세요."

"네에! 금방 다녀올게요."

벌떡 일어나 은비가 문으로 달려갈 때 소리쳤다.

"올라올 때 지사장님하고 조 매니저도 같이 오세요."

Y—엔터는 다른 연예 기획사와 달리 A&R[7] 팀에서 곡의 발굴과 편곡에 전혀 관여하지 않는다.

전속 작곡가도 없고, 외부로부터 곡을 받지도 않는다.

모든 곡을 현수가 작사 · 작곡하고, 트렌드에 맞춰 편곡까지 하는지라 외부 수혈이 필요가 없는 때문이다.

"네에~!"

은비는 쏜살처럼 사라졌다. 기분이 좋아서 그런지 발목의 통증도 전혀 못 느끼는 듯하다.

콰앙—!

문이 열리더니 대포 터지는 소리가 났다.

"어, 어마! 죄송해요."

힘차게 문을 열어젖혔던 유미가 고개를 수그렸고, 뒤따라 들어서던 주리, 은비, 제나, 보경의 움직임도 멈췄다.

7) A&R(Artist and Repertoire)팀 : 아티스트의 발굴, 계약, 육성과 그 아티스트에 맞는 곡의 발굴, 음반제작, 발매, 해외 라이센스 관리 등을 담당하는 조직 또는 구성원

"에구, 유미야! 그래서 문이 망가지겠냐? 더 세게 밀쳤어야지. 아님 발로 세게 걷어차든지. 그렇지?"

"맞아! 그 정도로는 어림도 없지. 앞으론 더 세게 열 거지? 문 부서지면 니가 물어내고."

조연과 조환 형제의 말에 유미의 고개는 더 많이 숙여졌다. 나머지 멤버들도 몸 둘 바를 몰라 한다.

"대표님! 죄송해요."

그래도 리더라고 은비가 먼저 입을 열었다. 그러자 나머지 멤버들이 일제히 허리를 접는다.

"죄송합니다, 대표님!"

"괜찮아요. 자, 모두 들어와 앉아요."

기다렸다는 듯 소파 상석에 앉았다.

상석의 맞은편, 그러니까 현수로부터 가장 먼 곳에 조연 지사장이 앉았고, 조환 매니저는 그 뒤에 서 있다.

"조 매니저는 왜 서 있어요? 어서 앉아요."

"네? 아, 네에."

조환이 앉자 현수는 좌중을 둘러본다.

"멤버들의 개성을 알고 싶어서 플로렌의 데뷔곡을 들어봤어요. 그리고 그에 맞춰 곡을 만들었으니까 한번 들어봐요."

"모두… 몇 곡인가요?"

은비의 물음이었다.

정규 음반은 10~12곡 정도이고, 미니앨범은 5~6곡, 싱글은 1~3곡으로 만들어진다.

Y—엔터로 올 때 정규음반을 만들어준다고 했었다.

대표곡 하나에 나머지는 끼워 넣는 곡일 것이다. 다시 말해 적당히 구색만 맞추는 것이다.

물론 한 음반에서 여러 개의 히트곡이 나올 수도 있다.

거의 전곡이 히트한 앨범이 없는 것은 아니다.

버스커버스커 1집, FT아일랜드 1집, 변진섭 2집, 김건모 3집, 빅뱅 3집, 이문세 4집 등이 그러하다.

발매되는 음반 수에 비하면 희귀한 케이스라 할 수 있다.

요즘의 걸 그룹은 히트는커녕 얼굴을 알리는 것조차 어렵다. 매년 60~70팀이 데뷔하고 있으니 당연한 일이다.

따라서 정규음반을 내는 건 꼭 필요한 일이 아니다. 내는 게 중요한 게 아니라 뜨는 게 훨씬 더 중요한 때문이다.

심혈을 기울여 정규앨범을 만들었는데 뜨지 못하면 들인 돈만 다 없어지는 것이다.

현재의 시장을 보면 성공할 확률이 매우 낮다. 그렇다면 돈이 덜 드는 싱글이 유리할 수도 있다.

한번 실패해도 소속사가 쫄딱 망하지 않는다면 다음을 기약할 수 있는 때문이다.

다이안은 Y—엔터에 와서 싱글 2집까지 냈다.

1집의 두 곡은 차례로 빌보드 1위를 해서 다이안을 일약 세계적인 스타로 자리매김하게 해주었다.

2집에 수록된 경쾌한 댄스곡 '잠자리와 나비'와 록 발라드 '나만의 그대'도 차트 1위를 하는 건 시간문제인 듯싶다.

이런 걸 보면 어중간한 곡들로 채워진 정규앨범보다는 확실한 곡 2개로 구성된 싱글이 훨씬 실속 있다.

그렇기에 정규앨범에 대한 기대를 버렸다.

10~12곡을 연습하여 녹음하는 것도 일이다.

걸 그룹이니 각각에 대한 안무도 연습해야 한다. 그럴 바엔 차라리 싱글이 낫기에 몇 곡이냐고 물은 것이다.

"내가 준비한 건 24곡! 이 중 원하는 걸 고르면 됩니다."

"와~아! 많네요."

가장 막내인 유미의 말이다. 백치미가 엿보이는 예쁜 아가씨이다. 플로렌에서 댄스를 담당하고 있다.

"자, 나는 나가볼 테니 차분하게 앉아서 들어봐요."

현수는 플레이 버튼을 클릭하곤 자리에서 일어났다. 그리고 대표실을 나서는데 조환 매니저가 따라나선다.

"어? 왜 안 들어보고 나와요?"

"전 플로렌 담당도 아니고, 막귀라 들어도 어떤 게 좋을지 가늠을 못합니다. 그나저나 대표님은 어딜 가세요?"

"나는 온 김에 주변이나 둘러보려고요."

"아! 그럼 제가 안내해 드리겠습니다."

"오늘 스케줄 없어요?"

"있죠. 이따 밤에 라디오 하나 나가야 합니다."

"좋아요! 그럼 안내 부탁해요."

"네에."

조환 매니저의 안내를 받아 Y—엔터 사옥 구석구석을 돌아보았다. 다만 다이안 숙소엔 얼씬도 하지 않았다.

눈에 뜨이면 꼼짝없이 잡혀 있어야 함을 아는 때문이다.

예전에 여관이었던 건물은 어느새 오피스 빌딩으로 완전히 탈바꿈되어 있었다. 참으로 솜씨들 좋다.

2층의 가장 안쪽 공간은 현수의 진료실이다.

깔끔하고, 세련되었으며, 고상하고, 우아한 느낌이 든다.

하긴 천지건설 비장의 무기인 유니콘 아일랜드 팀이 특별히 심혈을 기울인 공간이니 당연한 결과이다.

첫 번째로 만난 것은 접수 데스크이다.

뒤쪽에 결코 좁지 않은 간호사실이 있는데, 이는 여성들의 편의(便宜)를 위해 설계되었고 그대로 시공되어 있다.

요즘 유행하는 카페같이 꾸며진 대기실은 자유롭게 다과를 즐길 수 있도록 되어 있으며, 안락한 의자와 테이블이 갖춰져 있다. 물론 푹신한 소파도 있다.

"여기가 진료실이라고 들었습니다."

조 매니저가 열어준 문을 통과해보니 네 평 남짓한 데 책상과 진료 테이블 등이 갖춰져 있다.

책상 위에는 큼직한 모니터가 두 개나 놓여 있었는데 하나는 현수가 보고, 다른 하나는 환자가 보는 것이다.

이 방의 안쪽에 또 다른 문이 있어 슬쩍 열어보니 침대와 냉장고가 있다. 벽에는 TV가 설치되어 있었다.

"여긴 대표님 전용 휴게실이랍니다."

바닥은 진료실보다 약간 돋아 있었는데 흰색 타일이 깔려 있어 깔끔해 보인다. 신을 벗고 들어가 보았다.

캐비닛과 작은 탁자 곁에는 냉장고가 있다.

냉장실엔 각종 음료가 보관되어 있고, 냉동실엔 아이스크림 종류가 가지런히 정렬되어 있다.

이밖에 공기정화기와 가습기, 천장 매립형 에어컨도 설치되어 있다. 전선 등은 아주 깔끔하게 정리되어 있었다.

"이 건물은 바닥에 엑셀(XL)파이프가 깔려 있답니다."

어딘가에 보일러가 있으며, 겨울엔 온돌로 난방을 한다는 뜻이다. 여관으로 쓰던 건물인지라 이해가 되었다.

고개를 끄덕이고는 나섰다.

"여긴 수술실입니다."

말해주지 않아도 한눈에 알 수 있다. 천장에 설치된 무영등[8]이 있는 때문이다. 수술대는 2개가 있었는데 외과와 산부인과를 스위칭해서 쓸 수 있도록 되어 있었다.

안쪽엔 수술에 필요한 각종 도구들이 정렬되어 있다. 종합병원 수술실 못지않다.

"흐음! 괜찮긴 한데 너무 과했네."

8) 무영등(surgical light) : 병원에서 수술할 때 환부를 잘 볼 수 있도록 하는 조명기구. 의사 등의 손 그림자가 생기지 않는다

현수는 일반적인 범주에 속하는 의사가 아니다.

그리고 이곳에서 혼자 외과 수술을 하지 않을 것이니 석션기 같은 도구는 필요치 않다.

그럼에도 수술실이 갖춰야 할 것은 거의 다 보였다.

심지어 에크모[9] 와 C—Arm[10] 도 보였다.

수술실 옆 회복실에는 두 개의 병상이 있는데 독일의 FMC5008S 혈액투석기(Dialyzer)[11] 가 있다.

"헐! 여긴 이런 건 필요 없는데……."

수술실엔 의사 하나만 들어가는 것이 아니다.

마취의도 있어야 하고, 어시스턴트(Assistant)도 필요하다. 아울러 수술을 보조할 간호사도 필요하다.

그런데 이곳에서의 수술은 그런 수준이 아니다. 간호사의 보조 없이 현수 혼자 속된 말로 깔짝깔짝거릴 곳이다.

그런데 누군가 곡해를 하여 종합병원 수술실 수준으로 기구 등을 갖춰놓은 것이다.

무심코 옆방을 열어보니 이건 뭐 완전한 중환자실 내지는 집중치료실이다. 이런 ICU(Intensive Care Unit)는 자가발전장치

9) 에크모(ECMO) : 체외순환기(Extracorporeal Circulation). 심장의 혈액순환작용과 폐의 가스교환기능을 대신하여 수술 도중 일시적으로 심장과 폐의 역할을 대신하는 장치

10) C—Arm : 움직이는 X—ray라고 할 수 있는 특수영상 장치. 수술 중 이동이 어려운 환자의 시술부의 영상을 볼 수 있다

11) 혈액투석기 : 인공신장기. 환자의 혈액을 특수한 필터로 수분과 노폐물을 걸러낸 후 다시 환자의 체내에 주입해주는 기구

를 갖춘 병원에만 설치되는 것이다.

둘러보니 구급소생장치, 삽관절개기구, 인공호흡장치, 심세동제거기, 심장박동원, 심전계, 휴대용 X선 촬영장치, 호흡기능측정장치 등 갖출 건 다 갖춰져 있다.

"ICU는 전담의사와 간호사가 상시 배치되야 하는데… 이건 너무 과했다. 끄응~!"

이곳 신세를 질 사람은 그리 많지 않다.

동생인 현주의 얼굴과 팔의 화상 자국을 지울 때, 그리고 Y-엔터 소속 연예인들의 빠른 회복이 필요할 때 정도이다.

간호사가 고용되겠지만 거의 할 일이 없을 것이다. 대부분 미라힐이나 엘릭서로 치료할 것이기 때문이다.

'도로시! 이건 너무 과한 거 알지?'

'그래도 혹시 모르잖아요. 급할 때 쓸 수 있고요.'

'그렇긴 해도 좀 과했어.'

'돈은 얼마 안 들었어요.'

'누가 돈 많이 들었다고 타박하는 거야?'

'암튼요! 그래도 폐하께서 쓰시는 건데 누가 봐도 그럴듯해야 하지 않겠어요? 참, 진료실 캐비닛 열어보세요.'

도로시의 말대로 캐비닛을 열어보니 흰 가운이 네 벌이나 걸려 있다. 아래엔 흰 양말과 크록스 신발이 있다.

수술할 때 입고 신으라는 뜻이다.

"끄응~!"

'그래도 있으면 좋잖아요.'

보아하니 이 모든 건 도로시의 지시에 의해 갖춰진 모양이다. 그러니 싸워서 뭐 하겠는가!

'그래! 잘했어.'

'그렇죠? 헤헤헤!'

다 구경하고 나와 보니 문에 팻말이 붙어 있었다. 아주 깔끔한 서체로 만들어졌는데 그리 크지는 않았다.

〈Dr. Kim's Y—Clinic〉

"쩝~! 이런 거 안 붙이려고 했는데."

'의료법에 간판 규정이 있어요. 외부에 노출되는 걸 꼭 부착해야 한다는 규정은 없지만, 출입문 등에 1개 정도의 간판은 있어야 해요. 그래야 의원 설립인가가 떨어지거든요.'

도로시의 말처럼 병 · 의원 간판에는 규정이 있다.

예를 들어, 비교기과 전문의가 진료를 한다면 '○◇비뇨기과의원' 이라고 표시하지만 전문의가 없으면 ○◇의원 '진료과목 비뇨기과' 라고 표시하도록 되어 있다.

외부에 '마포비뇨기과의원' 이라는 간판이 달려 있고, '진료과목 피부과' 라고 표시되어 있으면 비뇨기과 전문의가 피부과 진료도 한다는 뜻이다.

참고로, 전문의란 의사 면허만 취득한 '일반의' 와 달리 내과, 외과 등 26개 진료과목별 자격시험에 합격한 의사이다.

인턴 1년과 레지던트 4년 과정을 반드시 거쳐야 한다.

현수는 인턴 1년만 수료했을 뿐 레지던트 과정을 이수하지 않았으므로 일반의에 해당된다.

* * *

그럼에도 의사 자격을 취득하였으므로 원칙적으로는 모든 과목을 진료할 수 있다. 다만 전문성을 장담할 수는 없다.

'알았어.'

법이 그렇다는데 어쩌겠는가!

고개를 끄덕이고는 건물의 나머지 부분을 살펴보았다. Y-엔터 건물은 착실하게 오피스 빌딩으로 거듭나고 있었다.

'나중에 엔터 건물과 합쳐서 다시 짓는 걸 고려해야겠어.'

'네! 리모델링만으로는 한계가 있으니까요. 근데 엔터는 새로 지을 Y-엔터 건물로 들어가지 않나요?'

'그래! 거기 입주한 다음에 여기도 어떻게 해보자는 거지.'

'넵! 메모해 둘게요.'

짧은 대화를 마칠 때 조환 매니저의 핸드폰이 울린다.

♩♪♬♪~ ♬♪♩♬♬♪

이 멜로디는 다이안의 신곡 '잠자리와 나비' 였다.

경쾌한 댄스곡이라 살짝 가볍다는 느낌은 들지만 감미로운 멜로디이다.

"네, 조환입니다. … 그래, 응! … 아! 진짜…? 알았어."

남의 통화는 엿듣는 게 아니다. 하여 슬쩍 걸음을 늦추며 도로시에게 물었다.

'지금 Y—엔터가 쓰고 있는 건물부터 뒤쪽의 아파트까지 주택가 포함한 면적은 얼마나 돼?'

'에……? 뭘 더하시게요?'

'묻는 말에 대답이나 해.'

'넵! 약 6,580㎡이니까 1,960평쯤 되네요.'

'그럼 뒤쪽 아파트 단지로 들어가는 길을 지하로 만든다 치고 저쪽 공원 건너기 전까지의 면적은?'

'그거까지 합치면 1만 6,530㎡니까 딱 5,000평이네요.'

'뭐야? 그렇게 딱 떨어진다고?'

'네! 아파트 진입도로를 포함한 면적입니다.'

'흐음! 그래? 알았어.'

지금은 서울시로부터 외국인 투자지역 지정을 받으면 용적률 1,500%까지 가능해진다.

대지면적이 5,000평이니 지하를 제외한 연면적 7만 5,000평짜리를 지을 수 있다. 여의도 63빌딩의 1.5배이다.

바닥면적 1,000평이라면 75층까지 지을 수 있고, 750평이라면 100층까지도 가능하다.

한강까지 직선거리가 200m 남짓하고, 앞쪽 아파트의 최고

층이 23층이므로 25층 이상은 시야가 탁 트인다.

계열사가 늘어날 것을 대비하여 오피스 면적을 확보하고 위에는 임직원들의 주거지로 쓰면 괜찮을 듯싶다.

'매입 가능하면 한번 추진해 봐.'

'알겠어요. 근데 어떤 용도로 쓰실 건지 말씀해 주세요.'

'일단은 말이지…….'

잠시 현수의 말이 이어졌다.

지하 8~3층까지는 주차장으로 사용하고, 지하 2층은 슈퍼마켓으로 꾸민다. 당연히 일반적인 마트보다는 물가가 싸다.

지하 1층엔 사우나를 비롯한 식당가가 들어설 예정이고, 지상 1~2층은 소상공인들에게 임대를 한다.

3층부터 22층까지 20개 층은 투룸으로 꾸민다.

실면적이 14~15평이라면 거실과 방 2개, 그리고 주방과 팬트리 외에도 화장실 2개를 들일 수 있다.

층당 50개씩이면 1,000세대가 들어설 수 있다.

23층부터 30층까지는 계열사 사무실로 쓰거나 임대를 하고, 31층부터 75층까지 45개 층은 아파트로 조성한다.

층당 25세대씩만 들어가도 1,125세대이다. 투룸까지 합치면 총 2,125세대이니 아파트 단지 하나인 셈이다.

'당장 추진해요?'

'한번 해봐. 가능하지?'

'그럼요! 당근 빳따랍니다.'

'응? 그건 무슨 소리야?'

'에고, 죄송해요. 당연하다는 말이었어요. 근데 이러다가 구수동하고 신수동을 다 사겠어요.'

'그래? 근데, 그러면 안 되나?'

'아뇨! 안 될 일은 없죠.'

통계청 자료에 의하면 2015년 연말 기준 대한민국 주택 시가총액은 약 3,510조 5,550억 원이었다.

그런데 현재는 집값이 왕창 떨어졌다. 전체를 기준으로 하면 약 6분의 1 수준이라 약 585조 1,000억 원 정도이다.

그런데 현수는 대한민국의 모든 주택을 360번 이상 매입하고도 남을 돈을 보유하고 있다. 그러니 겨우 구수동과 신수동을 사들이는 걸 어찌 신경 쓰겠는가!

어쨌거나 이 시점의 현수는 도로시가 대한민국의 부동산을 무지막지하게 사들이려 한다는 것을 모르고 있다.

부동산으로 돈을 버는 것과 부동산으로 불로소득을 얻는 것을 매우 싫어하는 현수의 뜻을 받들려는 의도이다.

목표는 전체 주거용 부동산과 사무용 부동산의 75%이다.

제주도는 한라산을 포함한 100%이다. 목표가 달성되면 지나인들은 발을 들여놓을 수 없게 할 것이다.

이 정도가 되면 투기 세력들은 사라진다.

거래가 되어야 양도차익을 얻을 수 있는데 그럴 만한 부동산의 씨가 말라 버렸기 때문이다.

아울러 임대소득으로 호의호식하는 일도 없다.

현수가 그보다 훨씬 저렴한 비용으로 임차할 수 있게 할 것이기 때문이다.

이렇게 되면 빈부격차는 대폭 완화된다.

가난한 자들을 쥐어짜서 점점 더 부자가 되는 길이 완전히 틀어막히게 되는 게 주된 요인이다.

아파트나 주택, 빌라 같은 주거지는 아주 저렴하게 임대하여 아예 보유의 개념을 없앨 것이다.

집은 거주가 목적이지, 결코 투기의 대상이 아니다.

사무실 임대료도 대폭 내려가게 될 것이다.

하여 땅을 팔지 않은 이들은 자신의 부동산이 슬럼[12]으로 변해가는 모습을 고스란히 지켜봐야 할 것이다.

일정기간이 지나면 추가로 부동산을 매입하는 일이 없을 것이기 때문이다.

공인중개사와 그를 도와 부동산 매입에 나설 고졸사원을 채용하는 일은 순조롭게 진행되고 있다.

지난 23일에 원서마감을 했고, 현재는 Y-그룹 인사 규정에 적합한지 여부를 확인하고 있다. 최종 합격자 발표까지 최소 1,000번 이상 더 짚어보게 될 것이다.

현수가 꺼리는 이들이 뽑히지 않도록 확실한 검증을 실시

12) 슬럼(slum)가 : 도시 내에 빈민이 밀집하고 주거 및 생활환경이 극히 불량한 지구

하려는 것이다.

불경기인 데다 취업난이 극심했는지라 지원자가 넘쳐났다.

1만 2,250명을 뽑는 공인중개사는 7만 6,318명이 지원했다. 대략 6.2 : 1이다.

따놓기만 하고 실무는 보지 않던 장롱 면허가 대거 지원한 듯싶다. 뭐, 그래도 상관은 없다. 부동산 매입 업무와 등기업무에 관한 기본적인 지식만 있으면 된다.

고졸 이상인 사원은 12만 2,500명을 뽑는 데 무려 138만 4,258명이나 원서를 제출했다. 11.3 : 1이다.

청년실업률을 따져보면 현재의 직장이 마음에 들지 않아 지원한 이들도 상당히 많은 것 같다.

그리고 접수된 걸 보면 고졸뿐만 아니라 전문대졸과 대졸이거나, 석사 또는 박사 학위를 취득한 이들도 많다.

얼마나 취업이 어려운 세상이었는지 새삼 확인된다.

어쨌거나 원서는 온라인으로만 접수했다.

안 그랬다면 분류작업 및 검증작업을 하는 인원만 최소 500명 이상은 동원하여야 했을 것이다.

이렇게 했다면 비용도 많이 들겠지만 무엇보다도 기준에 따른 분류작업이 공정했는지 확인되지 않는다.

사람인지라 작업을 하다가 일가친척이나 아는 사람이 나왔을 경우 탈락시키려 하지 않을 것이기 때문이다.

이런 부정을 고스란히 감수할 하등의 이유가 없기에 온라인으로만 지원서류를 받았다.

도로시라면 혼자서도 얼마든지 가능하기 때문이다.

실제로 원서가 접수되는 즉시 Y—그룹 인사규정에 적합한지 여부를 검증하여 탈락자를 걸러냈다.

1인당 5~6초쯤 걸리는 일이다. 본인은 물론이고, 가족과 6촌 이내의 친척들까지 모조리 훑어본다.

SNS는 물론이고, 인터넷에 남긴 댓글까지 몽땅 다 확인하니 5~6초 정도가 걸리는 것이다.

지원자가 엄청 많기는 하지만 다행인 건 100만 명까지 동시에 검색 가능하다는 것이다.

아무튼 합격자 발표는 9월 30일에 공고된다.

입사 통보를 받으면 각기 지정된 장소로 10월 4일 오전 10시까지 집결해야 한다.

모일 곳은 전국 각지의 호텔이나 리조트 등인데 거주지에서 가장 가까운 곳으로 지정되었다.

인원 파악이 끝나면 숙소 상황에 따른 방 배정을 한다. 이후엔 맛있는 점심식사가 기다리고 있다.

오후 2시부터는 화상교육이 시작된다. 강사는 적당한 모습으로 얼굴을 바꾼 신일호 형제 중 하나이다.

사업주의 의도를 정확히 인식시키기 위함이다.

이 교육을 통해 어떤 일을 하게 되는지, 업무 처리는 어떻게 해야 하는지 등을 확실하게 알게 된다.

당연히 급여 및 수당 지급규정과 근무수칙도 설명된다. 이밖에 궁금한 것을 해소해주는 시간도 있다.

교육하는 동안 매 끼니는 질 좋은 뷔페식으로 제공된다. 그리고 저녁식사 후엔 흥겨운 레크레이션 시간도 있다.

극기훈련 따위는 하지 않는다. 강인한 정신력을 필요로 하는 직업이 아니기 때문이다.

대신 사람을 상대하는 방법을 배운다. 세상에는 별의별 놈들이 다 있다는 걸 감안한 교육이다.

금요일 오후에 퇴소하면 주말을 쉬고 10일부터 출근이다.

각자 배정된 사무실로 가면 관리 사원들이 대기하고 있다. 이들로부터 매입 대상 부동산을 할당받게 된다.

각각의 부동산 가치가 다르므로 성공수당도 다르다. 하여 공정을 기하기 위해 제비뽑기로 정한다.

목표가 결정되면 그에 대한 하한가와 상한가, 그리고 매입 적정가 정보를 제공한다. 그다음은 현장 투입이다.

조만간 대한민국의 부동산을 무지막지한 속도로 진공청소기처럼 빨아들일 일만 남은 것이다.

현재는 직원들이 일할 사무실에 집기가 채워지고 있다. 이 일은 관리직 사원들이 관장하고 있다.

도로시와 이런저런 대화를 하고 있는데 건널목에서 신호를 기다리던 조환 매니저가 주저하는 기색으로 입을 연다.

"저어! 대표님, 여쭤볼 게 있습니다."

"그래요? 뭐죠?"

"혹시, 야구 좋아하십니까?"

"야구요……? 좋아하죠."

현수는 아련한 표정이 되었다. 예전의 기억 때문이다.

"그럼, 혹시 야구할 줄 아세요?"

"그럼요! 왕년에 좀 해봤지요."

생각해보니 2,900년쯤 전에 본격적으로 해봤다.

"그래요? 그럼, 포지션은 뭐였는지요?"

"저요? 투수였어요."

"아~! 정말요?"

대놓고 반색을 하는데 이유는 알 수 없다.

"네, 제법 잘 던졌어요."

이실리프 제국의 기틀을 다지고 나니 갑자기 한가해졌다.

이때는 뭐라 말 한마디만 하면 능력 있고 총명한 후손과 신하들이 척척 알아서 하던 때이다.

현수는 집무실 책상 앞에 앉아 결재하는 것 외에는 따로 할 일이 없어 매우 무료했었다.

하여 폴리모프 마법으로 외관을 바꾸고 자신의 투구(投球)를 녹화한 뒤 미국의 에이전트에게 보냈다.

스콧 보라스의 아들 제이미 보라스가 보라스 코퍼레이션 사장일 때이다. 아버지로부터 물려받은 것이다.

무심코 파일을 열었던 제이미는 너무 놀라 벌떡 일어난 채 결코 짧지 않은 동영상을 끝까지 지켜보았다.

22~23세 정도로 보이는 동양인 투수가 170㎞/h짜리 패스트볼을 쉬지 않고 100구나 던지고 있었던 것이다.

마지막 100번째 공의 구속은 168㎞/h였다. 그런데 전혀 지친 표정이 아니다.

엄청난 강견(强肩)이고, 선발투수 감이라는 뜻이다.

이 영상엔 투수가 공을 던지기 전에 누군가 숫자를 외쳤다. 완전히 무작위였고, 1부터 9까지의 숫자이다.

그리고 포수석 앞에는 금속으로 만든 틀이 매달려 있었다. 스트라이크 존을 3열(列), 3오(伍)로 구분한 것이다.

동양인 투수는 외쳐진 숫자에 공을 던졌다.

100구 중 빗나간 것은 2개뿐이다. 그것도 5를 외쳤는데 5와 6의 경계선을 맞히는 정도의 차이였을 뿐이다.

제구력이 매우 뛰어나다는 뜻이다.

그리고 또 하나, 이 투수는 왼손으로 공을 던졌다. 지옥에서도 데리고 온다는 왼손 파이어볼러였던 것이다.

제이미는 한가로운 노후를 보내고 있던 스콧 보라스와 함께 이실리프 왕국행 비행기를 탔다.

현수는 이들을 따라 미국으로 갔고, 여러 구단 관계자들이 지켜보는 가운데 쇼케이스를 열었다.

쉬지 않고 100구를 던졌고, 매구마다 스피드가 전광판에

표시되었다. 최저 104.4mi/h, 최고 106.8mi/h이었다.

한국식으로 표현하면 최저 168㎞/h이고, 최고는 171.8㎞/h라는 뜻이다.

쇼케이스가 끝난 직후 제이미는 메이저리그 부자 구단의 스카우트들과 연쇄적인 면담을 가졌다.

뉴욕 양키스, LA 다저스, 보스턴 레드삭스, 시카고 컵스, 샌프란시스코 자이언츠가 부자구단 순위였다.

가장 가난한 구단은 마이애미 말린스였다.

참고로, 구단 가치를 비교해 보면 양키스가 말린스보다 4배 이상 높을 때이다.

모든 면담이 끝난 후 제이미는 환한 미소를 지으며 현수와 마주했다. 어마어마한 금액이 언급되었으니 에이전트의 몫도 그만큼 크기 때문이다.

하지만 현수가 택한 곳은 마이애미 말린스였다.

가장 가난한 구단이라 많은 계약금과 연봉을 줄 수 없었다. 대신 옵션을 빵빵하게 설정했다.

누가 봐도 불가능하다 여길 정도로 상향된 옵션이다.

그중 셋을 예를 들자면 다음과 같다.

Chapter 04

야구 할 줄 아십니까?

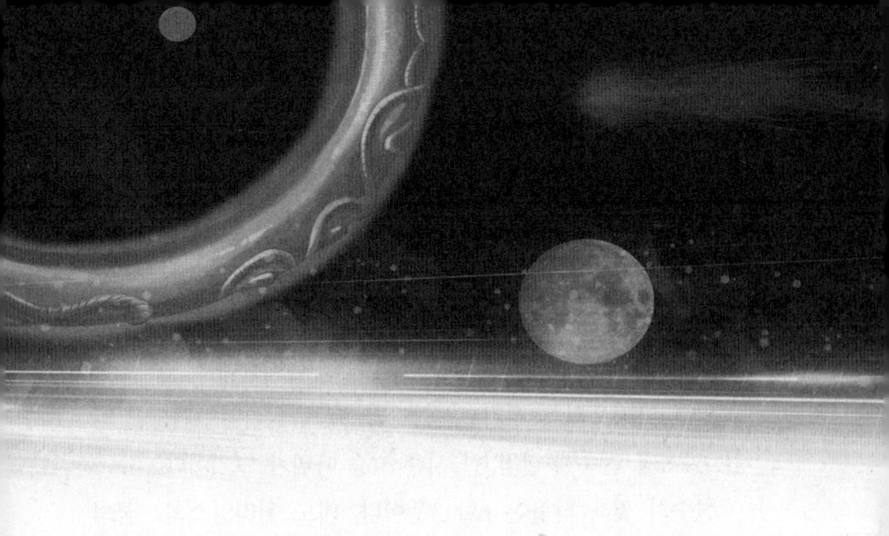

1. 월드시리즈 우승하면 300만 달러를 지급한다.

2. 퍼펙트게임을 할 때마다 300만 달러를 지급한다.

3. 한 게임 21 삼진 이상이면 300만 달러를 지급한다.

그해의 월드시리즈 우승은 마이애미 말린스였다. 그리고 현수는 투수 부문 신인상과 사이영상을 받았다.

방어율은 거의 0이고, 피 홈런은 없었다. 메이저리그의 강타자들을 상대로 양민 학살을 했던 것이다.

이밖에 올스타전 MVP로 선정되었다.

투구뿐만이 아니다. 타격에서도 발군의 실력을 보여 실버슬

러거상도 받았다.

이때는 겨우(?) 그랜드 마스터였을 때이다.

상대 투수의 공은 느릿느릿하고, 커다란 수박만 하게 보였다. 힘도 있는데 홈런을 못 치면 바보이다.

메이저리그엔 불멸의 기록이라는 것이 존재한다.

조 디마지오의 56경기 연속 안타, 테드 윌리엄스의 4할 타율, 59이닝 연속 무실점, 한 시즌 31승 따위가 그것이다.

현수의 첫해 타율은 6할 3푼이다. 테드 윌리엄스의 '꿈의 4할' 기록을 깨버렸다.

그런데 내용을 알면 모두 기절한다.

나머지 3할 7푼은 치기 싫어서 안 친 것이다. 다시 말해 충분히 칠 수 있지만 일부러 안 쳤다.

큰 점수 차로 이기고 있거나 본인이 투수인데 1점 이상 이기고 있으면 상대를 배려하여 점수를 내지 않았던 것이다.

어쨌든 쳤다 하면 홈런이었다.

이때까지 메이저리그는 8경기 연속 홈런이 최고기록이었다. 그런데 현수는 16경기 연속 홈런을 쳤다.

이 중 절반은 장외(場外)홈런이었다.

이러자 상대는 경원 4구를 던졌다. 더 이상 홈런을 칠 수 없게 만든 것이다.

그런데 문제가 끝난 것이 아니다.

조금만 틈을 보이면 어느새 2루 베이스 위에 서 있었고, 투구를 하려고 몸을 돌리면 벌써 3루에 들어가는 중이다.

홈스틸도 마다하지 않았다.

가끔 실패하긴 했지만 성공률이 무려 7할 5푼이다. 4번 시도하면 그중 3번은 성공했다. 어마어마했다.

하여 요주의 인물로 찍혔고, 무수한 견제구를 던져야 간신히 루상에 묶어둘 수 있는 인물이 되었다.

당연히 투수들이 싫어하는 타자 1위가 되었다.

현수는 누구도 깨지 못하던 59이닝 연속 무실점과 한 시즌 31승 기록도 갈아치웠다.

126경기 연속 무실점과 한 시즌 45승이란 엄청난 기록을 세운 것이다. 선발로 나온 경기는 모두 이겼고, 구원투수로 나와서 승리를 챙긴 적도 있다.

특히 월드시리즈에서만 3승을 거뒀다. 뉴욕 양키즈가 상대였는데 2승은 퍼펙트게임, 1승은 노히트 노런이었다.

무실점 기록은 교통사고 때문에 깨졌다.

현수가 운전하던 차를 덤프트럭이 들이받았다.

양키즈 팬이었는데 자신이 응원하는 팀을 너무도 무참하게 깨버리자 이성을 잃었던 것이다.

사고를 낸 운전자는 1급 살인미수로 구속되었고, 오랫동안 교도소에서 썩었다. 고의성이 확연했으니 당연하다.

현수의 차는 폐차할 지경으로 찌그러들었다. 그런데 상처 하나 없으면 어찌 이상타 하지 않겠는가!

하여 며칠간 병원에 입원했다. 그리고 다시 등판한 날 일부러 안타 몇 개를 맞아주었고, 1점을 내줬다.

2 : 0으로 이기고 있던 상황이라 승패와 관련은 없었다.

아무튼 그때 무실점 기록이 깨졌다.

현수를 상대로 1점을 뽑아냈던 선수는 일약 영웅으로 떠올랐다. 매번 무참하게 양민 학살을 당하곤 했기에 희대의 악당 이미지가 덧씌워진 결과이다.

대신 그 경기에서 3연 타석 장외홈런을 날렸다.

그리고 다음 경기에선 4연타석 홈런을 쳤고, 그다음 경기에서도 4연타석 홈런을 기록하였다.

이전의 연속 홈런 기록 8개를 11개로 늘려 버린 것이다.

이전에 있었던 연속 경기 홈런 기록은 돈 매팅리(1987)와 대일 롱(1956)이 가지고 있었다.

참고로, 배리본즈는 7연타석 홈런이 최고 기록이다.

이밖에 메이저리그의 많은 기록들을 갈아치웠고, 어느 누구도 달성할 수 없는 위대한 업적도 남겼다.

메이저리그 전 구단 상대 '퍼펙트게임'이 그것이다.

데뷔 첫해엔 내셔널리그 팀 상대로 전 구단 퍼펙트게임을 달성했다. 이때는 황색 폭격기라는 별명으로 불렸고, 현수가 등판하면 상대는 경기를 포기했다.

1점 얻는 게 하늘의 별을 따는 것만큼이나 어려웠던 때문이다. 육탄으로라도 어떻게 해보려던 선수가 있었다.

몸에 맞는 공으로 일단 출루를 해보려고 했던 것이다. 그런데 곧장 병원으로 실려 갔다.

인체는 시속 170㎞짜리 공에 얻어맞고도 멀쩡하게 설계되어 있지 않았으니 당연한 일이다.

일부러 내줬던 허벅지의 대퇴골이 부러졌다.

인간의 뼈 중 가장 길고, 크며, 단단한 골 조직으로 이루어졌음에도 힘 실린 강속구를 견뎌내지 못한 것이다.

이후 어느 누구도 일부러 공에 맞으려는 몸짓조차 하지 않았다. 잘못하면 골로 갈 수 있음이 교육된 것이다.

다음 해에도, 또 그다음 해에도 마이애미 말린스가 월드시리즈 우승컵을 안았다.

3년 후엔 휴스턴 애스트로스로 이적했다. 아메리칸 리그 팀 중 가장 가난한 구단이다.

여기서도 전 구단 퍼펙트게임을 달성했다.

이때까지 현수의 평균자책점은 0.001이다. 진짜 불멸의 기록을 세운 것이다.

휴스턴 애스트로스에 입단한 첫해엔 여러 가지 일을 했다.

동료 투수들에겐 투구법을 가르쳤고, 타자들에겐 타격을 지도했던 것이다.

투수 코치와 타격 코치는 멍한 표정으로 바라만 보았다.

현수는 무결점 투수이고, 무결점 타자이다. 게다가 자신보다 더 잘 가르치니 할 말이 없었던 것이다.

그해에도 사이영상은 받았지만 월드시리즈 우승은 하지 못했다. 동료들의 실력이 부족했던 때문이다.

하지만 2년 차와 3년 차엔 다시 월드시리즈 우승컵을 들어올렸다. 이 일은 2,900년쯤 전의 일이다.

현수는 애스트로스에서의 3년이 끝나자 미련 없이 은퇴했다. 은퇴경기가 된 월드시리즈 7차전 9회 말 마지막 공은 182㎞/h였다. 이 기록은 깨지지 않았다.

현수의 은퇴경기 다음 날, 전미야구기자협회(BBWAA)는 이례적인 발표를 했다.

현수의 명예의 전당 헌액 여부를 투표하겠다는 것이다.

여기에 이름을 올리려면 10년 이상 메이저리그에서 뛰었어야 하고, 은퇴한 지 5년이 지나야 한다. 투수는 300승 이상, 타자는 3,000 안타 이상을 기록해야 한다.

투표는 전미야구기자협회 가입회원으로 10년 이상 취재활동을 한 기자들이 하며, 75% 이상 득표해야 한다.

현수는 분명히 자격 미달이다. 그럼에도 아무도 토 달지 않았다. 그리고 투표 결과는 100% 찬성이었다.

현수가 메이저리그를 씹어 먹은 6년은 외계의 침공에 의해 생태계가 완전히 파괴된 지구와 비유되곤 하였다.

현수는 한 번도 패하지 않은 유일한 투수이고, 선발로 나왔던 모든 경기에서 승리한 유일한 투수였다.

6년 동안 내준 점수라곤 고작 1점뿐이다.

교통사고를 당해서 병원에 입원했다가 복귀했던 경기에서 내줬던 실점이 유일한 것이다.

현수가 출장하는 경기는 결과가 뻔했다. 하여 스포츠 토토의 매출이 형편없이 낮아졌다.

너무 이러니까 재미가 없었다.

하여 현수가 은퇴를 번복하고 다시 메이저리그로 돌아올 것을 저어하여 서둘러 명예의 전당에 헌액한 것이다.

이러면 못 돌아올 것이라 생각한 것이다.

어쨌거나 마이애미와 휴스턴에선 현수를 'Angel Kim'이라 불렀다. 연봉의 90%를 어렵게 사는 이들을 위해 시(市)에 기부했기 때문이다. 사람들은 나머지 10%만으로 검소하게 지낸 줄 알지만 실제는 떵떵거리며 살았다.

다른 동네에선 'Satan Kim', 또는 'Destroyer Kim'이라 불렀다. 악마 내지는 기록 파괴자라는 의미의 닉네임이다.

어쨌거나 현수가 세웠던 모든 기록은 메이저리그가 없어지는 날까지 그대로 유지되었다.

진정한 불멸의 기록이다. 그런데 이건 이야기해 줄 수 없다. 여기선 일어나지 않은 일이기 때문이다.

"아! 그래요?"

조환 매니저가 왠지 반색을 한다.

"근데 야구는 왜요?"

"한국에 프로야구가 있다는 건 아시죠?"

신문이나 방송에서 자주 언급되니 고개를 끄덕여주었다.

"당연하죠!"

"그럼 혹시 사회인 야구도 있다는 걸 아시나요?"

남아프리카공화국은 야구 변방이라 물은 것이다.

"혹시 아마추어를 말하는 건가요."

"네! 맞습니다. 아마추어!"

"그래요! 근데 그게 왜요?"

"한국 사회인 야구는 1부에서 5부 리그까지 있죠. 1부가 가장 실력이 좋고, 5부가 제일 낮은 팀입니다."

"5부까지 있어요? 팀이 꽤 많은 모양입니다."

"네! 사회인 야구 참여인원은 굉장히 많습니다. 리그는 300개 정도 되고요. 팀은 2,000개 정도 있습니다."

"우와! 그렇게나 많아요?"

자신이 생각했던 것보다 훨씬 많기에 진심으로 놀란 표정을 지었다.

"네, 많죠! 야구 좋아하는 사람들이 많으니까요."

"그렇군요. 그런데요?"

"그중에 연예인으로 구성된 연예인 리그도 있습니다."

"……!"

대체 뭘 이야기하려고 도입부가 이리 기냐는 표정으로 바라보았다.

“연예인 리그는 배우나 가수들로 구성되어…….”

잠시 조 매니저의 말이 이어졌다.

연예인 팀은 ‘조마조마’와 ‘공놀이야’ 등 9개가 있다.

2년 전 어느 날 ‘아이돌 육상대회’를 녹화하였고, 의기투합한 매니저들끼리 날을 잡아 야유회를 떠났다.

그리고 거기서 ‘서포터(Supporter)팀’을 만들기로 했다. 연예인을 지원하는 사람들의 팀이라는 뜻이다.

매니저와 연예 기획사 임직원들을 상대로 선수 모집을 했다. 그렇게 테스트를 하여 뽑은 선수들은 열심히 운동했다.

중학생 때까지 야구를 했다는 매니저와 임직원들이 제법 있었기에 팀 전력은 결코 약하지 않았다.

이 팀은 곧장 연예인 리그에 팀 등록을 했다.

그러고는 각자 시간이 날 때마다 연습장에 모여 무뎌진 실력을 다시 갈고닦았다.

서포터 팀은 경기가 있는 날, 그날 스케줄이 없는 선수로 구성되어 출전했다.

문제는 투수 자원이다. 투수가 겨우 3명이라 이들이 못 나오는 날엔 야수들이 공을 던져야 했다.

당연히 난타당했지만 다들 재미있어했다.

승패에 일희일비하는 프로가 아니라 순수하게 야구를 즐기는 아마추어였기에 말 그대로 즐긴 것이다.

경기가 끝나면 이겨도 한잔하고, 져도 한잔했다. 우천으로 경기를 못하게 되는 날엔 대낮부터 잔을 기울였다.

그러는 동안 점점 더 친해졌고, 단결되었다.

조환 매니저는 서포터 팀의 투수 코치이다. 고등학교 1학년까지는 선수 생활을 했다.

그때는 체격이 작은 데다 구속도 빠르지 못해 후보였지만 2학년이 되면 주전으로 기용될 재목이었다.

그러던 어느 날, 선배의 지시를 받아 용품 정리를 위해 창고로 가던 중 옥상에서 뛰어내리는 녀석을 보게 되었다.

야구부라 수업을 거의 듣지 않아 같은 반 친구라는 건 나중에 알게 되었다.

이 녀석은 입학과 동시에 왕따당했다.

덩치가 작고, 못생긴 게 이유다. 결정적인 것은 전혀 싸움을 못할 것 같은 소심함이다.

건들거리는 녀석들은 수시로 돈을 빼앗았고, 담뱃불로 지지는 등의 괴롭힘을 가했으며, 거의 매일 폭행을 가했다.

그날은 강제로 바지를 벗긴 뒤 치욕스러운 행위를 강요했던 날이다. 너무나도 분하고, 비관스러워 뛰어내린 것이다.

"야! 이 개새끼들아~!"

녀석은 큰 소리로 울부짖으며 뛰어내렸다.

조환은 녀석이 떨어지자 앞뒤 가리지 않고 후다닥 달려가 두 팔 벌려 받아내려 했다.

간신히 잡아채기는 했지만 추락을 막진 못하였다.

충격으로 인한 다발성 골절로 신음하던 친구는 119 구급차가 오기도 전에 목숨을 잃었다.

신음을 내며 뭐라 말을 한 것 같기는 한데 알아들을 수는 없었다. 다만 하나는 분명하다.

"개새끼들……!"

본인을 괴롭힌 놈들에게 남긴 유언이다.

* * *

그날 조환의 팔꿈치와 어깨 인대는 심각한 손상을 입었다. 치료를 받았지만 더 이상 투구를 할 수 없게 되었다.

퇴원 후, 교실로 돌아온 조환은 시시덕거리는 한 무리를 보았다. 반 친구를 죽게 만들었던 녀석들이다.

부모가 돈을 썼는지, 힘을 썼는지 알 수는 없지만 아무런 처벌도 받지 않았다고 한다. 그러고는 멀쩡하게 등교하여 다른 아이들을 괴롭히던 중이다.

순간적으로 눈이 돌아버린 조환은 야구방망이를 꺼내 들었고, 있는 힘을 다해 녀석들을 후려갈겼다.

알루미늄 배트의 위력은 대단했다.

녀석들의 대가리가 깨졌고, 광대뼈가 뭉개졌고, 갈비뼈가 부러졌으며, 이빨도 작살났다.

한 녀석은 무릎 관절이 작살났고, 다른 한 녀석은 팔꿈치

뼈가 완전히 부서졌다.

그 일로 조환은 퇴학을 당했고, 부모님은 막대한 치료비와 합의금을 물어줘야 했다.

안 그랬다면 교도소로 갔을 것이다.

이후 마음잡고 공부하여 검정고시를 패스했고, 후지긴 하지만 지방 전문대까지 졸업했다.

그 후 군대도 다녀왔는데 취직이 되지 않았다.

매일 방구석에서 전전긍긍하고 있을 때 다니던 연예기획사를 나와 독립한 형이 불렀다. 백수 생활을 하는 동생을 보다 못해 로드 매니저로 고용한 것이다.

군에 있을 때 운전병이었던 것도 작용했다.

어쨌거나 다이안이 데뷔했을 때만 해도 괜찮았다.

반응이 괜찮아서 금방 톱스타가 될 것 같았던 것이다. 그런데 기대가 크면 실망이 크다고 했다던가!

후속곡을 냈지만 바라던 대로 되지 않았다. 이후엔 계속 내리막길을 걸었다. 하여 다른 직업을 찾으려 했다.

더 이상 형에게 짐이 되기 싫었던 것이다. 그러던 때에 현수를 만났고, 기사회생하여 오늘에 이르렀다.

다이안의 첫 번째 싱글이 대박을 내자 조환 혼자서는 스케줄을 소화할 수 없었다.

부르는 곳이 너무 많았던 것이다. 하여 로드 매니저를 뽑았다. 그제야 여유가 생겼다.

일반적으로 연예기획사 매니저들은 박봉에 시달린다.

회사에 따라 다르지만 초짜 매니저의 연봉은 2,000만 원 안쪽이다. 짠 기획사는 연봉 1,000만 원인 경우도 있다.

물론 상황에 따라서 인센티브를 주는 곳도 있다.

이처럼 낮은 연봉 외에도 단점이 있다. 연예인에 스케줄을 맞춰야 하기에 개인생활이 거의 없다는 것이다.

조환은 현재 Y—엔터 소속이고 직급은 과장이다.

따라서 Y—그룹 급여규정에 따라 연봉 7,800만 원이다.

연말 성과급은 별도이다. 아내와 두 자녀, 그리고 장모님을 모시고 살기에 실면적 45평 아파트도 제공되었다.

거실 이외에 방이 5개나 있는 아파트이다.

시간과 삶에 여유가 생기자 야구를 다시 하고 싶었다. 하지만 여전히 투구는 불가능했다.

팔을 아예 못 쓰는 것은 아니니 공을 던질 수는 있지만 구속이 너무 낮았다. 시속 70㎞가 최고였다.

이건 초등학교 4학년 정도의 구속이다.

실망했지만 야구를 포기하지는 않았다. 하여 차선책으로 택한 것이 서포터 팀 투수 코치가 된 것이다.

팀의 투수들은 중학교 때까지 선수생활을 했다.

고교팀 감독의 눈도장을 찍지 못하거나 집안 형편이 어려워져 일반고교로 진학했다고 한다.

그동안 재미 삼아 야구연습장을 찾아다녔는데 투구 동작

에 좋지 않은 습관이 배어 있었다.

하여 이를 개선시켜 주었다. 그러자 구속이 올랐다.

최고가 110㎞/h이었던 투수는 금방 116㎞/h으로 늘었고, 한 달이 지나자 121㎞/h까지 올랐다.

여전이 낮은 구속이지만 제구력이 좋고, 여러 구질을 던질 수 있어 팀의 에이스가 되었다.

또 다른 투수는 구속은 빠르지만 투구 동작만 봐도 어떤 공이 올지 알 수 있어 매번 난타당했다.

그런데 그게 개선되었다.

똑같은 투구 동작으로 시속 120㎞대의 직구와 슬라이더, 그리고 싱커를 던지게 되자 상당히 까다로운 투수가 되었다.

물론 사회인 야구 한정이다.

세 번째 투수는 중학교 2학년까지만 선수였다.

직구밖에 몰라서 슬라이더와 커브를 가르쳐 줬다. 구질이 다양해진 것이다. 이 투수의 최고 구속은 128㎞/h이다.

"돌아오는 토요일에 시합 합니다. 그런데 투수가 없어요."

"엥? 조금 전에 투수가 3명이라고 했잖아요."

"하필이면 그날 다 스케줄이 있어요. 그것도 해외에……."

"그럼 야수들이 던지면 되지 않나요?"

"근데 그게 한일전입니다."

"에? 사회인 야구에도 한일전이 있어요?"

"일본에도 우리처럼 사회인 야구가 있고 연예인 팀도 있습니다. 올해 처음으로…….”

한류 붐이 일면서 일본으로 건너가는 K—Pop 가수들이 많아졌다. 자동적으로 매니저들도 따라간다.

어떤 팀은 아예 일본 쪽 매니저를 따로 두는 경우도 있다.

공연을 준비하는 동안 자연스레 대화가 오가게 된다.

그러던 중 누군가에 의해 매년 한일 연예인 야구 챔피언 결정전을 하자는 이야기가 오갔다.

한국과 일본에서 우승팀을 가려낸 후 매년 Home & Away 방식으로 챔피언 결정전을 치르자는 것이다.

이에 연예인 리그가 후끈 달아올랐다.

한일전은 가위바위보도 지면 안 된다는 것이 국민감정이기에 연예인들은 스케줄을 조정해가며 대회에 임했다.

갑자기 결정되었는지라 시간 관계상 풀 리그로 경기를 진행할 수 없어 토너먼트로 우승팀을 가리기로 했다.

하여 각 팀 대표들이 모인 가운데 대진표를 결정했다. 제비뽑기로 상대 팀을 결정한 것이다.

1차전이 치러졌고 5개 팀이 남았다.

이런 경우 부전승이 생기므로 주중에 패자부활전을 치러 추가로 3팀을 더 뽑기로 했다.

이렇게 해야 8팀이 2차전을 치를 수 있는 것이다.

어쨌거나 서포터 팀은 1차전에 패해서 패자부활전을 치러야 했다. 그런데 운 좋게 부전승 제비를 뽑았다.

주중에 체력을 소모하지 않게 된 것이다.

그렇게 하여 2차전을 치렀는데 5 : 6으로 지고 있다가 마지막에 7 : 6으로 역전하였다.

서포터 팀 선수들이 잘한 것도 있지만 상대의 범실이 결정적이었다. 주중에 있었던 패자부활전에 상대 팀이 투수 자원을 몽땅 끌어다 쓴 때문이기도 하다.

그렇게 준결승에 올랐고 3차전의 결과는 4 : 1이다.

바로 전날 상대 팀 핵심 선수들이 종방연에 참석하여 많은 술을 마신 때문이다.

주요 선수들이 숙취로 인한 컨디션 난조를 보여 힘 한 번 못써보고 승리를 헌납한 것이다.

결승전에선 난타전을 벌인 끝에 11 : 8로 이겼다. 서포터 팀 투수들이 모두 등판한 결과이다.

아무튼 매니저 및 연예 기획사 임직원으로 구성된 서포터 팀은 대한민국 연예인리그의 우승팀이 되었다.

그리고 지난주 토요일에 일본으로 원정을 가서 7 : 2로 이기고 돌아왔다.

한국 팀이 원정 팀이라 선공으로 시작했는데 1회 초는 헛방망이질로 이닝을 끝냈다. 그리고 시작된 일본 팀의 공격!

3번 타자에게 불의의 홈런을 맞았다. 슬라이더를 던졌는데 너무 밋밋해도 통타당한 것이다.

이후론 양 팀 모두 0점 행진이다.

사회인 야구는 7이닝까지만 경기를 한다. 그리고 2시간 30분 안에 끝내야 한다. 운동장 사용 때문이다.

주말에 많은 경기가 몰리니 얼른 끝내야 하는 것이다.

하지만 한일 연예인 야구 챔피언 결정전은 명색이 한일전이고, 친선전이기는 하지만 국제경기이다.

하여 프로야구와 동일하게 9회까지 경기했다. 뿐만 아니라 NHK에서 TV로 생중계하고 있었다.

당연히 캐스터와 해설자가 있었고,

비디오 판독도 동일하게 사용되었다.

어쨌거나 한국 팀이 한 점도 내지 못하자 일본 해설진은 지극히 편파적인 해설로 서포터 팀을 깎아내렸다.

그런데 7회가 끝나고 8회가 시작되자 이변이 일어났다.

이닝 첫 타자인 한국의 4번 타자가 2루타를 쳤다.

곧이어 5번 타자가 안타를 쳤지만 3루수 쪽이라 2루 주자는 뛸 수가 없었다.

6번 타자는 텍사스 히트로 출루했다. 이때 2루 주자가 홈으로 들어왔다. 비로소 점수에 균형이 맞춰진 것이다.

7번 타자는 기습번트를 쳤다. 그런데 이 공을 수비수가 빠트렸다. 뒤이어 3루수가 다가와 공을 잡아채 홈으로 송구했지만 어림없는 공이었다. 악송구였던 것이다.

덕분에 루상의 주자들이 모두 들어왔다. 이후에도 실책이 연발되어 한국은 7점을 얻었다.

0 : 1이었는데 갑자기 7 : 1이 되어버린 것이다.

스코어가 역전되자 일본 팀은 이를 악물고 달려들었다. 하지만 한국 팀은 이미 기세가 올라 있었다.

투수는 잘 던졌고, 야수들은 신들린 듯 공을 잡아냈다.

중계 플레이는 메이저리그 급이 되어버렸다. 일본 연예인 팀 선수들이 죽어라고 쳤지만 모조리 잡아냈던 것이다.

8회 말 공격에서 일본의 3번 타자가 또 하나의 홈런을 쳤다. 7 : 2가 된 것이다.

나중에 알고 보니 이 선수는 갑자원(甲子園) 출신이다.

갑자원(고시엔)은 효고현에 위치한 야구장 이름이다.

그런데 여러 의미를 가지고 있다.

그중 하나는 고등학교 야구 최강을 가리는 '전일본고등학교 야구선수권' 리그 결승전이 벌어지는 경기장을 뜻한다.

그래서 일본의 야구만화 '왕종훈' 또는 '머나먼 갑자원' 등을 보면 각 지역별 예선을 거쳐 본선에 참가한 선수들이 기념으로 갑자원의 흙을 주머니에 넣어가는 장면이 있다.

어쨌거나 일본 연예인 팀 3번 타자는 야구선수권대회에서 결승 팀 소속이었다. 다시 말해 실력 있는 선수였다.

8회의 홈런은 한국 팀 투수가 잘 못 던진 게 아니라 잘 친 것이다. 어쨌거나 9회엔 아무도 점수를 내지 못했다.

경기 내내 서포터 팀을 조롱하고, 폄하했으며, 씹어대던 해설진은 입을 다물었다. 프로와 아마가 붙었는데 프로가 맥없이 진 것이나 다름없으니 할 말이 없었을 것이다.

실망한 관중은 8회 초가 끝나자 절반 이상이 나가 버렸다. 경기가 끝난 후, 서포터 팀은 환호하며 서로를 얼싸 안고 기뻐했다.

공은 둥글다지만 객관적으론 이길 수 없을 거라 생각했던 팀을 이겼으니 얼마나 기뻤겠는가!

게다가 한일전이다. 자신이 통쾌한 승리의 주인공이라는 국뽕에 취하여 한참을 방방 떴다.

반면, 일본 연예인 팀은 서로에게 패전의 잘못을 전가하며 험악한 분위기를 조성했다.

그러는 사이에 NHK는 서둘러 중계를 끝냈다. 그러고는 금방 철수해버렸다.

주말 오후에 일본 국민들에게 한국 팀을 깨는 통쾌한 모습을 보여주려던 애초의 계획이 완전히 뭉개진 것이다.

그래도 MVP 인터뷰도 하지 않은 건 무례한 행위였다.

서포터 팀은 그렇게 이기고 돌아왔다. 2차전은 이번 토요일인 10월 1일 서울에서 개최된다.

6점차 이상으로 패하지 않으면 제1회 한일 연예인 야구 챔피언 결정전 우승컵은 한국의 서포터 팀이 갖게 된다.

이 대회는 일본의 방송사 NHK 후원이다.

한국 팀이 일본 팀에게 처참하게 발리는 모습을 시청자들에게 보이려는 속셈이 숨어 있는 후원이었다.

1차전에 패한 일본 연예인 야구팀은 절치부심하였다면서 최상의 선수로 2차 대회에 임한다는 메시지를 보냈다.

이에 서포터 팀은 정보력을 총동원하여 일본 연예인 야구팀 선수들을 알아보았다.

다들 알다시피 일본엔 상당히 많은 야구인들이 있다.

비교해보자면 한국은 고교야구팀이 50개 정도지만, 일본은 4,000개가 넘는다.

그래도 프로선수가 되는 인원은 한일 양국 모두 적다.

그렇다면 고등학교 때까지 선수였는데 프로야구 선수가 되지 못한 인원은 어느 쪽이 많을까?

한국과 달리 일본 연예인 팀에는 연기자나 배우 이외에 '스포츠 선수 출신 방송인' 들이 대거 포함되어 있다.

이들 중 상당수는 고교 때까지 야구를 했으며, 한때 프로였거나 프로를 꿈꾸었던 인물도 많다.

삼성 라이온스 출신 양준혁이나 애틀랜타 브레이브스의 메이저 리거였던 봉중근이 방송에 나오는 것과 같다.

서포터 팀은 재일교포들의 도움을 얻어 2차 대회에 출전할 상대 팀 선수들의 면면을 알아보았다.

그런데 교포들 모두 한국의 콜드게임 패를 점쳤다.

1차전은 운 좋게 이겼지만 2차전은 투타 모두 프로에 버금갈 실력을 갖춘 녀석들로 구성되니 아마추어인 한국 연예인 팀이 처참하게 발린다는 것이다.

일본 팀 선발투수는 수시로 146㎞/h짜리 패스트볼을 뿌린다고 한다. 서포터 팀 선수들이 경험하지 못한 강속구이다.

이 투수는 1차전 때 스케줄이 있어서 등판하지 않았다.

계투 요원은 프로팀 지명을 받았으나 하필이면 그 시기에 폭력사건에 휘말려 프로선수가 되지 못했던 인물이다.

패스트볼도 좋지만 특히 슬라이더와 포크볼이 일품이라는 평을 받는다. 슬라이더의 구속은 140㎞/h대이고, 포크볼은 꺾이는 각도가 예술이라고 한다.

디셉션이 좋아 구질을 구별하기가 쉽지 않다고 한다. 하긴, 그러니 일품이라는 평을 들었을 것이다.

마무리로 등판할 투수는 임창용 선수의 뱀직구와 비슷한 공을 던진다.

최고 구속은 142㎞/h 정도인데 묵직해서 맞아도 멀리 안 나간다고 한다.

게다가 제구력도 좋고, 실투가 거의 없다고 했다.

타자들도 거의 모두 선출이다. 다시 말해 최하가 고등학생 때 야구선수를 했던 자들이다.

재일교포들의 우려가 현실이 될 수 있어 서포터 팀의 수심은 깊어졌다. 하지만 미리 포기할 수는 없다.

하여 매일 시간이 날 때마다 야구 연습장에서 살기로 했다. 그런데 서포터 팀에 예상치 못했던 상황이 발생했다.

투수 3명 모두 출국해서 경기에 출전할 수 없다는 것이다.

서포터 팀의 정관을 보면 '생업이 우선' 이란 구절이 있기에 만류할 수도 없다.

NHK에서는 2차전도 생방송으로 송출한다고 했다. 이러다간 공개적, 국제적으로 개망신을 당할 상황이다.

하여 서포터 팀원들은 일제히 투수 물색에 나섰다.

Chapter 05

—

인적사항을 알려주세요

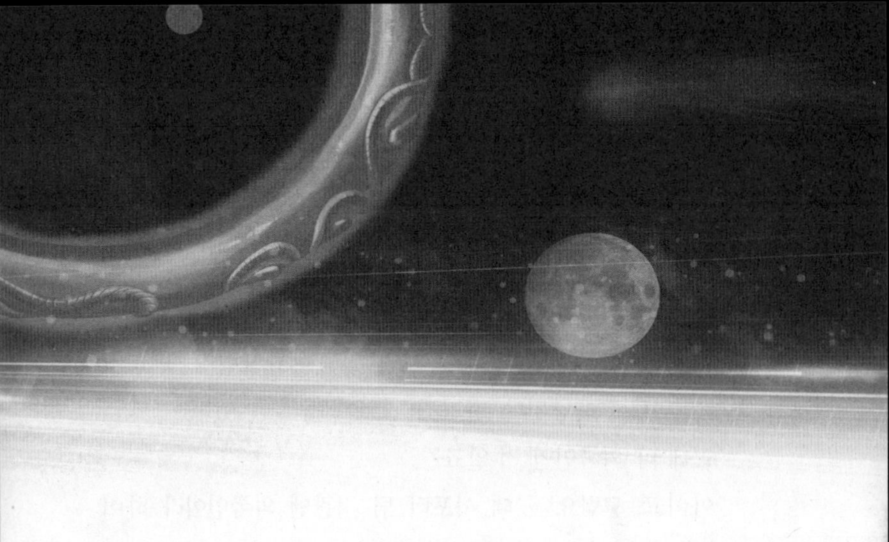

투수 코치인 조환도 당연히 쓸 만한 투수를 알아보고 있었는데 찾을 수가 없었다.

있었다면 벌써 서포터 팀원이었을 것이기 때문이다.

현수에게 야구할 줄 아느냐고 물은 건 물에 빠진 사람이 썩은 지푸라기라도 잡으려는 심정에서 툭 던져본 말이다.

그런데 할 줄 안다고 한다. 게다가 투수였고, 제법 잘 던졌다고 하니 눈빛이 반짝반짝이다.

돌아가신 조상님을 다시 만난 것 같은 표정이다.

"대표님! 죄송한 말씀이지만 저기 저쪽에 투구 연습장이 있는데 거기 가서 한번 던져보면 안 되겠습니까?"

"네?"

"제발 부탁드립니다. 정말 딱 한번만 던지셔도 되니 같이 가 주십시오. 네?"

조환은 애원하는 표정으로 바라보고 있다.

Y—엔터 법인등기부 등본을 보면 현수가 대표이니 연예 기획사 임직원에 해당된다. 따라서 팀원이 될 수는 있다.

"근데 나 외국인인 거 알죠?"

"아이고, 그럼요! 근데 서포터 팀 정관엔 외국인이라 하여 팀원이 될 수 없다는 조항이 없습니다."

하긴 매니저 100%가 한국인이니 그런 조항을 굳이 넣을 이유가 없었을 것이다.

"흐음! 그래요?"

현수는 슬쩍 동하는 마음이 들었다. 이때 도로시가 불쑥 튀어나온다.

'폐하! 얼른 하세요! 유희잖아요. 유희(遊戲)!'

현수가 메이저리그를 씹어 먹을 때는 도로시가 만들어지기 전이었다.

언젠가 메이저리그에서 불멸의 업적을 남겼다고 했더니 다시 한번 선수생활을 해보길 강력히 권했다.

근데 이번엔 시속 150㎞가 넘는 공은 던지지 말라고 했다.

오른손잡이가 왼손으로 던지는 거지만 그것도 양민 학살에 해당된다는 것이다.

오른손으로 던지면 시속 210㎞ 이상 나올 뿐만 아니라 슬라이더 같은 변화구들은 꺾이는 각도 자체가 다르다. 만화에나 나올 공이 되어버리는 것이다.

악력(握力)이 너무 좋아서이다.

마니아들은 알겠지만 악력을 측정하는 기구가 있다.

아이언마인드사(社)에서 제작한 CoC(Captains of Crush) 악력기가 그것이다. 장력에 따라 CoC 1~4까지 있는데 4가 가장 강력한 것이다.

이를 클로징하려면 악력이 165㎏ 이상이어야 한다.

참고로, 문화체육관광부에서 조사한 19~24세 한국 남성의 평균 악력은 43kg이다. 체중 70kg대 전후인 유도, 레슬링 선수들은 50~60kg대를 기록한다.

메이저리그의 데이빗 오티스는 86.8kg, 마이크 피아자 97.7kg, 오승환 108kg으로 측정되었다.

아무튼 IronMind Enterprises는 힘 좀 쓴다는 사람들의 경쟁심을 유발하기 위해 공식인증 제도를 운영하고 있다.

이를 통과하면 홈페이지에 이름이 노출된다.

2016년 현재 CoC-4를 클로징하여 공식적으로 인증을 받은 사람은 전 세계에 딱 6명뿐이다.

현수는 현재 마법을 쓸 수 없는 몸이다. 하지만 슈퍼 마스터였던 신체가 평범하게 변해버린 것은 아니다.

하지만 CoC-4로도 현수의 악력을 측정할 수는 없다. 너무

쉽게 클로징하는 때문이다.

장력 200㎏짜리 CoC—5가 나올 예정인데 이걸로도 현수의 힘을 측정할 수 없다.

아주 오래전, 스스로의 악력이 어느 정도인지 궁금하여 여러 개의 측정기를 만들도록 해본 적이 있다.

메이저리그를 씹어 먹던 때이니 2,900년쯤 전의 일이다.

그때 측정된 악력은 883㎏이었다.

이건 인간의 힘이 아니다. 소드 마스터를 뛰어넘은 그랜드 마스터의 신체였기에 가능한 일이다.

하긴 영장류 중 가장 강한 악력을 지닌 고릴라가 326㎏이다. 이걸 두 배 이상 뛰어넘었으니 당연히 인간이 아니다.

어쨌거나 강한 악력과 긴 손가락, 그리고 절대 지치지 않은 엄청난 어깨는 세상에 없는 구질을 만들어냈다.

그렇기에 오른손으로 던지면 직구 시속이 210㎞ 이상 나올 뿐만 아니라 변화구의 꺾이는 각도가 엄청났던 것이다.

어쨌거나 도로시는 유희하는 셈 치고 130~140㎞/h 정도의 공을 던지라고 했었다. 대신 여러 개의 구질을 갖추고, 각각을 칼 같은 제구력으로 무장해보자고 했다.

시합 때마다 상대의 이력을 일목요연하게 정리하여 보여주는 것은 물론이고, 핫존과 콜드존도 알려준다고 했다.

그 정도면 메이저리그를 다시 한번 평정할 수 있을 것이라고 꼬드겼다.

그때 현수는 입맛이 당겼었다.

메이저리그에서 구속 130~140㎞/h는 평범 이하이다.

그런 평범 이하로 비범(非凡)을 잡는 일에 도전하는 거라 흥미를 느꼈던 것이다. 하여 투구 연습을 해봤다.

영점을 잡거나 공을 더 빠르게 던지기 위한 것이 아니다. 시속 130~140㎞ 정도의 공을 던지기 위한 연습이다.

하지만 끝내 제 2차 야구 유희는 할 수 없었다.

우주개발이 본격적으로 시작되면서 현수의 마법이 필요한 때가 많았던 때문이다.

아울러 이계의 아르센 대륙과 콰트로 대륙, 그리고 마인트 대륙의 현대화가 시작되었기 때문이기도 하다.

최대한 환경을 훼손하지 않는 선에서 개발을 하려니 계속 가이드라인을 제시해야 하는 상황이었다.

하여 한가롭게 야구를 하며 보낼 시간이 없었던 것이다.

개발이 끝난 후엔 2차 야구 유희를 계획했었다는 것 자체를 망각했다.

미국에서 자중지란으로 인한 전쟁이 발발했고, 8개 국가로 쪼개지면서 메이저리그가 해체된 때였다.

8개 국가는 서로 으르렁거리며 수시로 국지전을 벌였다. 이런 상황이라 메이저리그는 영원히 복원되지 못하였다.

"대표님! 저기 초록색 망 보이시죠? 저기가 연습장입니다."

멀리 떨어져 있음에도 알루미늄 배트가 공을 때리는 소리가 들렸다. 오랜만에 들어본 소리라 살짝 흥분되었다.

2,900쯤 전 메이저리그 선수일 때가 생각난 것이다.

"그래요! 죽은 사람 소원도 들어준다는데 우리 조 매니저의 부탁이니 당연히 들어드려야죠."

"네에, 감사합니다."

조환은 신나서 앞장섰다.

"근데 일본 투수들의 구속은 얼마나 되나요?"

"개중에 146km/h로 던지는 놈이 있답니다."

메이저리그 투수의 평균구속은 150km/h이다. 그리고 KBO는 141.3km/h이고, NPB는 143.5km/h이다.

그런데 뭔가 이상하다. 당장 프로야구팀에 데려다 놓아도 될 만한데 어찌 아마추어로 남아 있는지 궁금했다.

"에? 아마추어인데 그 정도라고요?"

"전과 때문에 프로선수가 못된 놈이라고 하더라고요."

"전과(前過)요?"

"네! 폭력전과 2범이랍니다. 6개월과 9개월간 교도소에서 썩었다고 하더라고요."

아주 포악한 성질을 가진 녀석일지 모른다는 뜻이다.

그렇다면 이해가 된다. 팀 동료에게 혹은 상대 팀 선수에게 폭력을 가하면 큰 문제가 되는 때문이다.

"나도 그 정도로만 던지면 될까요?"

"네? 그, 그 정도가 가능하십니까?"

아무리 봐도 호리호리한 체격이다. 184㎝에 75㎏이니 그렇게 보이는 것이 당연하다.

"전엔 더 빠른 공을 던졌는데 지금은 어떤지 모르겠어요."

"네에? 어, 얼마나 나왔는데요?"

최고 기록이 시속 213.7㎞였다고 하면 안 믿을 게 뻔하다. 인간이 던질 수 없는 속력인 때문이다.

시속 132.8마일이라는 소린데 누가 믿겠는가!

아롤디스 채프먼이 시속 106마일짜리 공을 던졌을 때 언론은 어마어마한 강속구라는 표현을 썼다.

이보다 훨씬 더 빠르다. 타석의 타자는 공을 보지도 못한다. 당연히 칠 수가 없는 것이다.

아무튼 본인의 최고 구속은 말하지 않았다.

"다 왔습니다. 여깁니다."

조환 매니저의 안내를 받아 안으로 들어가니 초록색 그물망이 가장 먼저 보였다.

투수석은 마운드가 아니라 고무판이 깔려 있다. 미끄러져서 넘어지지 말라는 뜻일 게다.

"잠시만 기다려 주십시오."

조 매니저가 사용료를 지불하고 오는 동안 슬쩍 몸을 풀었다. 공은 40개를 던지는 것으로 돈을 냈다고 한다.

'폐하! 지금 구두 신고 계세요. 140㎞/h 정도면 만족할 테

니 무리하지 마세요.'

'알았어.'

현수가 자세를 잡자 조환은 긴장된 눈빛으로 물러섰다.

연습구로 4개의 공을 던져봤다.

스피드건으로 측정된 속력은 118km/h, 123km/h, 127km/h, 132km/h였다.

점점 빨라지는 공에 조환은 잔뜩 기대하는 표정이다.

한편, 현수는 살짝 미소를 베어 물었다.

정말 오랜만에 던지는 공이지만 영점을 잡을 필요가 없었다. 몸이 기억하고 있었던 것이다. 그래서 즐거웠다.

"자아, 이제 본격적으로 던집니다. 포심이에요."

"네, 대표님!"

휘익—! 퍼엉—! 휘익—! 퍼엉—! 휘익—! 퍼엉—!

140km/h, 142km/h, 143km/h, 141km/h가 나왔다.

도로시가 요구한 속력에 맞추기 위해 힘을 완전히 뺀 상태로 던졌는데 모조리 스트라이크이다.

9분할로 했을 때 1, 3, 7, 9번에 들어갔으니 우타자 기준으로 보면 바깥쪽 높은 공, 몸 쪽 높은 공, 바깥쪽 낮은 공, 그리고 몸 쪽 낮은 공이다.

"이번엔 슬라이더 던집니다."

휘익—! 퍼엉—! 휘익—! 퍼엉—! 휘익—! 퍼엉—!

139km/h, 143km/h, 140km/h, 141km/h의 속력이다. 타석 앞

에서 예리하게 꺾이며 들어갔다.

"이번엔 포크볼입니다."

휘익—! 퍼엉—! 휘익—! 퍼엉—! 휘익—! 퍼엉—!

140km/h, 140km/h, 141km/h, 142km/h였다.

"다음은 스플리터예요."

휘익—! 퍼엉—! 휘익—! 퍼엉—! 휘익—! 퍼엉—!

141km/h, 142km/h, 143km/h, 143km/h였다.

"이건 너클볼."

휘익—! 퍼엉—! 휘익—! 퍼엉—! 휘익—! 퍼엉—!

138km/h, 141km/h, 140km/h, 139km/h였다.

"투심입니다."

휘익—! 퍼엉—! 휘익—! 퍼엉—! 휘익—! 퍼엉—!

140km/h, 142km/h, 141km/h, 141km/h였다.

"커터 갑니다."

휘익—! 퍼엉—! 휘익—! 퍼엉—! 휘익—! 퍼엉—!

142km/h, 142km/h, 141km/h, 140km/h이다.

"스크루볼 던져요."

휘익—! 퍼엉—! 휘익—! 퍼엉—! 휘익—! 퍼엉—!

138km/h, 138km/h, 140km/h, 139km/h였다.

"자~! 이제 마지막이에요. 커브입니다."

휘익—! 퍼엉—! 휘익—! 퍼엉—! 휘익—! 퍼엉—!

141km/h, 140km/h, 141km/h, 142km/h였다.

40개의 공을 모두 던진 현수는 손을 탁탁 털며 돌아섰다. 조환은 턱이 빠질 정도로 입을 벌리고 있다.

방금 던진 공은 9가지 구질이다. 그런데 투구 동작이 모두 같다. 디셉션과 스트라이드 등도 흠잡을 것 없이 완벽했다.

"대, 대표님! 저, 정말 선수 아니셨어요?"

너무도 놀랐는지 말까지 더듬는다. 하여 피식 웃었다.

"에고, 남아공에서도 의사 되는 거 쉬운 일 아닙니다."

공부하느라 정신이 없었다는 뜻이다.

"세상에… 맙소사……!"

조환은 한참 동안 말을 잇지 못했다.

"조 매니저! 뒤에 손님들 기다리니 이만 나가죠."

"네……? 아, 네에. 그러시죠."

속력이 다른 만큼 포구되는 소리도 달랐는지라 투구 연습장에 있던 사람들 모두 현수의 투구를 목격했다.

그리고 모두가 입을 딱 벌리고 있다.

아마도 동네에서 140km/h가 넘는 공들을 볼 수 있을 거라곤 상상도 못 했을 것이다. 게다가 9개 구종이다.

포심 패스트볼, 슬라이더, 포크볼, 스플리터, 너클볼, 투심 패스트볼, 커터, 스크루볼, 커브 모두 대단했다.

*　　*　　*

—야! 너, 저 사람 알아? 프로지?

—그래! 일반인인데 어떻게 140을 넘기냐?

—그렇지? 내가 딱 봤을 때부터 그런 줄 알았다.

—그래……! 근데 누구지? 처음 보는 얼굴이네.

—처음 보는 얼굴? 야! 니가 KBO 선수를 다 알아?

—당연한 거 아니냐?

—헐! 600명이 넘는데 얼굴을 다 안다고? 뻥치지 마라.

—얌마! 내가 명색이 야구 전문 기자야. 객원[13] 이라 그렇지.

—그럼, 저 사람은 누구냐? 거의 다 140㎞대였어.

—맞아! 전부 스트라이크였구. 안 그래?

—글쎄? 근데 기억이 안 나네. 와아! 나 치매 걸린 건가?

—그나저나 못 던지는 공이 없었지? 9개 구종인가?

—맞아! 그렇게 많은 구종을 정말 깔쌈하게 던지는 투수는 없는데. 누구지? 누굴까? 하아! 왜 생각이 안 나냐?

—얌마, 야구 전문 기자라며? 근데도 몰라?

—아까 말했잖아, 객원이라고…….

현수가 투구 연습장을 빠져나가는 동안 들었던 대화이다.

"대표님! 타격은 혹시 어떠세요?"

"타격이요? 그것도 한 가닥 했죠. 한번 보여줘요?"

---

13) 객원기자 : 특정 언론사에 소속되지 않고 외부에서 기사를 취재하여 쓰거나 편집하여 기고하는 사람

"네? 정말요? 잠시만요."

조환 매니저는 배팅연습장 관리인을 찾아갔다. 그러고는 정말 금방 돌아왔다.

"대표님! 잠시만 기다려 주세요. 여기 얼마 전에 150㎞짜리 새로 들여놨어요. 근데 아직 세팅이 안 되었다고 하네요."

"뭐, 그러죠."

흔쾌히 고개를 끄덕여 주었다.

종속이 150㎞/h인 피칭머신이라면 시속 160㎞짜리 공으로 느껴질 만큼 빨라 보일 것이다.

투수는 공을 던지려는 모습이 보이지만 피칭머신은 아무런 예비동작 없이 공이 튀어나오는 때문이다.

어쨌거나 프로야구 선수들이나 쓸 만한 것을 동네 야구 연습장이 갖추고 있다는 것이 의아하다.

하지만 굳이 따져 물을 이유는 없다.

"대표님! 기다리는 동안 인적사항 좀 알려주십시오."

"네? 왜요?"

"선수 등록하려면 필요합니다."

"에? 그런 거도 해야 해요?"

"국제전이잖아요. 공식 경기고요. 그리고 사회인 야구도 선수 등록을 해야 경기를 뛸 수 있습니다."

"그래요? 그럼 뭐부터 알려주죠?"

감추고 자시고 할 게 없다.

"신장과 몸무게, 출신 학교부터 알려주세요."

조환은 얼른 녹음 어플을 실행시켰다. 그러고는 이런저런 것들을 물었다. 현수는 기꺼운 마음으로 대답해 주었다.

시합은 10월 1일에 오전 11시에 고척스카이돔에서 열린다. 오후 5시부터는 KBO 경기가 열리기에 시간차를 두고 경기 시작 시각을 정한 것이다.

"선수 등록을 해도 내가 업무 때문에 바쁘면 참석 못 하는 거 확실히 해야 합니다."

"그럼요! 당연히 생업이 우선이죠. 그건 걱정 마십시오."

"나중에 매주 나와라 이러면 안 됩니다."

"대표님은 딱 한 경기만 뛰어주시면 됩니다. 본격적으로 나서시면 생태계 파괴됩니다."

직구처럼 날아오다가 타자 바로 앞에서 예리한 각도로 꺾이는 변화구를 어찌 사회인 야구팀이 공략할 수 있겠는가!

여기서 한 가지 분명하게 할 것이 있다.

현수의 변화구는 완만하게 휘어지는 것이 아니라 급작스럽게 꺾이는 것이다.

직구의 경우는 라이징 패스트볼이라 느껴지게 될 것이다. 분명히 보고 휘둘렀는데 공이 방망이 위로 지나칠 것이다.

회전수의 차이 때문이기도 하지만 공에 실린 힘 때문인 것이 더 큰 이유이다.

현수는 이를 '중력을 이기는 힘'이라 명명했다.

아무튼 1부 리그에서도 언터처블이란 별명을 붙여줄 것이 뻔하다. KBO 선수들조차 건드릴 수 없으니 당연하다.

"아무튼요. 조만간 아프리카로 출국해야 하니까 다른 소리 안 하도록 잘 부탁해요."

"네에, 염려 붙들어 매십시오. 제가 잘 말하겠습니다."

잠시 후 세팅이 끝났다고 하여 타석으로 들어섰다.

정말 오랜만에 쥐어보는 알루미늄 배트지만 손이 착 감기는 느낌이었다.

예고도 없이 공이 쏘아져 온다. 일반이라면 배트를 휘두르기도 전에 들어올 만큼 빠른 속도이다.

하지만 현수의 동체시력으론 시속 80㎞ 정도로 보였고, 공은 커다란 수박 크기였다

휘익—! 깡—!

누가 봐도 홈런성 타구이다. 곧이어 또 하나의 공이 쏘아져 온다. 바로 전은 직구였지만 이번엔 슬라이더이다.

휘익—! 깡—!

또 홈런성이다.

휘익—! 깡—! 휘익—! 깡—! 휘익—! 깡—! 휘익—! 깡—!

공은 계속 튀어나왔다.

직구, 커브, 슬라이더, 포크볼, 싱커, 너클볼이다.

몸쪽 높은 공, 낮은 공, 바깥쪽 높은 공, 낮은 공, 한가운데가 무작위로 섞어서 쏘아져왔다.

그때마다 경쾌한 소리가 터져 나왔다.

단 하나도 놓치지 않았고, 모두 홈런성이다. 40개의 공을 때렸을 때 배트를 내려놓았다. 너무 싱거워서 그랬다.

'시속 300㎞ 정도면 칠 만할 텐데.'

일반 피칭머신이라도 헤이스트 마법진을 그려놓으면 나오는 속도이다. 문제는 배트가 견디지 못하는 것이다.

나무는 물론이고, 알루미늄 배트도 그러하다.

쇠몽둥이를 만들어 휘둘러봤으나 그건 너무 무거웠다. 하여 경량화 마법진을 부여해봤다.

문제는 나무 배트와 같은 무게로 맞추는 게 쉽지 않다는 것이다. 그러면 연습이 안 된다.

고심 끝에 나무 배트에 마법진을 그렸다.

아이언 스킨(Iron skin)과 스트렝스(Strength), 그리고 페이션스(Patience)이다.

그제야 배트가 견뎌냈지만 그도 오래가진 못했다.

시속 300㎞짜리 야구공이 가진 운동에너지가 만만치 않았던 때문이다.

어쨌거나 40개의 공을 모두 홈런으로 때려냈다.

배트를 놓고 돌아서는데 기시감이 느껴진다. 조환 매니저가 아까처럼 입을 떡 벌리고 서 있었던 것이다.

"내가 그랬죠? 야구 잘했다고……."

"세, 세상에……! 대표님! 대표님……!"

"왜요? 왜 부르고 말이 없어요?"

"아, 아니, 너무 놀라워서요. 대표님 혹시 4번 타자셨어요?"

어서 사실대로 말하라는 표정이다.

"어? 그걸 어떻게 알아요?"

실제로 마이애미 말린스와 휴스턴 애스트로스에 있을 때 붙박이 4번 타자였다. 지금도 그렇지만 슬럼프라는 것이 없고, 부상이나 컨디션 난조도 전혀 없던 시절이다.

"그렇죠? 내가 그럴 줄 알았어요. 와아! 정말 다행이다."

조환은 대놓고 기뻐한다.

"뭐가요?"

"이번 경기요. 그렇지 않아도 우리 4번 타자가 이번 경기에 못 나오거든요."

"왜요? 그 사람도 해외 공연 따라가야 해요?"

"아뇨! 그 친구는 그날이 아기 출산일이랍니다. 그러니 못 나오는 게 당연하죠."

취미로 하는 야구보다는 자식 출산이 확실히 더 중요하기에 고개가 끄덕여졌다. 안 그러고 야구장으로 간다면 평생토록 두고두고 아내에게 씹힐 게 뻔하다.

생각해 보니 민윤서의 아내 윤영지가 출산할 때는 쫓아가서 탯줄로 목을 감고 있는 태아를 구해냈었다.

민윤서의 아들 출산을 현장에서 지켜본 것이다. 그런데 정작 본인의 첫아들과 첫딸 출산은 못 봤다.

마인트 대륙의 흑마법사들과 싸우다 심각한 중상을 입었을 때 전능의 팔찌 덕분에 멀린의 레어로 워프되었다.

그리고 거기서 오랫동안 회복에 힘써야 했다. 그리고 지구로 차원 이동 했을 때는 3년 1개월 13일이 지났을 때이다.

그사이에 아내들 모두 출산을 했다. 첫아들 철과 둘째 아들 현, 그리고 첫딸 아름이가 태어난 것이다.

하여 권지현과 강연희, 그리고 이리냐로부터 꽤 오랫동안 원망을 들어야 했다.

지금 와 생각해 보니 대략 80년쯤 달달 볶인 것 같다.

두고두고 자신들이 불리한 상황이 될 때마다 아이 낳을 때 곁에 없었다는 말을 했던 것이다.

이런 경험이 있기에 팀의 4번 타자가 아기 출산을 보려 경기에 빠진다는 것에 대해 조금도 이의가 없다.

가만히 생각해 보니 서포터 팀은 제2차 챔피언 결정전에 핵심이 빠진 채로 임했어야 했다.

장기로 치면 차 떼고, 포까지 뗀 채로 고수를 상대하는 하수의 입장이었던 것이다.

게다가 일본에서 하는 경기가 아니다. 서울 고척 스카이돔에서 하며, 생방송으로 중계까지 된다.

한국은 모르겠지만 일본은 TV와 인터넷을 통해 실시간으로 시청할 수 있을 것이다.

그런데 10 : 0이나 20 : 0 쯤으로 지면 공개적으로 개망신 당하는 일이다. 아울러 1차전 승리의 빛이 바래진다.

1승 1패이거나, 2전 모두 무승부이면 1, 2차전 점수를 합계하여 챔피언을 결정하기로 한 때문이다.

1차전 결과가 7 : 2 였으니까 일본과의 점수 차가 6점 이상이면 한국 팀의 패배이다.

그럼 반쯤 가져왔던 우승컵과 작별이다.

더구나 이번 챔피언 결정전은 제1회 대회이다. 하여 제법 큰 상품이 걸려 있다.

승리한 팀 선수 전원에게 황금 20돈짜리 모형 야구배트와 글러브, 그리고 공을 준다.

순금 자체만 360만 원 정도 된다.

1차전과 2차전에 출전한 선수뿐만 아니라 감독과 코치들에게도 준다. 이 상품의 후원자는 NHK이다.

현수가 상품을 받는다면 아래와 같은 글귀가 새겨진다.

제1회 한일 연예인 야구 챔피언 결정전

우승 : 대한민국 연예인리그 서포터 팀

2차전 선발투수: 하인스 킴

2016년 10월 1일

국가명, 팀명, 그리고 보직과 성명은 우승팀이 결정되면 현장에서 새겨지고 수여될 예정이다.

NHK가 이런 거창한 상품을 건 이유는 한국 팀을 상대로 통쾌한 승리를 거두게 될 일본 연예인 팀을 생각해서이다.

기대심리를 자극하려는 의도였을 것이다.

그런데 1차전은 졌고, 2차전은 메이저리그도 씹어 먹을 레전드급 거물이 한국 팀 소속으로 출전하려고 한다.

아무래도 NHK의 속이 쓰릴 일만 남은 것 같다.

Y—엔터 빌딩 신축예정지에 당도해서 보니 사업부지 전체가 가림막으로 가려져 있었다.

작업 차량 출입구를 통해 안으로 들어가니 상당 부분이 철거되어 있었다. 그리고 나머지 철거 작업이 한창이다.

"저어, 어떻게 오셨습니까?"

작업을 지켜보던 사람 중 하나가 다가와 물은 말이다. 대답은 조환 매니저가 했다.

"이분은 Y—엔터 대표십니다. 이 공사의 발주자죠."

"아! 그렇습니까? 처음 뵙습니다. 철거팀장 정용화입니다."

"반가워요. 하인스 킴입니다. 좀 둘러봐도 되죠?"

"그럼요! 근데 헬멧은 쓰셔야 합니다. 잠시만요."

철거팀장은 후다닥 달려가 안전헬멧을 가져왔다. 높은 사람의 방문을 대비하여 준비해 둔 것인지 새 것이다.

"저~어! 근데……."

뭔가 알고 싶거나 물어보고 싶은 게 있다는 표정이다.

"왜요?"

"조금 전에 하인스 킴이라고 하셨잖아요? 그럼 혹시 저희 회사 전무이사님이 아니신가 해서요. 그러신가요?"

"네, 맞아요. 천지건설의 전무이사!"

"아……! 반갑습니다. 다시 인사드리겠습니다. 정용화라 합니다. 인근의 철거 작업은 저희 팀이 맡았습니다."

"수고가 많으십니다. 사고 나지 않게 유의해 주십시오."

"아이고, 그럼요! 당연합니다."

"일하시는 분들이 다치는 일이 없도록 해주시고, 제반법령은 반드시 준수하시고요."

"네! 지금도 그렇게 하고 있습니다. 걱정 마십시오."

정 팀장은 이번 현장을 맡으면서 고개를 갸웃거렸다.

업무 배정을 받을 때 작업 지시서도 받았는데 강조의 뜻으로 굵고 붉은색으로 표시된 것들 때문이다.

1. 현장 작업자는 모두 우리 국민으로 제한합니다. 외국인 노동자 고용을 금합니다.

2. 철거에 관한 제반법령은 모두 준수하십시오. 비용절감을 위한 꼼수는 허용되지 않습니다.

3. 폐기물 또한 법대로 처리하십시오. 무허가 업체와의 거래를 금합니다.

4. 공기단축보다는 작업자의 안전이 최우선입니다. 안전관리에 각별히 유념해 주십시오.

5. 작업자에게 가능한 최고의 식사를 제공하십시오.

인건비를 줄이기 위해 외국인 노동자를 쓰는 건 상식이다. 아울러 법을 다 지켜가며 철거하는 현장은 거의 없다.

건축폐기물도 100% 정식으로 허가받아 등록된 업체에게만 맡기지 않는다. 일부는 편법을 쓰는 무허가 업체를 통하여 처리하곤 했다.

차액만큼이 철거팀장 또는 회사의 이득이다.

다음으로 작업자의 안전을 위한 조치를 모두 취하고 작업을 하면 더딜 뿐만 아니라 적지 않은 비용도 든다.

마지막으로 현장 근로자의 점심은 인근에서 적당히 저렴한 것을 골라서 제공했다. 그래도 불만은 없었다.

모든 현장이 그러는 때문이다.

그런데 모두 그러지 말라는 지시이다. 하여 슬쩍 눈치를 살폈다.

작업지시서의 내용이 진심인지 여부를 알아보려 한 것이다.

Chapter 06

—

대표님! 저예요

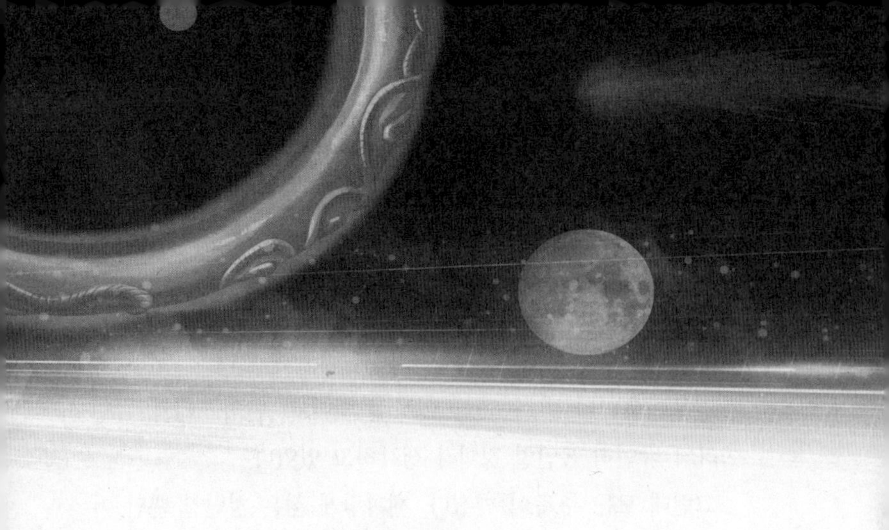

이에 대한 설명을 들었다. 다음이 그 내용이다.

신수동, 구수동 일대의 공사는 모두 본사 하인스 킴 전무이사가 대표로 있는 회사에서 발주하는 공사이다.

작업지시서의 내용은 건축주의 강력한 요청에 의한 것이므로 100% 준수해야 한다.

이를 어길 경우 즉시 현장에서 퇴출된다. 아울러 인사상 불이익이 가해질 것임을 엄중히 경고한다.

본사의 강력한 의지를 확인한 철거팀장 정용화는 작업지시서 내용대로 철거공사를 지휘하고 있다.

비용은 들었지만 본사에선 아무런 소리도 없다.

그래도 언제 본사의 높은 분들이 들이닥칠지 모르기 때문에 현장 주변 청소 및 정리까지 신경 쓰고 있다.

그러면서 대체 하인스 킴이 누굴까 궁금해 했다.

전무이사이니 최소 50살 이상일 것이고, 남아프리카 국민이라니 막연히 흑인일 것이라 생각하고 있었다.

그런데 모든 추측이 깨졌다. 새파랗게 젊은 청년일 뿐만 아니라 외관은 100% 한국인이다.

현재 철거작업을 하고 있는 곳에는 지하 5층 지상 46층짜리 건물이 들어설 것이라고 하였다.

지하층과 지상층 면적을 모두 합치면 6만 2,250평이나 된다. 평당 1,000만 원이 든다면 공사비만 6,225억 원이다.

이제 겨우 스물다섯쯤으로 보이는 청년에게 무슨 돈이 있어서 이런 큰 건물을 지으려 하는지 심히 의심스럽다.

이때 문득 떠오르는 것이 있었다. 투자제국의 황제의 이름도 하인스 킴이라는 것이다.

'아……!'

철거팀장 정용화는 속으로 탄성을 냈다. 눈앞의 청년이 투자제국의 황제라는 걸 뒤늦게 인식한 것이다.

"아직 매입하지 못한 부동산이 있고, 거기에 기거하는 사람이 있다면 배려해주세요. 앙심 품으면 좋을 일 없습니다."

"아! 그건 걱정 안 하셔도 됩니다. 오늘 오전에 마지막 주민이 이사 나갔습니다."

"그래요? 그거 다행이네요."

현수는 잠시 철거 현장을 구경하다 돌아섰다.

"전무님! 여기예요."

작업차량 출입구 밖으로 나가자 김지윤이 손을 흔든다. 그녀의 뒤에는 검은색 마이바흐가 서 있다.

"어? 오늘은 안 와도 된다 했는데 왜 왔어?"

"전무님 움직이시는데 불편하잖아요. 명색이 비서니까 당연히 와야 하는 거죠. 그렇죠?"

말을 하곤 상큼한 미소를 짓는다. 이때 조환 매니저는 멍한 표정을 지은 채 지윤을 바라보고 있다.

다이안의 스케줄 때문에 여러 방송사를 드나든다. 다들 알다시피 연기자와 가수 중에는 미인이 많다.

하여 방송사는 각기 다른 아름다움을 뿜어내는 꽃들이 모여 있는 곳이라고 생각하곤 했다.

장미, 튤립, 수선화, 백합, 금잔화, 데이지 등이 와글거리는 곳으로 보인 것이다.

그런데 그런 곳에 데려다 놔도 절대 꿇리지 않을 절세미인이 스스로 비서라 하며 환히 웃고 있다.

반달처럼 휜 눈썹과 별빛처럼 반짝이는 눈, 오똑한 콧날과

매혹적인 입술이 너무도 잘 조화된 얼굴이다.

그러고 몸매도 늘씬하다. 흠 잡을 곳이 전혀 없다.

결원이 생기기 전까지는 추가로 아티스트들을 뽑지 않는다는 회사 방침만 없었다면 명함을 주고 싶을 정도이다.

다시 말해 길거리 캐스팅을 하고 싶은 것이다.

데리고 가기만 하면 무조건 성공한다는 느낌이 팍 들었다. 하지만 그럴 수는 없다. 대표님의 비서인 때문이다.

"김 부장은 점심 먹었어?"

"아직이요. 전무님은요?"

요 대목에서 조환 매니저는 충격을 받았다.

엔터 업계에서 산전수전 다 겪은 본인은 과장급인데 새파랗게 어린 비서 아가씨가 벌써 부장이라니 놀란 것이다.

"나도 아직이야. 참! 그때 간장게장 먹었던 집 있잖아."

"마포경찰서 건너편 진미식당이요?"

"그래! 거기 가서 먹을까?"

"호호! 좋아요. 모실게요."

말을 하며 뒷문을 연다. 얼른 타라는 뜻이다.

"조 매니저도 같이 갑시다. 그 집 맛 괜찮아요."

"네? 저, 저도요?"

"네, 점심때가 되었으니 같이 가서 먹어요."

"그, 그래도 되나요?"

같이 점심을 먹자고 하니 너무도 황송하다는 표정이다.

"네, 됩니다. 그러니 얼른 타세요."

"네? 네에."

조 매니저가 먼저 타고 현수는 나중에 탔다. 운전은 김지윤이 했다. 손에 익었는지 아주 부드러운 운행이었다.

셋은 맛있는 점심을 먹고 다시 돌아왔다.

"조 매니저님! 제가 다이안 팬인데 사인 좀……."

지윤의 말이 끝나기도 전에 조 매니저의 머리가 끄덕인다.

"네? 아, 그럼요! 어렵지 않습니다."

점심을 먹으며 이런저런 이야기를 하던 중 김지윤이 천지건설의 부장이라는 걸 알게 되었다.

아무리 봐도 23~24살쯤으로 보이는 아가씨가 어떻게 재벌사 부장이 되었을까 생각해보았다.

둘 중 하나가 분명하다. 재벌가의 식솔이거나 엄청나게 뛰어난 실력을 갖춘 재원일 것이다.

후자는 선례까지 있다.

지난 2007년에 SK텔레콤은 사람들이 깜짝 놀랄 만한 인사를 발표했다. 20대 여성을 임원으로 발탁한 것이다.

그녀는 재벌가의 가족이 아니다.

서울과학고 조기졸업, KAIST 수석졸업, MIT 박사학위 취득이 그녀의 이력이다.

그 후 굴지의 게임회사에서 3년간 사외이사로 지냈다.

SK텔레콤에서는 그런 그녀의 능력을 높이 사 전격 상무이사에 임명했고, 현재까지도 근무하고 있다.

김지윤은 재벌가의 가족은 아닌 것 같다. 그랬다면 비서라는 보직대신 기획실 같은 곳에 배치되었을 것이다.

그런데 SK텔레콤의 상무이사인 여성만큼이나 뛰어난지 여부는 알 수 없다.

'에이, 저 얼굴에 그러기까지 하면 반칙이지. 노래 실력은 어떤지 모르니 그냥 배우나 하지.'

어리고, 예쁜 데다 몸매도 뛰어나다. 그런데 두뇌까지 겸비되어 있는 경우가 얼마나 있겠는가!

'근데 진짜 그러면 시집가기 어렵겠다.'

남자들은 본능적으로 본인보다 똑똑한 여성을 배우자로 선택하지 않으려 한다. 평생 열등감을 느끼며 살기는 싫고, 툭하면 지적질을 당하게 됨을 알기 때문이다.

'아! 우리 대표님은 의사이기도 하지? 뭐, 그럼… 얼추… 그러고 보니 잘 어울리네.'

현수와 지윤의 얼굴을 번갈아 살폈다.

'어……! 그럼, 우리 다이안 애들은 어쩌지?'

조 매니저의 얼굴에 살짝 그늘이 진다.

'애들은 맨날 대표님 타령만 하고 있는데… 애들도 예쁘긴 하지만 경쟁자가 너무 강력하네.'

조환 매니저는 다이안 멤버들을 조카 내지는 막내 여동생 쯤으로 여기고 있다.

연습생일 때부터 보아왔으니 그럴 만도 하다. 하여 멤버 중 하나쯤은 현수와 엮여도 좋다 생각했다.

능력 있고, 돈도 많은 데다, 의사이며, 뛰어난 사업가이다.

세계인의 사랑을 받는 존재가 되었지만 오히려 꿇리는 느낌이 든다.

어쨌거나 멤버 중 누구든 사모님이 되면 얼마든지 존대해 줄 의향도 있다.

하여 누가 그렇게 될까를 생각해보는 게 재미있었다.

그러던 어느 날, 우연히 멤버들의 대화를 듣게 되었다. 그때 한 번도 들어보지 못한 말을 알게 되었다.

'오자공' 이 그것이다. 사전에도 없는 말이기에 대체 뭔가 싶어서 형인 조연 지사장에게 물었다.

"형! 애들이 자꾸 오자공, 오자공 그러는데 그게 대체 뭔 말이야?"

"뭐? 오자공이라고?"

"응, 난 요즘 애들이 쓰는 말인 줄 알고 다른 회사 애들에게도 물어봤는데 다들 모른다고 하더라고. 혹시 형은 알아?"

"오자공? 아! 그거……?"

"어라! 형은 그게 뭔지 아는 거야? 그럼 말해줘."

"그건 말야. 아……! 안 되겠다."

"에이, 사람 궁금하게 만들지 마."

"안 돼. 말 안 할 거야."

"대체 뭐야? 뭔데 그래? 응? 뭔지 모르지만 나만 알고 입 다물 테니 가르쳐줘. 나 입 무거운 거 형도 알잖아."

"얌마! 안 된다니까. 정말 안 돼."

"형! 정말 이럴 거야? 내가 언제 남의 비밀 퍼뜨리는 거 봤어? 절대 말 안 할 테니까 살짝 가르쳐 줘."

그날 오자공의 뜻이 뭔지를 알게 된 조환 매니저는 머리가 복잡해졌다. 그러면서 가끔 갸웃거린다.

정말 그래도 되나 싶은 것이다.

형이 말하길 '오자공' 때문에 멤버들의 결속력이 훨씬 더 단단해졌고, 뭐든 함께 대처하려고 노력한다고 했다.

그러면서 금융재벌인 로스차일드가에 대한 이야기를 했다.

이 가문의 시조에게는 다섯 아들이 있었다. 그리고 이 가문의 문장[14] 에는 다섯 개의 화살이 그려져 있다.

화살 하나는 부러뜨리기 쉽지만 다섯 개를 뭉쳐놓으면 부러뜨리는 것이 어렵다.

혹시라도 위기의 순간이 오더라도 다섯 형제가 서로를 배신하지 않고 똘똘 뭉치면 그 위기를 충분히 견뎌낼 수 있을 것이라는 의미에서 그려진 것이라고 이야기했다.

충분히 이해되는 말이었다.

아무튼 '오자공' 덕분에 멤버들은 성공에 대한 확실한 목표를 설정했다.

14) 문장(紋章) : 국가나 단체 또는 집안 따위를 나타내기 위하여 사용하는 상징적인 표지. 도안한 그림이나 문자로 되어 있다

그 결과 발전 속도가 빨라졌다고 한다.

형의 말을 들어보면 '오자공'은 순작용만 있을 뿐 부작용이 전혀 없다. 그렇기에 내버려 두고 있는 중이다.

그런데 가끔은 어처구니가 없다.

스케줄 중간중간 휴식 시간이 주어지면 다들 스케치북을 꺼내 든다. 그러고는 뭔가를 열심히 그림을 그린다.

다섯 개의 화살을 이렇게 저렇게 배치해 보거나, 다섯 개의 봉우리, 또는 다섯 개의 폭포 등을 그린다.

그림의 공통점은 다섯 개의 뭔가가 있거나 5라는 숫자가 들어간다는 것이다. 그런데 일반적인 그림이 아니다.

다시 말해 풍경화나 정물화가 아니다. 그렇다고 만화 같지도 않고, 캐리커처(Caricature)도 아니다.

그림의 크기가 그리 크지 않은 걸 보면 뭔가 의미가 담긴 로고(Logo)를 그리는 것 같다.

어쩌면 하인스 킴이 시조가 되어 '자손대대'로 이어질 '킴' 가문의 문장을 도안하려는 것인지도 모른다 생각했다.

조환 매니저가 '자손대대'라는 생각을 한 건 현수의 개인 재산이 509억 달러가 넘는다는 뉴욕 타임스의 기사를 모 언론을 통해 보았던 때문이다.

한화로 약 60조 원에 달하는 돈이 있다면 펑펑 써도 줄이는 것이 쉽지 않다.

은행 정기예금 금리가 1.2%에 불과하더라도 1년 이자가 무려 7,200억 원인 때문이다.

한 달에 600억 원씩 써야 다 쓸 수 있다. 하루 기준으로 보면 매일 20억 원을 지출해야 한다.

어쩌다 하루 이틀쯤은 아파트나 슈퍼카를 사서 목표 지출을 달성하거나 넘길 수도 있겠지만 매일매일은 곤란하다.

어찌 매일 집을 사고, 매일 차를 사러 다니겠는가!

겨우 1.2%인 금리가 이런데 2.4% 정도로 오르기라도 하면 고역은 더 커진다. 매일 40억 원을 써야 하는 것이다.

그래도 원금은 하나도 줄지 않는다.

문제는 현수의 수입이 계속해서 늘고 있는 것이다.

며칠 전 인터내셔널 이코노믹에서 발표한 바에 의하면 현수의 재산이 2,258억 7,000만 달러로 늘었다고 한다.

불과 20일 사이에 엄청나게 뻥튀기 된 것이다.

우리 돈으로는 무려 265조 5,666억 원가량이다.

2016년에 포브스 발표 세계 부자 순위 1위는 스페인 의류회사 '자라(Zara)' 를 창업한 아만시오 오르테가이다.

그의 재산은 795억 달러로 발표되었다. 그런데 현수의 재산은 이것의 3배 가까이 된다.

다시 말해 현재는 현수가 세계 최고의 부자이다.

60조 원만 있어도 망하기 힘든데 그보다 4배 이상 많은 돈을 갖고 있다.

이젠 망하고 싶어도 망할 수 없게 되었다. 따라서 '자손대대' 라는 표현을 갖다 붙일 수 있는 것이다.

조환 매니저는 앞서 가는 현수의 뒷모습을 보면서 고개를 설레설레 흔들었다.

*　　　*　　　*

어마어마한 부자임에도 전혀 티를 내지 않는다.

걸치고 있는 옷은 항상 할인행사를 하는 아웃렛에서도 살 수 있는 것이고, 구두는 낡아 보인다.

시계와 선글라스는 아예 착용조차 하지 않는다.

잠은 회사 귀퉁이에 마련된 자그마한 숙소를 이용하고, 분위기 좋은 룸살롱 같은 곳에서 술을 마셨다는 이야기는 들어본 바 없다. 사치와 향락엔 전혀 관심이 없다.

이게 어찌 세계 최고 부자의 모습이란 말인가!

작지 않은 키이고, 호리호리한 몸매에 훈남 스타일 얼굴이지만 이 정도는 길바닥에 널려 있다.

하여 이름을 알게 되기 전까진 아무도 세계 최고의 부자라는 걸 알 수 없을 것이다.

Y-엔터에서 현수가 숙소로 사용하던 방은 정리되었다.

명색이 대표인데 옹색하게 사무실에 방 한 칸 마련하여 기거하는 것은 임직원 및 아티스트들에게 부담이었다.

대표는 비좁은 숙소에서 사는데 본인들은 회사에서 마련해 준 넓고, 깔끔한 아파트에서 산다.

거의 다 새 아파트이다. 천지건설과 유니콘 아일랜드 팀이 골조를 제외한 나머지를 싹 다 손을 본 때문이다.

예를 들어, 탤런트 K씨가 거주하는 현석동 소재 아파트는 2008년 5월에 준공되었다.

8년 이상 지나 조금씩 노후화했었는데 완전히 새로 지은 것 같이 바뀌었다.

외벽은 말끔하게 청소되었고, 갈라진 곳을 모두 보수되었다. 아울러 창호, 바닥재, 벽지, 변기, 세면기, 샤워기, 욕조, 싱크대, 방문, 현관문, 전등, 스위치 등은 모두 교체되었다.

골조만 빼고 전부 손본 것이다.

이 정도면 완전한 환골탈태이다. 따라서 새 아파트나 마찬가지이다.

관리비, 전기요금, 가스요금, 인터넷 회선사용료, IPTV 회선료 등은 모두 회사에서 부담해 주고 있다.

각 가정에선 달랑 상하수도 요금만 내고 있는데 그마다 두 달에 한번이고, 기껏해야 3~4만 원 수준이다.

이쯤 되면 주거비가 거의 안 드는 것이다.

서울은 인구가 많아, 부동산 가격이 비싸다.

하여 서울에 아파트 한 채를 마련하려면 직장인이 20년 동안 한 푼도 쓰지 않고 모아야 가능하다는 말이 있다.

그런데 회사에서 공짜로 아파트를 제공할 테니 사지 말라고 한다. Y—엔터에 25년 이상 몸담으면 본인과 배우자가 모두 사망할 때까지 사용하게 해준다고 한다.

하여 살고 있던 집을 처분하고 회사에서 마련해 준 아파트로 입주한 상태이다.

그러고 보니 대표가 단칸방 생활을 하고 있다. 한밤중에 화장실을 이용하려면 복도까지 나와야 한다.

게다가 연습생을 포함한 아티스트만 280명인 연예 기획사 치고 대표실이 너무 허접하다.

좁은 데다 책상과 소파 하나만 달랑 있어서 옹색하다는 느낌이다. 하여 현수의 숙소를 없애고 칸막이를 텄다.

졸지에 잠잘 곳을 잃은 현수는 아파트로 이사했다. 동생인 현주가 쓰게 될 32평형 아파트의 앞집이다.

꼭대기인 25층인데 24층 두 가구는 현주를 돌봐준 김인혜와 강은주의 명의로 등기될 예정이다.

이 아파트 23층엔 김지윤이 머물고 있다.

아무튼 현수는 신외지물(身外之物)이 거의 없다. 가구도 없고, 음식을 해먹는 그릇이나 주방기구도 없다.

빨래는 세탁소에 맡겼기에 세탁기와 건조대 역시 없다.

짐이랄 것도 없기에 캐리어 하나와 작은 박스 하나가 이삿짐의 전부였다. 옷가지 몇 개와 치약, 칫솔, 비누, 머리빗뿐이다. 스킨이나 로션, 헤어드라이어조차 없다.

어젯밤 천지건설에서 돌아온 후 아파트로 옮겨놓았는데 아직 정리되지 않았다.

점심 먹고 Y—엔터로 돌아오면서 지윤에게 들어가서 쉬라고 했다. 그런데 웬일인지 토 달지 않고 고개를 끄덕였다.

하여 현수는 Y—엔터로, 지윤은 아파트로 향했다.

"와아! 대표님 오셨다."

"사랑합니다, 대표님!"

"노래 너무 좋아요! 대표님!"

현수가 대표실 문을 열고 들어갔을 때 플로렌 멤버들은 일제히 자리에서 일어서 허리를 90도로 꺾는다.

"아까 봤는데 왜……?"

"대표님! 스물네 곡 중에 딱 두 곡만 골라야 해요?"

"히잉! 그건 넘나 어려워요."

"맞아요! 우리들이 골라봤는데……."

현수가 나간 후 조연과 플로렌 멤버들은 24곡을 차례대로 재생시켰다. 한곡이 끝날 때마다 점수를 매겼고, 짧지만 서로의 감상도 교환했다.

모든 재생이 끝난 후 멤버와 조연 지사장은 각자 가장 마음에 드는 두 곡을 꼽아보기로 했다.

의견이 일치되면 그게 싱글 1집에 수록된다.

플로렌은 본의 아니게 한 번 망한 그룹이다. 하지만 불사

조(不死鳥)처럼 다시 날아올라 다이안처럼 되고 싶었다.

하여 매우 신중하게 곡을 선택했다. 그런데 멤버 다섯과 조연 지사장의 선택이 모두 달랐다.

단 하나도 겹치지 않게 모두 다르게 선곡한 것이다. 하여 다시 해보기로 했다. 하지만 결과는 동일했다.

곡이 결정되어야 연습도 하고, 안무도 짠다. 아울러 녹음도 하고, 뮤직비디오도 만들어야 출시가 결정된다.

이 모든 것의 기본이 곡 선택이다.

그런데 출발선 앞에서 어쩌지 못하고 우왕좌왕하고 있었던 것이다. 현수가 들어선 것은 바로 이때였다.

"대표니~ 임! 곡 고르는 거 너무 어려워요."

"맞아요. 곡이 전부 다 좋아서 고를 수가 없어요."

"꼭 여기서 두 개만 골라야 해요?"

"걍 우리 다 주시면 안 돼요?"

"다이안 선배님들처럼 석 달 활동하고, 한 달 쉬면 일 년에 3집 내는 거잖아요."

"일 년에 여섯 곡이니까 이거 다 주시면 우린 4년 동안 신경 안 쓰셔도 되잖아요. 그렇죠?"

"마자요, 마자요! 그니까 우리 다 주세요. 넹?"

플로렌 멤버들은 온갖 아양을 떨며 애처로운 눈빛으로 현수를 바라보았다.

24개의 곡은 아이돌이 주로 취입하는 후크송만 있는 게 아니다.

댄스, 힙합, 발라드, 재즈, 스윙, 록, 포크송도 있다.

뿐만 아니라 디스코와 메탈, 그리고 컨트리와 트로트도 있으며, 심지어 국악 느낌이 나는 퓨전곡도 있다.

장르에 따라 호불호가 갈릴 수 있다. 하지만 공통점이 아주 없는 것은 아니다.

스물네 곡 모두 멜로디가 끝장이다. 멤버들이 인정했고, 조연 지사장 또한 그러하다.

중년 나이인 조 지사장이 고른 곡은 트로트가 아니라 애절한 느낌의 발라드와 신나는 힙합이었다.

엔터사의 지사장이라 이 곡을 선택한 것은 아니다. 감미로운 선율과 흥을 돋우는 박자감 때문이었다.

도로시는 서기 2116년부터 3116년 사이에 발표된 곡 중 불후의 명곡이라 칭해지는 곡들만 골라냈다.

한국에 국한된 게 아니라 전 세계에서 발표된 것이다. 1,000년이니 얼마나 많은 곡들이 발표되었겠는가!

이것들 중 플로렌에 적합한 멜로디를 골라냈다.

아주 저음과 너무 높은 고음이 있으면 일단 다 빼놨다.

그러고는 나머지 중에 추리고 추려서 24곡을 선택했고, 5인조 걸그룹에 딱 맞춰 편곡하였다.

처음부터 플로렌을 겨냥하여 만든 곡이다. 이러니 각기 다른 걸 고를 수밖에 없는 것이다.

아무튼 플로렌이 스물 네 곡은 모두 부르게 되면 다양한 장르를 두루 섭렵하게 된다.

음악 영역이 대폭 확대되는 것이다.

“대표니~ 임! 제발요! 네? 이거 우리 다 주세요. 넹?”

“네! 우리 주세요. 대표님, 따랑해요!”

멤버들은 약속이라도 한 듯 일제히 현수에게 다가왔다. 그러고는 앞, 뒤, 좌우에서 와락 안는다.

현수는 얼른 손을 들었다. 만류하려다가 만져선 안 될 곳에 손 댈 수 있음을 알기 때문이다.

“대표니~ 임! 네?”

“우리 다 주세요. 그러실 거죠? 넹?”

“시키는 건 뭐든 다 할게요. 그니까 우리 줘요.”

플로렌은 만 18세에서 21세로 구성되어 있다.

미성년자가 둘이나 있다. 따라서 잘못되면 아청법[15] 에 저촉되어 쇠고랑을 찰 수도 있다.

“대표니~임!”

누군지 모르겠지만 코맹맹이 소리를 하고는 두 팔로 와락 안아버린다. 백허그가 된 것이다.

같은 순간, 앞에서도 뭉클 하는 느낌이 들었다. 리더인 은비가 두 팔을 벌려 현수를 끌어안은 것이다.

---

15) 아청법 : 아동 청소년의 성보호에 관한 법률의 줄임말. 만 19세 미만 아동과 청소년이 보호대상이다. 다만, 생일에 관계없이 만19세가 되는 연도의 1월 1일이 지나면 대상에서 제외된다

곧이어 좌측에서도 우측에서도 비슷한 느낌이 왔다.

문득 기시감이 들었다.

언젠가 이와 비슷한 경험을 했던 기억이 떠오른 것이다. 생각해 보니 다이안도 이랬다.

"아앗! 왜들이래요? 다들 미쳤어요?"

"네! 곡이 너무 좋아서 미쳤어요. 사랑해요, 대표님!"

허락할 때까지 떨어질 생각이 없는 듯하다.

"알았어요! 알았으니까 다들 떨어져요. 답답해!"

이는 거짓말이다. 전혀 답답하지 않다. 하나 멤버들이 어찌 속내를 알겠는가!

"정말이죠? 정말 곡 다 주시는 거죠."

"우와~! 만세다. 대표님 곡, 우리가 다 받았다."

"헤~ 에! 너무 좋다."

"언니, 우린 이제 성공할 일만 남은 거 맞지?"

플로렌 멤버들은 반드시 성공한다 생각했다. 곡이 너무 좋아서이다. 첫 곡부터 스물네 번째 곡까지 한 곡도 빼지 않고 모두 사람을 홀리는 듯했다. 귀가 황홀했던 것이다.

그러니 이런 욕심을 부리는 것이다.

다이안처럼 빌보드 1위는 바라지도 않는다. 현존 걸 그룹 중 서열 2위면 충분히 만족한다.

"어휴~!"

현수는 와이셔츠에 묻은 틴트[16] 자국을 보았지만 이야기 하진 않았다. 그런데 눈썰미 좋은 은비는 아닌가 보다.

"어머! 대표님 셔츠에 틴트 묻었어. 누구야? 누가 감히 대표님한테 입술을 비빈 거야? 엉?"

허리춤에 양손을 얹고 멤버들을 째려본다.

"언니! 죄송해요. 제가……."

막내인 유미가 당황한 표정으로 고개를 조아린다.

곡을 다 준다는 말에 너무 기뻐서 현수를 와락 끌어안았는데 그때 입술이 어깻죽지에 닿았던 것이다.

"너어~! 대표님 셔츠 네가 빨아서 잘 다려 드려. 알았어? 그리고 벌로 오늘 저녁은 굶어."

유미는 먹는 대로 살로 가는 스타일이다. 그렇기에 혹독한 다이어트 중인데 오늘은 저녁까지 굶게 생겼다.

"히잉…, 알았어요. 언니!"

풀 죽은 음성이다. 이때 현수가 나섰다.

"아, 아냐! 괜찮아요. 그냥 세탁소에 맡기면 돼요."

"아니에요! 유미가 잘못한 거니까 유미가 빨아드려야 해요. 이따가 벗어서 주세요."

리더인 은비의 고집이 센 것 같다.

"끄응~!"

현수가 나직한 침음을 낼 때였다.

16) 틴트(tint) : 화장품의 일종, 립 틴트(lip tint)라고도 한다. 입술에 바르는 것으로, 일정 시간동안 색이 나도록 한다

벌컥—! 콰앙—!

"대표니~ 임! 어떻게 이러실 수가 있어…, 으응? 손님이 계셨네요. 근데 누구죠?"

대표실 문을 박차고 들어선 건 예린이다. 뒤를 이어 서연과 세란이 들어서고 있었다.

"와아~! 다이안 언니들이다."

"선배님, 안녕하세요? 플로렌입니다."

모두가 한목소리를 냈다.

"프, 플로렌……? 그, 그래요. 반가워요."

다이안 멤버들은 Y—엔터 소속 연습생과 연예인들을 본 적이 없다. 너무 바쁜 나날을 보내는 때문이다.

플로렌이 데뷔했을 때에는 다이안은 거의 숙소에만 짱 박혀 있었다. 그리고 그때는 TV를 보지 않았다.

남들은 잘나가는데 자신들만 찌그러지는 듯한 느낌이라 일부러 멀리했다. 하여 플로렌에 대한 정보가 없다.

어쨌든 선배님이라고 했고, 같은 소속사이며, 나이도 어려 보였지만 말을 놓진 않았다.

당황스러운 순간이고, 사소하다면 사소한 일이지만 이런데서 인성을 가늠할 수 있다. 서연은 꽤 괜찮은 듯싶다.

"죄송해요. 대표님만 계시는 줄 알았어요."

서연의 말이 끝날 때쯤 정민과 연진이가 들어섰다.

그런데 정민은 하얀 샤워가운을 걸쳤고, 수건으로 젖은 머리카락을 둘둘 말고 있다.

속엔 아무것도 걸치지 않았을 것이 분명하다.

샤워를 하다 말고 황급히 달려온 듯 좌우 슬리퍼가 각기 달라 조금 우스웠다.

연진도 샤워한 모양이다. 머리카락이 아직 덜 말라 있다. 그런데 급히 나와서 그런지 언밸런스한 패션이다.

하의는 돌핀팬츠이고, 상의는 하늘하늘한 시폰[17] 블라우스이다. 그래서 노골적인 시스루(See—through)상태이다.

하지만 말하면 안 된다.

갑분싸가 될 것이기 때문이고, 그걸 봤다는 이유만으로 '짐승' 또는 '변태' 소리를 들을지도 모른다.

그나마 하나 다행인 건 아청법엔 저촉되지 않는 것이다.

어쨌거나 정민과 연진은 얼른 옷을 입혀야 한다.

17) 시폰(chiffon) : 얇게 비치는 가벼운 직물

Chapter 07

—

오자공이 뭘까?

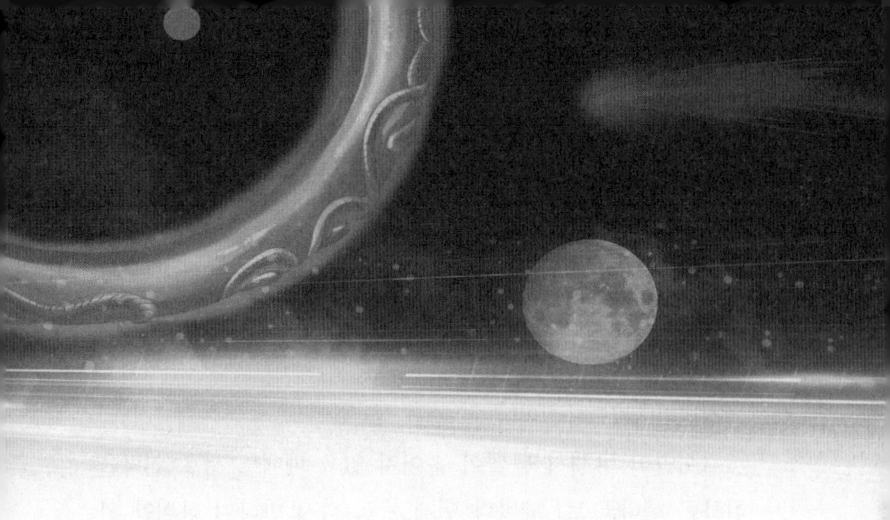

"미안한데 다이안은 조금 있다가 다시 오면 안 될까?"

"네? 왜요?"

"지금 플로렌의 신곡을 결정하려는 중이거든."

"어머! 그래요?"

"근데 그거 대표님이 곡을 써주신 건가요?"

그렇다고 하면 샘낼지도 모른다. 하지만 거짓말은 하기 싫다. 하여 고개를 끄덕여줬다.

"응. 플로렌도 우리 회사 소속이잖아."

"아! 그래요? 그럼 같이 들어봐요. 저희도 들어도 되죠?"

서연은 듣던 중 반가운 소리라는 표정이다.

"오자공, 아니, 대표님! 세란이 촉 정말 좋아요."

오자공이라는 말을 하려던 정민이 얼른 말을 바꿨다.

하지만 이미 늦었다. 플로렌 멤버들은 생전 처음 들어본 말이라 그게 무슨 말이냐는 표정이다.

정민의 말은 사실이다.

다이안이 망해서 뿔뿔이 흩어져 있을 때에도 서로 연락을 취하곤 했다. 그럴 때마다 언제고 꼭 다시 만나며 다이안 완전체로 활동하자고 약속하곤 했다.

그러던 어느 날 세란과 정민이 통화를 했다.

서연과 세란은 'DK 엔터테인먼트', 예린과 정민은 '연예기획사 C&R' 소속이었고, 연진만 평범한 대학생 생활을 하던 때이다.

—정민아! 너 유투브 보지?

"그럼, 근데 유투브는 왜?"

—통화 끝나면 '지현에게'라는 노래를 검색해 봐. 가수 이름은 하인스야.

"하인스? 지현에게?"

—그래! 그 노래 한번 들어봐. 정말 귀가 호강한다. 남성 5중창인데 진짜 노래 끝내줘.

"그래? 알았어."

이때의 정민은 시큰둥하게 대꾸했다.

언제 데뷔를 시켜줄지 몰라 하루 종일 안무 연습을 하느라 완전히 녹초가 되어 있었던 때문이다.

—야, 야! 그냥 아무렇게나 대답하지 말고 진짜 꼭 들어봐. 그 노래는 분명 불후의 명곡이 된다.

"뭐, 불후의 명곡씩이나……."

—멜로디가, 멜로디가 정말 끝장이야! 내가 살면서 딱 한번 듣고 완전히 꽂혀 버린 노래는 이게 유일해. 그니까 들어봐. 알았지? 꼭 들어봐! 꼭이야, 꼭! 알았지?

"그래, 그래! 알았어. 들어볼게. 근데 나 지금 샤워하러 가야 해. 땀을 너무 많이 흘려서 찝찝해."

—알았어! 노래 듣고 카톡으로 감상문 보내. 꼭!

정민은 전화를 끊고 샤워를 했다. 머리를 말리면서 바를 거 다 바른 뒤 잠자리에 누웠다.

몹시 피곤해서 세란과의 약속을 잊은 것이다. 그렇게 누워 막 잠이 들려는데 방해하는 소리가 났다.

카톡—!

'뭐야? 누구지? 이 시간에……?'

머리맡의 휴대폰은 보니 새벽 1시 47분이다. 새 메시지는세란이 보낸 것이다.

—쩡미~ 인! 왜 감상문 안 보내? 너, 안 들었지?

—지금 바로 들어라. 알았쥐?

https://www.youtube.com/watch?v=XuNjHqS7o6o&t=507s

이렇게까지 하는데 안 들어보면 욕을 먹는다. 하여 이어폰을 끼고 하이퍼링크를 터치했다.

그러자 '지현에게'의 오리지널 남성 5중창 사운드가 귓속을 파고든다. 감미로운 선율의 전주도 좋았지만 첫마디를 들었을 때 척추를 타고 찌르르 울리는 느낌이었다.

남성 특유의 저음과 과연 남성이 낸 소리일까 싶을 정도로 높은 고음, 그리고 부드러운 중음이 완벽한 하모니를 이루고 있었다.

그리고 순식간에 4분이 삭제되었다. 정민은 홀린 듯 '지현에게'를 무한 재생시켰다.

30분쯤 지났을 때 새로운 메시지가 왔지만 정민은 알지 못했다. 노래에 너무 몰입해 있었던 때문이다.

그렇게 시간이 흘렀다. 그러다 문득 시계를 보았다.

새벽 4시 6분이다. 두 시간 넘게 '지현에게'를 듣고 또 들었던 것이다. 다음 날 정민은 간밤의 메시지를 확인했다.

세란이 보낸 것이다.

—지지배! 노래 듣는 중이지? 내가 그럴 줄 알았쥐ㅋㅋ

—너도 푹 빠졌구나? 내가 그 맘 알쥐.

—아무튼 불후의 명곡 인정? 인정?

정민은 자판을 꾹꾹 눌렀다.

ㅡ응! 이건 100% 인정.

ㅡ이건 불후의 명곡 중에서도 '원톱' 일 듯!

ㅡ진짜 띵곡 알려줘서 고마워…….

메시지를 보낸 뒤 정민은 다이안이 '지현에게' 와 같은 곡을 받았으면 어땠을까를 상상해 보았다.

그랬다면 해체되는 일은 없었을 것이다. 그리고 원톱인 걸그룹이 되어 엄청 바쁜 나날을 보냈을 것이 분명하다.

하여 아쉽다는 생각을 했다.

그러던 어느 날, 예전의 사장이었던 조연으로부터 연락이 왔다. '지현에게' 와 '첫 만남' 을 작사, 작곡한 사람으로부터 곡을 받아 다시 활동해 보지 않겠느냐는 제안이었다.

이를 어찌 거절할 수 있었겠는가!

하여 부푼 꿈을 안고 히야신스에 갔다.

아무도 없는 깊은 밤이 되자 조금 전까지 홀에서 걸레질하던 청년이 들어왔다. 조연 사장은 그 웨이터가 '지현에게' 와 '첫 만남' 을 작사 작곡했다고 소개했다.

이를 어찌 믿을 수 있겠는가!

기막힌 화음을 이뤄내는 남성 5중창단이 누군지를 찾아내어 인터뷰하는 것이 모든 연예 기자들의 희망사항이다.

뿐만이 아니라 네티즌 수사대도 출동했다.

연예기획사들도 사람을 풀었다. 찾아내기만 하면 황금 알을 낳는 거위를 품에 안을 수 있으니 당연한 일이다.

그런데 별로 대단해 보이지도 않는 레스토랑의 웨이터라고 한다. 그렇기에 속았다는 생각을 했고, 어쩌면 성추행이나 성폭행을 당한 뒤 뭇 사내들의 노리개로 전락할지도 모른다는 생각에 잔뜩 겁을 먹었었다.

지금 와 생각해보면 괜한 의심이었다. 알고 보니 너무 대단한 존재였던 것이다.

그날 이후 정민은 세란이 들어보라는 곡은 모두 듣는다.

이건 어느 정도 성공하고, 이건 망할 거라는 평을 하면 기억을 해뒀다. 그런데 세란의 평가는 항상 옳았다.

그렇기에 촉이 좋다는 말을 한 것이다.

어쨌거나 서연은 '오자공'이 뭐냐는 플로렌의 표정을 무시하고 말을 이었다.

"맞아요. 세란이가 뜬다고 했던 곡은 거의 다 떴어요."

"그니까 우리도 같이 들어봐요. 넹? 아잉~!"

연진의 말이었다. 하여 무심코 바라보려던 현수는 얼른 시선을 돌렸다. 아양이라도 떨려 했는지 가슴을 좌우로 흔들었던 때문이다.

하여 얼른 말을 이었다.

"플로렌은 다 들었어. 다시 들으려면 시간 오래 걸려."

"네? 노래가 엄청 긴가 보죠? 아님 여러 곡 주셨어요?"

촉이 좋다던 세란의 물음이다. 그리고 이실직고하라는 표정으로 바라본다.

다이안에겐 넉 달에 두 곡씩만 주기로 했고, 그렇게 하고 있다. 그런데 나중에 입사한 플로렌에겐 두 곡 이상을 주는 모양이다. 살짝 시샘이 났던 것이다.

이런 때엔 슬쩍 끼어들며 중재해줄 사람이 필요하다. 그런데 조연 지사장은 밖으로 나가고 있다.

대표실엔 현재 10명의 말만 한 처녀들이 있다. 재잘거리기 시작하면 소음공해 수준이 되기에 얼른 도망친 것이다.

그리고 플로렌이 어떤 곡으로 데뷔하게 될지 금방 알게 되므로 굳이 같이 있을 필요가 없는 것이다.

"알았어! 같이 들어. 근데 여러 곡이라 시간이 많이 걸리니까 정민이랑 연진이는 옷부터 갈아입고 와."

"네? 어머……!"

정민은 본인이 샤워가운 하나만 달랑 걸치고 있다는 걸 이제야 깨달은 모양이다. 하여 얼른 앞섶을 여민다.

같은 순간, 연진도 자신의 복장에 심각한 문제가 있음을 인식했다. 하여 슬쩍 세란의 뒤쪽에 몸을 숨겼다.

예린은 왜 그러지 하는 표정이었다가 금방 문제점을 알아채

곤 서연에게 눈짓을 했다.

살짝 놀란 표정이었지만 리더답게 침착하게 사인을 보낸다. 올라가서 옷 갈아입으라는 뜻이다.

같은 순간, 플로렌 멤버들은 정민이 무심코 내뱉은 '오자공' 이라는 말의 뜻을 생각하고 있다.

한국에서 태어나 20년 정도를 살았다.

하여 '갑분싸' 등 별의별말을 다 들어봤지만 '오자공' 이라는 어휘는 금시초문이다. 촉으로는 인터넷에서 사용하는 각종 줄임말 중 하나인 듯싶다.

시강 → 시선 강탈

문찐 → 문화 찐따

애빼시 → 애교 빼면 시체

번달번줌 → 번호 달라면 번호 줌

흠좀무 → 흠! 그게 정말이라면 좀 무서운데

남아공 → 남아서 공부해

인구론 → 인문계의 90%는 논다

이렇게 줄이기만 하는 것은 아니다. '룸곡옾눞' 은 우측으로부터 거꾸로 읽으면 '폭풍눈물' 이다.

플로렌은 이런 말 거의 전부를 알고 있다.

얼마 전까지 백조였는지라 시간이 널널해서 가능한 일이다.

그런데 '오자공'은 정말 처음 듣는다.

하여 각자 머릿속으로 꿰어 맞춰보는 중이다. 그런데 쉽게 만들어지지 않는다.

—오늘 자취방에서 공부?

—오빠, 자? 공성전하자.

—오! 자기가 공격했어?

—오! 자기는 공주.

—오랑우탄이 자전거를 타고 공장에 출근한다고?

뭔가를 만들어봤지만 아무리 생각해 봐도 이상하다.

하여 플로렌 멤버들은 고개를 갸웃거렸다. 그러는 사이에 연진과 정민은 후다닥 숙소로 올라갔다.

서연과 세란, 그리고 예린은 비켜줄 마음이 없는 듯하다.

보아하니 얼마나 좋은 곡을, 얼마나 많이 줬는지 확인하고 싶은 모양이다.

"은비 씨! 조금 있다가 다 오면 곡 다시 재생해요."

"네? 어디 가세요?"

"응! 난 화장실에 좀……."

현수는 슬쩍 빠져나왔다. 화장품 냄새 때문이다.

"휴우~!"

Y—엔터 옥상에 오른 현수는 긴 한숨을 쉬었다. 이때 도로시의 음성이 있었다.

“아까 폐하의 심박수가 급격히 올랐어요. 얼굴의 모세혈관도 확장되었고요. 세로토닌과 도파민의 분비도 늘었어요. 그게 뭔지는 아시죠?”

세로토닌과 도파민은 행복과 연관된 신경전달물질과 호르몬이다. 당연히 알고 있는 지식이다.

“뭔 소리를 하려는 건데?”

“유희로 야구를 하실 생각을 하신 것처럼 연애도 하시라고요. 데이터가 너무 없어요.”

“……!”

현수는 아무런 말도 하지 않았다.

“폐하 곁에 자신을 봐달라는 꽃이 일곱 송이나 있다는 거 아시죠?”

“일곱……?”

무심코한 대꾸에 긴 말이 따라붙는다.

“네! 조인경, 김지윤, 이서연, 홍세란, 김예린, 이정민, 신연진 이렇게 일곱이요.”

“……!”

“이중 조인경을 제외하곤 전부 E—GR을 복용해서 유전자도 교정되었어요. 특히 조인경과 김지윤은 뛰어난 두뇌까지 겸비되어 있으니 여기서도 후손들을 만들어보셔야 하지 않겠어요?"

"뭐? 여기서 아이를 낳으라고?"

현수는 마법이 가능해지면 시공간 초월 마법으로 원래의 세상으로 돌아갈 생각이다. 그렇기에 김지윤 등이 뭔가를 바라는 눈빛으로 바라봐도 애써 무시했던 것이다.

"폐하! 조차지를 얻으면 그거 개발하실 거잖아요. 근데 원래의 세상으로 가버리면 그건 어떻게 되죠?"

"……!"

현수는 아무런 대답도 할 수 없었다.

"Y-그룹과 그에 속한 임직원들과 군산시와 고양시 등에 추진하는 사업체와 공장들은요?"

"……!"

"폐하 개인 재산이야 얼마 안 되지만 'The Bank of Emperor'에 있는 돈은 어쩌고요."

계속된 지적에 논리적인 대답을 할 수 없었다. 현수가 유구무언 상태가 되자 도로시는 계속 압박을 가한다.

"조차지가 완성되면 또 왕국 내지는 제국이 될 텐데 그러면 왕비 또는 황후가 필요하잖아요."

"왕비? 황후?"

"네! 후손을 만드셔야 물려주지요. 다 만들어서 한국의 정치인 같은 놈들 아가리에 넣어주실 건 아니잖아요. 그렇죠?"

도로시의 지적이 맞다.

개만도 못한 정치인들에게 Y—왕국 내지는 Y—제국을 넘겨주느니 차라리 핵폭탄을 터뜨려 방사능으로 가득 찬 곳으로 바꾸는 편이 낫다.

"김지윤 님을 먼저 취하세요. 아래 아래층 사니까 올라오라고 하시면 됩니다."

"……!"

"그분은 아주 훌륭한 신붓감이세요."

여태 지윤을 대상으로 올림말을 쓰지 않던 도로시이다.

그런데 반쯤 쌀이 익었다 생각하는지 본격적으로 왕비 내지는 황후 대접을 하려는 모양이다.

"폐하! 이곳에서의 장자(長子)는 조인경 님 또는 김지윤 님으로부터 얻기를 권합니다."

다이안 멤버들의 두뇌도 나쁜 편은 아니다.

다섯 명의 IQ 평균이 129쯤 되니 한국인 평균 IQ 106을 훌쩍 상회하는 두뇌이다.

조사된 자료에 의하면 '국가별 평균 IQ'는 다음과 같다.

1위	대한민국	106
2위	일본	105
3위	대만	104
4위	싱가포르	103
5위	오스트리아	102

6위	독일	102
14위	영국	100
19위	프랑스	98
21위	미국	98
77위	DR콩고	65

참고로, 홍콩의 평균 IQ가 107이지만 국가가 아닌 도시인지라 국가별 순위에서 빠져 있다.

어쨌거나 조인경이나 김지윤의 두뇌는 다이안 멤버들보다 훨씬 높은 수준인 것으로 추측된다.

훗날 도로시에 의해 이들 둘의 IQ가 측정된다. 예상대로 조인경은 158, 김지윤은 167이다.

* * *

왕비 내지 황후 사이엔 위계질서라는 것이 있어야 한다.

구심점이 내지는 리더가 있어야 가정에 불화가 생겼을 때 이를 다스릴 수 있다.

하여 조선시대 내명부에도 서열이 있었다.

차례로 왕비(王妃), 빈(嬪), 귀인(貴人), 소의(昭儀), 숙의(淑儀), 소용(昭容), 숙용(淑容), 소원(昭媛), 숙원(淑媛)의 순으로 명문화되어 있다.

도로시는 왕비로 조인경과 김지윤을 추천했다.

서연은 빈, 예린과 세란은 귀인, 그리고 정민과 연진은 소의가 적당하다 판단하고 있다.

이는 성품, 두뇌, 애정도, 외모, 나이, 성장과정 등을 두루 참고한 결과이다.

조선시대 역사를 되짚어보면 세자가 없거나 늦게 태어났을 때 많은 문제가 있었다.

조선의 20대 왕인 경종 시절에 연잉군(영조)을 보호하던 노론(老論)이 일제히 숙청되는 일이 있었다.

이는 노론의 과욕이 부른 결과였다.

김창집 등은 왕에게 아들을 둘 가망이 없어 보이니 연잉군을 세제(世弟)로 책봉하라고 밀어붙였고, 이를 관철시켰다.

여기까지는 괜찮다. 미리 후대를 정해놓지 않으면 경종 사후에 큰 혼란이 일어나게 마련인 때문이다.

그런데 말을 타고 보니 견마(牽馬)까지 잡히고 싶었는지 노론은 너무 과한 욕심을 부렸다.

차제에 대리청정[18] 까지 관철해 경종을 식물임금으로 만들어버리려고 했던 것이다.

이에 소론(少論)이 맹렬히 반격했다. 그 결과 김창집을 비롯한 노론의 주축들은 사약을 받게 되었다.

경종에게 왕자가 있었다면 일어나지 않았을 일이다.

영창대군은 조선의 제15대 국왕 선조의 아들 중 유일하게 정비(正妃) 소생이다. 다시 말해 영창대군이 적장자이다.

하지만 너무 늦게 세상에 나왔다. 영창대군이 출생했을 때

---

18) 대리청정(代理聽政) : 왕이 병이 들거나 나이가 들어 정사를 제대로 돌볼 수 없게 되었을 때 세자나 세제가 왕 대신 정사를 돌봄. 또는 그런 일

는 광해군이 세자에 책봉된 후였다.

선조는 적장자인 영창대군에게 왕위를 물려주고자 했으나 급사하여 뜻을 이룰 수 없었다.

하여 광해군이 왕이 되었다.

그리고 5년이 지났을 때 서양갑, 박응서 등 7명의 서출들이 역모를 꾸몄다는 이른바 '7서의 옥' 이 일어났다.

외조부 김제남 등이 영창대군을 옹립하려 했다는 것이다.

그 결과 김제남과 그의 세 아들 등은 사약을 받아 죽었고, 영창대군도 이듬해에 목숨을 잃었다.

적장자가 너무 어려서 이런 일이 벌어진 것이다.

그렇기에 현대판 세자 또는 태자라 할 수 있는 현수의 첫 아들을 인경 또는 지윤에게서 먼저 얻으라는 것이다.

"흐으음!"

현수는 심각한 표정을 지었다.

유희라고 생각하고 벌인 일 때문에 결혼해야 하고, 자식도 낳아야 하는 상황이 된 때문이다.

"폐하! 그거 혹시 아세요?"

"뜬금없이 그냥 그거라고 하면 내가 뭔지 어떻게 알아?"

살짝 짜증이 섞인 음성이다. 전혀 생각지 않던 결혼을 해야 하는 상황이 마뜩치 않은 것이다.

"조인경 님과 김지윤 님의 생리일자가 겹쳐요. 그리고 다이안 멤버들도 다 같은 날 생리를 하고요."

"생리 날짜가 겹쳐?"

"네! 한 사내와 같이 사는 여자들은 생리주기가 일치해요. 이를 '생리 싱크로나이징 현상'이라고 하잖아요. 여자들의 생활 속 교감 때문인 것이라는 논문이 있어요."

"그거 하버드 대학교 마사 매클린톡 교수가 1972년에 발표한 '생리 동기화와 억압'이라는 논문 내용이지?"

"어라! 그거 아세요?"

"알지, 근데 그거 반론이 만만치 않았잖아."

"그건 저도 알아요."

여대 기숙사같이 같은 공간에 살고 있는 여자들의 생리주기도 일치한다는 내용이라 그렇다.

"그래! 사회적 상호작용이 생리주기에 영향을 끼친다는 주장이었지. 근데 그 논문은 남자랑은 상관없어."

현수의 대답은 매클린톡 교수의 논문과 정확히 일치한다. 도로시가 예를 잘못 든 것이다.

"그럼 2042년에 옥스퍼드 대학 인류학과 교수 스티븐 안첼로 박사가 쓴 논문 혹시 보셨어요?"

"스티븐 안첼로? 아! '일부다처제에 대한 고찰'?"

"어머! 그것도 아시네요. 그거 보면 아내들의 생리주기가 일치된다는 내용 있는데 그것도 아시는 거죠?"

"그건…? 그래, 그 내용도 본 것 같다."

안첼로 박사는 이 논문을 쓰기 위해 법적으로 일부다처제를 허용하는 국가들을 두루 돌아다녔다.

사우디아라비아, 시리아 등 이슬람 국가와 나이지리아, 이집트, 남아공 등 아프리카를 방문했다.

그 결과를 묶어 내놓은 것이 바로 '일부다처제에 대한 고찰'이란 논문이다.

여러 내용이 있는데 그중 하나가 아내들의 생리주기 일치이다. 과학자가 아닌지라 이유는 밝혀내지 못했다.

드문 경우가 아니라 많은 가정에 이런 현상이 있었다.

남편으로부터 동등한 사랑을 받기 위해 신체가 저절로 반응하여 그렇게 되는 것은 아닌가 하는 추측은 남겼다.

"조금 전에도 말씀드렸듯이 조인경 님과 김지윤 님 생리가 일치하고, 다이안도 다 같은 날 생리가 시작되고 있어요."

"그게 나 때문이라고?"

"그럼 조인경 님과 김지윤 님이 신형섭 사장을 생각할까요? 다이안 멤버들은 조연 지사장을 생각하고요?"

신형섭과 조연은 유부남이고, 자식도 있다. 그리고 꽃다운 나이의 처녀들이 관심을 가질 만한 분위기가 아니다.

"뭐, 그건 아닌 것 같네."

인정할 수밖에 없는 것이 신형섭은 못생겼고, 조연은 뚱뚱하다. 처녀들이 사랑을 갈구할 대상은 아닌 것이다.

"폐하! 일부러 모른 척하지 마세요. 제가 이런 말 안 하려고 했는데 조인경 님은…, 김지윤 님은…, 서연은…, 마지막으로 연진은……."

도로시는 이들 일곱 명을 왕비와 후궁 후보로 점찍고 계속해서 감시 아니, 추적을 해왔다.

위성을 총동원했고, 신일호 형제들까지 파견하여 일가친척 전부 조사케 했다.

뿐만 아니라 디지털 기술력까지 동원하여 속내까지 살펴보았다.

Y-왕국의 왕비와 후궁을 간택하는 일이라 판단하였기에 그야말로 샅샅이 뒤져본 것이다.

일가친척까지 모조리 조사한 것은 역사적으로도 외척들이 여러 문제를 일으킨 때문이다.

다행히도 심각한 결격사유는 발견되지 않았다.

본인은 특정 종교 신자가 아니고, 학창시절엔 일진과 관련 없는 생활을 했다. 아울러 사치스럽지도, 교만하지도 않다.

갑질한 적 없고, 악플을 남기지도 않았으며, 일가친척 중 에이프릴 증후군으로 신음하는 이들도 없다.

하여 참으로 다행이라 생각하고 결정을 굳혔다.

조인경과 김지윤, 그리고 다이안 멤버들을 Y-왕국의 왕비와 후궁으로 만들기로!

잘 찾아보면 조인경이나 김지윤, 그리고 다이안 멤버들보다도 더 괜찮은 여성들이 있을 수도 있다.

하지만 적극적으로 찾아보진 않았고, 않을 것이다. 결혼이란 인연이 있어야 하는 때문이다.

요즘은 극심한 취업난과 불경기, 그리고 높은 부동산 가격 때문에 늦은 나이에 결혼하는 것으로 세태가 바뀌었다.

결혼정보회사가 조사한 '2016년 혼인통계 보고서'에 의하면 남성은 35.8세, 여성은 32.7세에 결혼하고 있다.

1960년대 초반엔 남성은 24세, 여성은 22세에 결혼하는 것이 대세였으니 확실하게 비교된다.

노산(老産)은 2세는 물론이고, 산모에게도 좋을 게 없다.

과학자들의 연구결과에 의하면 혈기왕성한 20대가 출산하기에 가장 좋은 연령대이다.

서연 등 다이안 멤버들은 24세라 아직 충분한 시간이 있지만 조인경은 29세, 김지윤은 28세이다.

얼른 출산해야 할 나이이기에 밀어붙이는 것이다.

어쨌거나 도로시는 일곱 여인들의 내심을 까발렸다.

언제, 어디서, 어떤 행동이나 말로, 현수를 어찌 생각하는지를 모두 이야기한 것이다.

"그래서 어떻게 하라고?"

"어떻게 하긴요? 정식으로 청혼을 하셔야죠."

"뭐? 뭐를 해?"

"청혼이요. 혹시 청혼이 뭔지 혹시 모르세요?"

"그걸 내가 모를 리 있어? 근데 뭐가 있어야 할 거 아냐."

"폐하의 아공간 속에… 아! 그건 안 열리죠?"

도로시의 말처럼 아공간엔 없는 게 없다.

1캐럿 이상인 다이아몬드 반지만 10만 개가 넘는다. 하지만 열 수가 없으니 그림의 떡이나 마찬가지이다.

"아니! 반지 말고."

"그럼 뭐가 없다는 거죠?"

"생각해 봐, 내가 인경이나 지윤과 데이트한 적 있어? 그런 거 하나도 없이 갑자기 결혼하자고 하면 어떨 것 같아?"

"그야 얼씨구나 하면서 승낙하지 않을까요? 폐하를 몹시도 연모하고 있으니까요."

"그래, 그런다고 쳐! 그래서 결혼을 했어. 근데 세월이 조금 지나면 썸 타는 시기나 연애기간 없이 그냥 결혼해서 애만 낳았다고 투덜대지 않을까?"

"에? 여자들은 그런 것도 생각해요? 그냥 결혼해서 애만 낳으면 되는 거 아닌가요?"

확실하게 연애에 대한 데이터가 없음이다.

"도로시! 지금부터 연애와 관련 있는 드라마와 영화를 모두 감상해. 한국 것뿐만 아니라 외국 것까지! 아! 소설도."

"네? 왜요?"

"다 보면 남녀 간의 심리에 대해 조금은 알게 될 거야."

"정말 그래요?"

듣던 중 반가운 소리라는 음색이다.

"그렇다고 그걸 금과옥조로 삼으면 안 돼. 그건 모두 픽션(Fiction)이니까. 현실과 다를 수 있다고."

"에? 그럼 뭐 하러 봐요?"

"참고하라는 거지. 딱 참고용으로 보는 거야. 알았어?"

"뭐, 일단은 알았어요."

도로시가 한발을 빼는 느낌이다. 하여 남몰래 안도의 한숨을 내쉬었다.

너무 논리적이라 말로는 이길 수 없으니 자칫 말려들 수 있었는데 무사히 빠져나왔다 느낀 것이다.

같은 순, 김지윤은 25층 아파트의 비밀번호를 누르고 있다. 비번은 0928이다. 현수의 생일이 9월 28일이라 그렇다.

이 번호는 도로시가 알려주었다.

삑, 삑, 삑, 삑—! 또르릉—! 철컥—!

"헐~! 이게 뭐야? 진짜 아무것도 없네."

지윤은 이방 저방 문을 열어보았다.

안방엔 숙소에서 쓰던 침대가 놓여 있다. 붙박이장을 열어보니 텅 비어 있다. 화장실엔 휴지도 없다.

건넛방에 가보았다. 캐리어와 라면박스 하나만 덩그마니 놓여 있다. 가장 작은 방은 아예 아무것도 없다.

주방으로 가서 싱크대를 열어보았는데 접시 하나, 컵 하나 없다. 화장실 세면대엔 치약, 칫솔, 비누만 있다.

머리빗은 바닥에 떨어져 있었다.

"어휴! 진짜 아무것도 없네."

Chapter 08

—

빨래해주는 여자

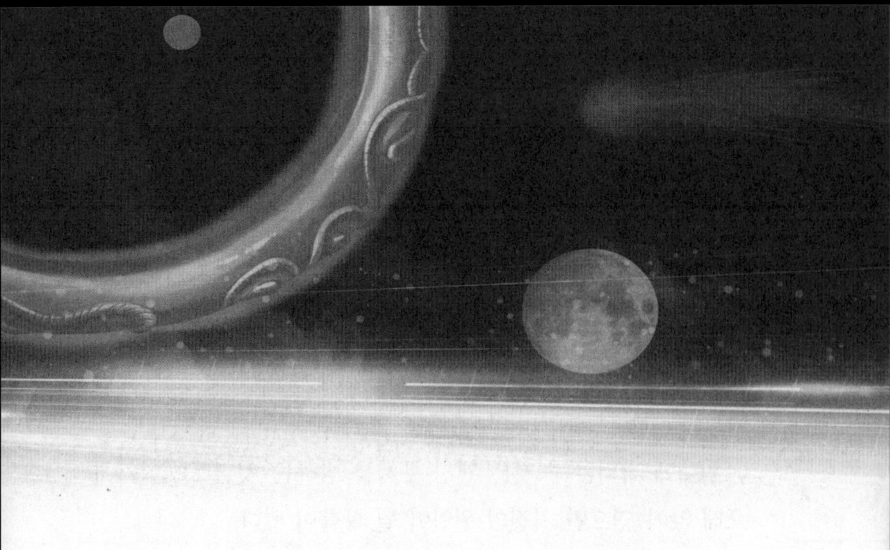

지윤이 이 아파트에 온 것은 현수의 캐리어 속에 콩고민주공화국에서 입던 옷이 있기 때문이다.

바빠 오느라 세탁도 하지 못한 채 쑤셔 박았다는 말을 흘려듣지 않았기에 빨래를 해주려고 온 것이다.

세탁기는 보이는데 세제가 없고, 섬유유연제도 없다. 베란다에 나가보니 전동건조대는 설치되어 있다.

세수비누로는 빨래를 할 수는 없다.

"에효~!"

나지막한 한숨을 쉰 지윤은 메모지와 펜을 찾았다. 그런데 그런 게 있을 리 없는 집구석이다.

“진짜 아무것도 없어. 아무것도! 이런 데서 어떻게 살지?”

휴대폰 메모 어플을 실행시키곤 반드시 갖춰야 할 품목들을 기록하기 시작했다. 그런데 끝이 없다.

어딘가에 앉고 싶었지만 소파도 없고, 식탁은 물론이고 의자조차 없다. 엉덩이를 걸칠 곳은 침대와 화장실 변기뿐이다.

침대에 걸터앉는 것은 왠지 무례를 범하는 것 같고, 변기에 오래 앉아 있으면 치질의 원인이 될 확률이 있다.

안 되겠다 싶었는지 본인의 집으로 내려가더니 금방 다시 올라와 캐리어를 열고 세탁기를 돌렸다.

세제와 섬유유연제를 덜어온 것이다.

“이런……! 옷걸이도 있어야 하는데.”

메모장을 꺼내 들고 필요한 품목들을 한참 쓰고 있을 때 초인종이 울린다.

띵똥—! 띵똥—!

비디오폰을 보니 익은 얼굴의 아주머니가 보였다. 서둘러 문을 열어주었다.

“전화받고 왔습…. 어머! 23층 아가씨네요. 반가워요. 호호호! 근데 이 집은 또 뭐래요?”

얼마 전 지윤의 집에 커튼과 블라인드를 설치해주었던 동네 커튼집 사모님이다.

“혹시, 문제 생겨서 이리로 이사해요? 그럼 그냥 떼어서 달면 되는데… 그렇게 해줘요?"

"아뇨! 이 집 것도 새로 해야 해서요."

"아! 그래요? 그럼 나야 좋지. 근데 아무것도 없네요. 아직 입주 전인가 봐요."

"네? 아, 네에. 그런 셈이에요. 그나저나 전에 봤던 그거 있잖아요. 아! 저거요."

지윤이 손가락으로 가리킨 것은 샘플북이다. 이걸 보면 커튼의 재질과 디자인을 선택할 수 있다.

지윤은 샘플북을 부지런히 뒤졌다.

"여긴 이걸로 해주시고요. 저 방은 이거, 저쪽 방은 이걸로 해주세요. 참! 저긴 포인트 커튼 달아주세요."

지난번엔 고를 때 꽤 긴 시간이 걸렸다.

이런 걸 처음으로 주문해 보는 것이고, 마음에 드는 것들이 너무 많았던 때문이다. 디자인도 그렇고, 재질도 그랬다.

오늘은 마음에 들었지만 선택하지 못해서 아쉬웠던 디자인과 재질 위주로 골라냈다.

"가격은 전과 같은가요?"

"아유! 그럴 순 없지. 처음도 아니고, 이렇게 예쁜 아가씬데, 많이 주문했으니까 10% 디스카운트해 줄게요."

"아! 그래요? 고맙습니다."

커튼집 사모님이 돌아갈 때쯤 빨래가 다 되었다는 신호를 보냈다. 다 빨린 세탁물들은 탁탁 털어 널었다.

사각팬티와 드로어즈(drawers)도 있었지만 개의치 않았다. 그런데 저도 모르게 콧노래가 나왔다.

"흐흥~! ?? 흐으응~! ??~"

지윤은 현수의 아내가 되어 남편이 출근한 뒤 집안일을 하고 있다는 상상을 하며 행복해했다.

빨래를 다 널고는 본인의 집으로 내려가 온라인으로 각종 상품과 살림살이들을 주문했다.

일상생활에 필요한 거의 모든 것을 주문하려니 1시간이 훌쩍 넘어가도록 장바구니에 물건만 채워 넣고 있었다.

다 되었나 싶어 확인을 하다 보면 빠진 게 있어서 그랬다. 메모를 했음에도 생각지 못했던 물건이 많았던 것이다.

다리미와 다리미판, 그리고 스프레이가 마지막이었다.

지윤은 주문 버튼을 클릭하곤 본인 카드로 결제했다. 현수에게 주는 선물이라 생각한 것이다.

모니터를 끌 때는 왠지 뿌듯한 마음이 들었는지 입가에 잔잔한 미소가 어려 있었다.

진짜 주부가 된 듯한 마음이었던 것이다.

소파와 TV, 공기정화기와 가습기 등 여러 전자제품까지 주문했는지라 상당히 큰 금액이었지만 개의치 않았다.

그보다 현수에게 받은 게 훨씬 크다 생각하는 때문이다.

'어쩌면 칭찬하실지도 몰라! 호호호!'

지윤은 주문한 물건들이 배치된 상상을 하며 행복해했다.

어쨌거나 주문한 상품이 배달되려면 시간이 걸릴 것이다.

하여 청소기와 걸레를 들고 올라가서 구석구석 빨아들이고, 닦아냈다.

전부 새것인지라 별로 표는 안 났지만 그래도 뿌듯했다.

9월 말이긴 하지만 아직은 덥다. 하여 지윤의 이마엔 땀방울이 송알송알 맺혀 있고, 가슴과 등도 푹 젖었다.

"청소… 끄~읏!"

지윤은 뿌듯한 마음으로 방들을 둘러보았다.

그러고는 청소기와 걸레를 챙겨 본인의 집으로 내려가 시원하게 샤워했다.

냉장고에서 레모네이드 캔을 꺼내 들곤 다시 현수의 아파트로 올라갔다. 왠지 자꾸만 가고 싶어서이다.

시간도 얼마 안 흘렀고, 드나든 사람도 없으니 아무것도 변한 게 없다.

하여 잠시 거실 창밖으로 보이는 서강대교와 밤섬, 그리고 국회의사당 등을 바라보았다.

그러고 보니 요즘엔 미세먼지나 초미세먼지에 대한 보도가 없다. 지나에서

벌어지고 있는 천재지변 때문일 것이다.

엄청난 먼지를 발생시키는 곳인데 매일 폭우가 쏟아지니 한반도가 입던 피해가 말끔하게 사라졌다.

하여 하늘은 높고, 파랗다. 유유히 흰 구름만 흐른다.

문득 옥상이 생각났다. 한 번도 안 가봤던 곳이다. 하여 신을 신고 계단을 올라갔다.

옥상 출입구를 열고 한 발짝을 들였을 때 지윤은 화들짝 놀라서 멈췄다. 상상했던 아파트 옥상이 아닌 때문이다.

“뭐지? 전에 살던 아파트 옥상은 안 이랬잖아.”

초록색으로 칠해진 콘크리트 바닥이고 삭막할 것이라 생각했는데 온통 풀밭이다. 그런데 잔디만 깔린 게 아니다.

형형색색인 꽃들도 심어져 있다. 그리고 누가 물을 줬는지 촉촉하게 젖어 있다.

한쪽에 팔각정이 있어 정취가 느껴졌다. 그리 크지는 않아 여섯 명 정도 올라가면 꽉 찰 크기이다.

옥상 난간 위에는 센바람이 불 것을 대비한 투명 폴리카보네이트로 제작된 방풍막이 둘러져 있다.

중간중간 바람이 빠져나갈 수 있도록 구멍이 뚫려 있다. 이렇게 하지 않으면 세찬 바람이 불 때마다 보수해야 한다.

그런데 뚫어놓은 구멍이 한 편의 예술 같다. 구멍으로 이루어진 미술작품 같았던 것이다.

정자에 다가가 바닥을 손으로 바닥을 살짝 훑어보았다. 그런데 말끔하다. 누가 걸레질이라도 한 듯싶다.

이 아파트 단지 488세대는 모두 Y—그룹 소유이다.

당연히 이 아파트에도 경비원은 있다.

참고로, 서울시 25개 자치구엔 2만 4,036명의 아파트 경비원이 있다. 55세 이상이 91%이며, 대부분 매우 열악한 환경 속에서 근무하고 있다.

24시간 교대제로 격일근무를 하고 있는데 휴게실이 없어 근무 장소에서 취침하는 경우가 66%이다.

그러고도 인사 안 한다고 욕을 먹거나, 입주민에게 폭행당하는 경우가 비일비재하다.

그리고 고용 불안이 매우 크다. 용역업체가 변경되면 일자리를 잃는 경우가 대부분이다.

이들의 급여 평균은 월 149만 원이다.

Y-그룹에선 경비원 전원을 직접 고용했다. 모두 정직원이고, 현재의 평균 연령은 62.3세이다.

체력을 감안하여 24시간 교대근무가 아닌 8시간 교대 근무 체제로 바꾸었고, 일주일 중 하루는 쉬며, 휴가도 있다.

경비실엔 에어컨과 온풍기가 설치되었고, 휴게실엔 TV와 냉장고, 푹신한 소파와 침대가 있다.

아울러 취사할 수 있는 싱크대도 설치했다.

경비원 직급은 근무 경력에 따라 주임과 대리로 책정했고, Y-그룹 급여 기준에 따라 월급이 지불된다.

참고로, 주임의 급여는 월 500만 원이고, 대리는 550만 원이다. 그래서 서울시 평균 급여의 3.5배를 살짝 넘긴다.

현재 이 아파트 주민은 모두 무상으로 거주하고 있다. 본인 부담은 두 달에 한번 내는 상하수도 요금이 전부이다.

본인 재산이 아니고, 장기수선충당금[19] 이나 관리비를 내는 것도 아니므로 권리를 주장할 게 아무것도 없다.

하여 입주민대표와 동대표가 없고, 부녀회도 없다.

이런 걸 만들어 쥐꼬리만 한 권력이라도 부리려 하면 경고가 들어갈 것이다.

불편하거나 개선할 사항이 있으면 관리실에 비치된 일종의 '건의함' 에 내용을 적어 투입하면 된다.

필요하다 싶으면 처리해 주지만, 그렇지 않은 경우엔 청원내용과 더불어 거절 사유를 공고한다.

어쨌거나 경비원의 급여는 100% Y—그룹에서 부담한다.

따라서 주민이 경비원에게 무례히 굴거나, 눈살을 찌푸리게 하는 갑질을 하면 1차로 엄중한 경고를 받는다.

그럼에도 또다시 같은 문제를 일으키면 즉시 퇴출이다. Two Strike Out인 것이다.

공정을 기하기 위해 퇴출 결정은 도로시가 한다.

아무튼 Out 판정이 되면 문제를 일으킨 장본인은 다른 곳으로 이사 나가야 한다.

직원이 그랬을 경우엔 가족 전체가 퇴거하고, 해고된다.

이런 조치를 취하면 분명히 시끄럽게 할 것이다. 언론에 제보를 하는 등의 일이 벌어져도 상관하지 않을 것이다.

---

19) 장기수선충당금 : 아파트 등 공동주택의 시설교체와 보수를 목적으로 주택 소유자에게 징수해 적립하는 비용

복지 차원에서 무상으로 제공했던 것이고, 일벌백계 삼아 다른 이들에게 확실하게 알리고 싶은 때문이다.

물의를 일으켜 아파트에서 쫓겨나면 당장은 다른 아파트나 빌라 등으로 이사 가서 살면 될 것이다.

하지만 도로시가 주거지의 75% 이상을 매입한 뒤엔 살 집 찾는 일이 만만치 않게 될 것이다.

이 가족에겐 임대해주지 않을 것이기 때문이다.

반대로 경비원이 입주민에게 무례히 굴거나 부당행위를 하면 1차는 경고이고, 2차는 해고이다.

Y-그룹은 '인성이 제대로 갖춰지지 않은 것들'에게까지 온갖 혜택을 주는 천사가 아닌 것이다.

아무튼 Y-그룹 아파트 경비원의 정년은 80세로 정했다.

그럼에도 제시간에 출근하여 업무를 수행할 수 있다고 판단되면 적당히 연장해준다.

이들에게 주어진 여러 임무 중 하나가 옥상 관리이다.

각동 옥상 꽃밭은 잡초가 무성하지 않도록 잘 돌봐야 하고, 정자는 청결상태를 유지해야 한다.

김지윤이 정자 바닥을 손바닥으로 쓸어보았을 때 먼지 한 톨 느껴지지 않은 이유가 이것이다.

지윤은 도도히 흘러가는 한강을 물끄러미 바라보았다.

"칫-! 내 마음도 몰라주고."

누구를 향한 원망인지는 충분히 짐작된다.

아무튼 나직이 투덜거리고는 돌아섰다. 현수의 냉장고와 팬트리를 채울 식료품을 사러가려는 것이다.

"그나저나 요리학원을 다녀야 하나? 한식을 배울까? 양식을 배울까? 일식도 괜찮나? 어떻게 하지?"

지윤은 자신이 장만한 식재료로 매일매일 현수를 위한 요리를 만드는 걸 생각하더니 방긋 미소 짓는다.

생각만으로도 행복한 것이다.

같은 시각, 현수는 다이안에 둘러싸여 있다.

"대표님! 어떻게 그러실 수가 있죠? 네? 말씀해 보세요."

"맞아요! 우린 달랑 두 곡씩만 주면서……."

"우리가 어떻게 하면 스물네 곡 주실 거예요?"

"설마, 플로렌이 우리보다 어려서 그래요?"

"좋은 말로 할 때 우리도 곡 줘요. 아셨죠?"

플로렌이 있을 때만해도 화기애애했고, 조신했다.

스물네 곡 모두 듣고는 전부 좋은 곡이라면서 '플로렌은 좋겠어. 질투가 나려 하네' 는 등 부러움만 표시했었다.

그런데 그들이 물러가자 분위기가 반전되었다. 상냥하던 양떼였는데 졸지에 굶주린 승냥이 무리로 바뀐 것이다.

"에? 어떻게 하실 건데요?"

"맞아요! 우린 책임 안 지실 거예요?"

"히~ 잉! 우리도 좋은 곡 받고 싶은데. 줄 거죠?"

"줄 때까지 꽉 안아드릴까요?"

"오자공님! 우리도 주세요. 넹?"

다섯이 달려들어 애교를 떨고, 협박을 하면서 몸을 마구 비빈다.

*　　　*　　　*

현수는 아까처럼 얼른 손을 들었다. 가만히 있으려 해도 자꾸 문대는데 그 촉감 때문이다.

"이래도 안 주실 거예요?"

"맞아요! 우리도 주실 거죠?"

"하으~ 음! 대표님 냄새 조으다."

"마자, 이 냄새 너무 그리웠어."

"끄으~ 응!"

현수는 낮은 침음을 냈다. 마구 비비거나 문대더니 이젠 일제히 코를 박고 냄새를 맡는다.

그러고 보니 이 옷은 어제도, 그제도 입었던 것이다.

세탁할 시간이 없었고, 다른 옷은 캐리어 안에 구겨져 있는데 그것 역시 빨지 않은 것이기에 그냥 입고 나온 것이다.

어찌 민망하지 않겠는가!

"모두 떨어져. 옷 안 빨아서 냄새나!"

말을 했더니 더한다.

"그래요! 냄새나요. 근데 넘나 좋아요. 흐으~ 음!"

"난 이 냄새가 너무 좋더라."

"하흐~ 음! 하흐~ 음! 아…! 대표님 냄새."

"알았어! 이 변태들……! 알았다고, 곡 줄게. 모두 떨어져 봐. 어서!"

"하으~ 음! 이 냄새 더 맡고 싶은데."

"나도, 나도! 근데 곡은 받아야 하잖아."

"히잉! 싫어 싫어, 난 곡 안 받아도 돼. 흐~음! 이 냄새."

"끄~응! 빨리 안 비키면 곡 안 줘."

협박을 하자 할 수 없다는 듯 떨어진다.

"헤에, 할 수 없네."

곡 받고 싶어 떨어지기는 하지만 몹시 아쉽다는 표정이다.

"어휴~! 너희들은 정말…, 그냥 내가 알아서 넉 달에 두 곡씩 따박따박 주면 되는데 왜 그래?"

"헹~! 기다렸다가 받는 거랑 쟁여놓고 있다 발표하는 거랑은 다르거든요."

"마자요! 혹시 우리가 미워져서 곡 안 주시면 어쩌나 걱정된단 말이에요. 그치~ 이?"

"맞아 맞아! 목 빠지게 기다리는 거 증말 싫어요. 그니까 우리도 스물네 곡 만들어줘요. 넹?"

현수는 고개를 설레설레 흔들었다. 멤버들의 뇌쇄적인 애교를 감당할 수 없었던 때문이다.

이전의 아내들은 현수를 몹시 사랑했지만 대하는 걸 어려워했다. 권지현, 강연희, 이리냐, 백설화, 테리나가 그랬다.

현수는 너무도 위대한 인물이다.

훗날의 지구의 사가(史家)들은 이렇게 평가했다.

이실리프 제국의 초대 황제 폐하께서는 몽골 제국의 칭기즈칸이나 마케도니아의 알렉산더 대왕이 가졌던 것보다 훨씬 넓은 영토를 다스리신다.

그럼에도 다스림이 공정하여 백성들의 칭송이 자자하다.

황제 폐하 덕분에 제국의 범죄율은 제로에 수렴되어 안전하고, 의식주는 풍부하며, 안락하고, 누구도 차별받지 않는 지상낙원을 건설하신 분이시다.

그러니 만백성들은 두고두고 황제 폐하의 황은에 보답하고자 모든 노력을 경주(傾注)함이 마땅하다.

아아! 황제 폐하를 우러르라. 만백성들아!

이쯤 되면 평가가 아니라 거의 용비어천가 수준이다.

사람들은 거의 모르지만 지구 역사상 가장 오래 지속된 왕국은 '쿠쉬왕국(Kingdom of Kush)' 이다.

아프리카 수단 지역에 있었고, 나일강을 끼고 발전한 최초의 문명 중 하나이다.

이 나라의 왕조는 1,420년간 지속되었다.

동로마제국인 비잔틴 왕국은 1,123년을 버텼고, 신라는 992년간 존속했다.

참고로, 신라는 아시아에서 가장 오래 지속된 왕조이다.

한편, 이실리프 제국은 한반도 이북 지역의 이실리프 왕국으로부터 연유되었다.

2018년 7월 8일에 왕국 선포를 하였고, 김정은을 초대 총리로 임명하면서 시작되었다.

그리고, 이곳으로 오기 전은 서기 4946년 9월이다.

무려 2,928년이나 국가의 체재를 갖추었고, 명실상부하고 확고부동하게 다스려졌다.

기틀이 워낙 단단하므로 앞으로도 오랫동안 제국으로 유지될 것이다.

이계(異界)에서도 마찬가지이다.

아르센 대륙은 일부이지만, 마인트 대륙과 콰트로 대륙은 전체가 현수의 영토이다.

면적은 남극 대륙을 포함한 지구의 모든 육지보다도 넓다.

이곳의 황후와 후궁들도 현수를 몹시 사랑했지만 어려워했다. 너무도 위대한 인물인 때문이다.

모든 마법사들의 수장인 위저드 로드였고, 모든 기사들의 수장인 그랜드 마스터, 아니, 슈퍼 마스터였다.

한마디 명령만 내리면 모든 마법사와 모든 기사들이 목숨이라도 내놓을 정도였다.

그렇게 위대한 인물이 변함없는 애정을 베풀어주고, 늘 다정히 대해주며, 살뜰히 챙겨주는 것만으로도 고맙다 생각했다. 하여 스스로 조심하곤 했던 것이다.

그런데 지금은 아니다.

조금 아까는 플로렌 멤버들에 의한 육탄협박을 당했고, 방금 전까지는 다이안 멤버들에 의한 육탄공격을 받았다.

물론 이 기회를 틈 타 현수를 한번 안아보려는 앙큼한 속내에서 발로된 공격이다.

여기저기서 껴안으니 흐뭇하면서도 곤혹스럽기도 했다.

아무튼 포옹 공격도 공격이다. 그리고 받은 게 있으면 되돌려줘야 하는 것이 인지상정이다.

"알았어, 곡 줄게. 다이안은 특별하니까 스물네 곡이 아니라 마흔여덟 곡을 줄 거야."

"어머! 정말요? 정말 그렇게 많이 써놓으셨어요?"

"우왕~! 마흔여덟 곡이나 주신댄당~!"

"대표님 만쉐이~! 대표님 따랑해요."

"헐! 마흔여덟 곡이나 감춰두셨단 말이에요?"

"엄청 대단하시다. 존경해요. 사랑해요!"

멤버들 모두 잔뜩 상기된 표정이다. 현수는 컴퓨터로 다가가 USB를 꽂고, 다이안 폴더를 열었다.

이 폴더엔 224개의 파일이 저장되어 있다.

싱글 1집과 2집에 수록된 네 곡이 포함되어 있으니 총 112집까지 낼 수 있다. 이전에 다이안이 발표했던 모든 곡들이 담겨 있었던 것이다.

이 중 48곡을 선택했고, 인쇄 버튼을 클릭했다.

찌이익! 찌익! 찌익! 찌이익—!

프린터가 낮은 소음을 내더니 빠른 속도로 인쇄물들을 토해내기 시작했다.

멤버들은 정말인가 싶은 표정으로 A4용지를 보고 있다.

현수는 출력된 악보들을 챙겼다. 뒷면은 백지이니 당연히 멤버들의 눈에는 음표가 보이지 않는다.

"예린아! 대표님이 혹시 뻥치시는 거 아닐까?"

"나도 그 생각했어. 플로렌에 스물네 곡이나 주셨는데 우릴 위해서 마흔여덟 곡이나 더 쓰셨겠어?"

"그렇지? 그럼 저건 다 뭘까?"

"뭐긴? 그냥 퍼포먼스지."

"그럴까? 그래도 난 우리 줄 악보였음 좋겠당."

멤버들끼리 소곤거리는 동안 인쇄가 끝났는지 더 이상 나오는 종이가 없다.

현수는 스테이플러로 일일이 철(綴)을 하곤 돌아섰다.

"자! 다들 앉아봐."

소파를 가리키자 기다렸다는 듯 우르르 자리에 앉는다. 상석을 기준으로 좌측에 둘, 우측에 셋이다.

현수는 상석에 앉으며 들고 있던 악보를 내려놓았다.

"조금 전에 말했던 마흔여덟 곡이야."

악보는 탁자에 놓이자마자 멤버들의 손으로 빨려들어 갔다.

각기 몇몇 악보를 살피는 멤버들의 눈은 그야말로 초롱초롱이다. 더 할 수 없는 집중력이 발동되는 중이다.

악보를 돌려보는 것은 금방 끝났다.

"우와~! 진짜네."

"그러게 전부 다른 곡이야. 대표님은 정말……!"

"대표님! 고맙습니다. 정말 사랑합니다."

"저도요! 저도 따랑해요."

손가락 하트에 이어 손가락 하트+윙크, 손 하트, 그리고 두 팔 하트까지 남발된다.

한바탕 난리법석을 떨고 잠시 소강상태가 되었을 때 현수의 입이 열렸다.

"아까 플로렌이 하는 말 다들 들었지?"

"네? 뭐요?"

모두들 뭔 말이냐는 표정이다. 아까 한 말이 많았으니 그중 무언지를 가늠하지 못한 것이다.

"플로렌도 싱글을 내면 석 달 활동하고, 한 달 쉬어."

"네. 알아요."

"그럼 두 곡 가지고 넉 달을 활동하는 거지?"

"그것도 맞아요."

"스물네 곡이면 2곡씩 12집까지 낼 수 있어. 그럼 48개월 걸리겠지?"

"네에."

"그래! 플로렌은 이제 48개월, 그러니까 4년 동안 나를 볼 이유가 없어졌어. 그렇지?"

"에에? 그럼… 와아~! 그럼 곡 안 받을래요."

두뇌 명석한 서연이 무슨 뜻인지를 금방 캐치했다.

8년간 활동할 분량을 주었으니 그동안엔 대표실에 얼씬도 하지 말라는 뜻이다.

한편, 다소 어리바리한 연진은 이게 대체 무슨 상황이지 하는 표정이다.

"왜? 왜, 곡을 안 받아? 대표님이 우리를 위해 애써 만들어주신 거잖아. 그럼 감사히 받아야지. 안 그래?"

"헐~! 연진아, 너 대표님이 하신 말씀이 무슨 뜻인지 모르는 거지? 그런 거지? 그렇지?"

세란을 바라보는 연진은 여전히 천진무구한 표정이다.

"뭐? 마흔여덟 곡 만들어주셨잖아. 플로렌은 4년 동안 대표님을 볼 일이 없고, 우린 8년…, 헐! 저도 안 받을래요."

이제야 무슨 뜻이었는지를 깨달았는지 들고 있던 악보를 얼른 현수에게 내민다. 반납한다는 뜻이다.

나머지 멤버들도 얼른 악보를 밀쳐낸다.

"어허! 이거 왜들 이러시나? 낙장불입이라는 거 몰라?"

"에? 그게 무슨 뜻이에요?"

이번에도 연진이다. 화투를 쳐본 적이 없고, 가족 중에도 화투를 만지는 사람이 없으니 진짜 모르는 것이다.

"연진이는 낙장불입도 몰라?"

"네! 처음 듣는 말이에요. 낙장불입 그거 고사성어예요? 아님 사자성어예요?"

연진은 궁금하다는 듯 휴대폰을 꺼내 검색을 시작했다.

"뭐예요? 한번 바닥에 내놓은 패는 다시 집어 들지 못하는 일이라고 하네요. 근데 그게 왜요?"

완전 똘망똘망한 눈으로 바라보는데 날로 삼켜도 비린내 하나 나지 않을 정도로 귀여워 보였다.

그래도 요 대목에서 넘어가면 안 된다.

"내가 악보를 줬잖아? 그렇지? 멤버들이 원해서."

"네에, 맞아요. 근데 낙장불입이 왜요?"

"그건 말이지. 내가 너희들에게 곡을……."

현수의 말은 이어질 수 없었다.

정민이 고개를 흔들며 악보들을 뒤죽박죽으로 섞었고, 세란이 두 손으로 귀를 막은 채 입은 연 때문이다.

"아! 몰라요, 몰라요! 우린 아무것도 몰라요."

예린도 끼어들었다.

"맞아요! 우린 너무 어려서 아무것도 몰라요. 그리고 한꺼번에 이렇게 많이 주시면 우리더러 어쩌라고요? 그치~ 이?"

"응! 너무 많아서 어떻게 할 수가 없네."

상황이 곤란해지자 특유의 막무가내가 시작되었다. 이쯤에서 확실하게 기선을 제압해야 한다.

"안 돼! 달래는 대로 줬으니까 이제 다이안은 8년 동안 나를 볼 수 없는 거……."

현수의 말은 또 끊겼다. 다이안의 리더 서연 때문이다.

"얘들아! 덮쳐!"

말을 마치자마자 서연이 달려든다. 이에 질세라 세란, 예린, 연진, 정민 또한 현수에게 달려들었다.

온통 물컹, 물컹이다. 그리고 화장품 냄새인지 처녀의 체향인지 알 수 없는 냄새도 함께 다가왔다.

"읍……?"

모두가 달려들어 마구 움직이는데 누구의 것인지 알 수 없는 입술이 현수의 입술에 닿았다.

각각 반씩 닿았는데 그 순간 복숭아향이 느껴졌다.

화들짝 놀라 입을 닫으며, 고개를 돌렸다. 그런데 또 다른 입술이 그곳에 있었다.

이번엔 완전히 겹쳐졌다. 누군지는 모르지만 딸기맛 틴트를 바른 것 같다.

"으읍……?"

황급히 고개를 숙이고야 간신히 입술 세례는 피할 수 있었지만 그 자세로는 방어를 할 수 없다. 하여 멤버들의 육탄 공격을 고스란히 당했다.

"대표님! 곡 반환 받으실 거죠?"

"꼭 받으셔야 해요. 아셨죠?"

"그, 그래! 알았어, 그러니까 이제 그만!"

항복하지 않을 수 없었다. 온몸을 더듬는 손길 때문이다.

"헤헤! 반납 받으셨당. 대표님 또 볼 수 있어서 넘 좋앙."

연진이 한 말이다.

"히히! 나도 너무 좋아!"

정민이 끼어들 때 짐짓 성난 음성으로 물었다.

"아~! 달래서 줬는데 왜 안 받는다는 거야?"

"곡 받는 거보다 대표님 보는 게 더 좋으니까요."

"마자요! 우린 대표님을 너무 사랑해서 안 보면 미쳐요."

"안중근 의사는 '일일부독서면 구중생형극'[20] 이라고 하셨잖아요? 우린 대표님 없으면 앙꼬 없는 찐빵이거든요."

"마자요. 대표님! 우리 맨날맨날 봐요. 넹?"

"대표님! 따랑해요. 헤헤!"

너무도 막무가내인데다 견뎌낼 수 없는 애교였는지라 현수는 고개를 설레설레 흔들 수밖에 없었다.

'황후들은 안 그랬는데 얘들은 대체 왜 이래?'

혼자만의 생각이었는데 도로시가 끼어든다.

20) 일일부독서 구중생혁극(一日不讀書 口中生荊棘): 하루라도 책을 읽지 않으면 입속에 가시가 돋는다

'아마도 애정결핍증? 그러니 두루 사랑해 주세요. 아셨죠?'

'쉿! 도로시는 묵음 모드!'

'칫! 폐하는 여자 마음을 너무 모르신다니까.'

나직이 투덜거리고는 입을 다물었는지 더 이상의 말은 없었다.

Chapter 09

—

선수 등록을 하다!

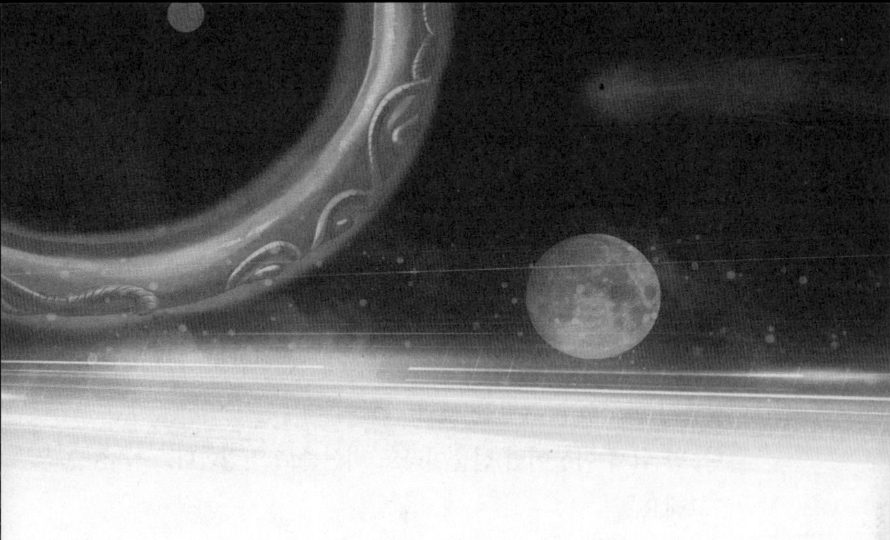

"대표님! 서포터 팀에 선수 등록 마쳤습니다."

"아! 그래요?"

"사진은 회사 홈페이지에 있는 걸로 보냈습니다."

Y—엔터 홈페이지에는 대표의 인사말이 있다.

아울러 지사장을 비롯한 모든 직원과 소속 아티스트, 그리고 연습생들의 프로필도 올라가 있다.

각자의 포부 또한 진솔하게 올려져 있다. 감추고 자시고 할 게 없으니 모두 노출한 것이다.

"사진도 있어야 해요?"

"그럼요, 그거 없으면 부정선수도 경기에 뛸 수 있으니까요. 생년월일이 1985년 9월 28일 맞죠?"

"맞아요."

"출신고는 남아공 프리토리아 의과대학으로 넣었고, 참여 게임수는 없고, 구분은 '비선출'로 입력했습니다."

참고로, '선출'은 선수출신을 뜻하는 줄임말로 고등학교 이상까지 야구선수 생활을 했던 사람이 해당된다.

단, 만 41세 이상이면 선출이라도 비선출로 인정한다.

"그래요."

"연습이 필요하시면 아까 가셨던 연습장을 쓰시면 됩니다. 제가 말해놨으니까 타격훈련도 할 수 있고, 연습투구도 하실 수 있어요. 참! 포수는 어떻게 할까요?"

"포수요?"

"네, 배터리끼리 연습해보셔야 하잖아요."

"그러네요. 그럼 포수 보실 분에게 연락해서 언제든 편한 시간에 오라고……."

"그럴 필요 없어요. 구영탄이 포수니까요."

"네? 누고요?"

"구영탄이요. 새로 뽑은 다이안의 로드 매니저입니다. 중학교까지 야구를 했다고 하더군요."

구영탄은 조환이 면접을 봤다.

사전에 도로시가 모든 조사를 마쳤기에 면접까지 온 것이다. 몇 마디 말을 물어보다 출신 중학교를 보게 되었다.

"으잉? 청주중학교 나왔네요. 거기 야구팀 있죠?"

"네! 거기서 포수 했습니다."

"아! 그래요? 언제까지 했죠?"

"졸업할 때까지 주전 포수였습니다."

"어! 근데 왜 야구를 안 하고……?"

그때까지 선수생활을 했는데 야구부가 있는 고등학교로 진학하지 않은 이유를 물은 것이다.

"갑자기 집안 사정이 어려워져서 그랬습니다."

요 대목에 구영탄의 합격 여부가 결정되었다.

"그래요? 그럼 합격!"

조환이 야구를 좋아하는 이유만으로 합격시킨 것은 아니다.

포수는 판단력, 지구력, 그리고 순발력을 전부 다 갖춰야 한다.

연예인의 매니저 또한 이 세 가지가 필요하다.

판단력과 순발력이 있어야 연예활동 중 예상치 못한 상황이 생겨도 잘 판단하고, 대처할 수 있다.

지구력은 지치지 않는 체력이다. 운전도 하고, 극성팬들로부터 멤버들을 보호할 수 있다.

조환의 선택은 옳았다.

구영탄은 말썽 한 번 없이 잘 적응했다.

포수 출신답게 덩치가 있어서 경호원 분위기가 나는지 이상한 사람들의 접근이 거의 없었다.

그리고 진심을 다해 연예활동을 서포팅하려 애쓴다. 하여 멤버들도 동생처럼 대한다.

고교 졸업 후 입대했다가 제대하여 올해 23살이다.

"그럼 지금 한번 해보러 갈까요?"

"좋죠! 영탄이 부를 테니 같이 가시죠. 참, 대표님 신발 사이즈 얼마나 됩니까?"

"신발이요? 아……! 280입니다."

구두를 신고 있다는 걸 자각한 것이다.

"다행히 저랑 사이즈가 같군요. 빌려드릴 테니 그걸로 갈아 신으시죠. 참고는 저는 무좀이 없습니다."

"하하! 네에. 나도 없어요."

흔쾌히 대답하곤 묵음 모두에 있는 도로시를 불렀다.

'인터넷으로 투수용 스파이크하고 투수 커버, 그리고 야구모자 주문해 줘. 내 사이즈 알지?'

'넵! 바로 주문합니다.'

'내게 맞는 나무배트도 주문하고.'

'근데 글러브는 어떻게 할까요?'

'헐! 중요한 걸 까먹었네. 일단 좌투수용 하고, 우투수용 각각 하나씩 주문해.'

'넵!'

걸어가며 필요한 투수용품들을 구매하도록 했다.

"야구복은 어떻게……?"

"참! 중요한 걸 빼먹었네요. 줄자 있으니 지금 신체 사이즈 좀 잴게요. 근데 혹시 선호하는 등번호가 있으신지요?"

"00번이 비어 있으면 그걸로 해주세요."

야구선수의 등번호는 포지션과 연관된 경우가 많다. 투수는 에이스를 뜻하는 1이 들어간 번호를 선호한다.

박찬호의 백넘버는 61이었다.

포수들은 2를 선호한다. 이만수는 22번이었다.

현수가 선택한 00은 메이저리그 시절에도 쓰던 번호이다. 무실점 0과 무패 0을 의미하는 번호이다.

조연이 신체 사이즈를 재어 누군가에게 통보할 때 구영탄이 노크했다.

똑, 똑, 똑!

"다이안 매니저 구영탄입니다. 부르심 받고 왔습니다. 지금 들어가도 되겠습니까?"

제대한 지 얼마 안 되어 그런지 군기가 덜 빠진 모양이다.

"네에, 들어와요."

문이 열렸고, 구영탄이 들어섰다. 185㎝에 100㎏은 족히 되어 보인다.

"영탄아! 인사드려. 대표님이시다."

"아……! 처음 뵙겠습니다. 구영탄입니다."

다짜고짜 꾸벅 허리를 숙인다.

"만나서 반가워요. 하인스 킴입니다."

"아이고, 네에."

멤버들이 스케줄을 소화하기 위해 차를 탈 때마다 듣는 게 대표님에 관한 이야기이다.

아예 귀에 못이 박힐 지경으로 떠들어댄다.

—영탄아! 우리 대표님은 말이지…….

—이따가 울 대표 오빠에게…….

—영탄아, 저번에 대표님께서…….

다이안은 현재 대한민국에서 가장 핫한 그룹이다. 지상파 방송사에서도 걸 그룹의 '걸' 자를 떼어줬다.

고작 아이돌 그룹이라고 하기엔 너무도 엄청난 인기를 구가하고 있는 때문이다.

대한민국 역사상 처음으로 빌보드 차트 1위에 두 곡이나 올려놓았다.

후속곡들 역시 조만간 1위에 올라설 것으로 기대되고 있다.

참고로, 미국의 빌보드 차트에 1위곡을 가장 많이 올려놓은 아티스트 순위는 다음과 같다.

1위	비틀즈	21곡
2위	머라이어 캐리	18곡
3위	엘비스 프레슬리	17곡
4위	마이클 잭슨	13곡
5위	리한나	13곡

지금은 달랑 두 곡뿐이지만 다이안이 올려놓을 것은 총 224곡이다. 현재 1위인 비틀즈의 10배가 넘는다.

압도적인 1위를 할 예정인 것이다.

어쨌거나 현재는 방송사 임직원 및 PD들로부터 한번 출연해줬으면 좋겠다는 전화가 매일 걸려온다.

매번 거절하는 것도 그래서 아주 가끔, 가뭄에 콩 나듯 가기는 한다. 허접한 예능 프로그램이 아니라 비교적 품격이 있는 음악방송에만 출연한다.

순위를 매기는 음방은 거절이다. 한국의 보이그룹이나 걸그룹과 순위를 따지기엔 너무 거물이 된 탓이다.

성악가 조수미가 그런데 나가는 것을 본 적이 있는가!

어쨌거나 다이안이 방송사에 들어서면 탤런트, 배우, 아나운서, 가수 등이 우르르 다가선다. 빌보드 1위의 위엄이다.

그리고 다이안과 함께 있으면 누군가의 사진에 찍히고, 그럼 검색어에 올라가기 때문이다.

특히, 젊은 남성 연예인들의 접근이 많은데 그 이유는 다이안이 너무 아름다워서 그러하다.

일부 네티즌이 성형수술 한 것 같다고 깎아내리려 했지만 이전 사진과 비교해 놓은 걸 보면 그건 확실히 아니다.

그러기엔 변한 게 너무 없다. 그럼에도 왠지 달라 보이긴 한다. 눈, 코, 귀, 입의 균형이 완벽해진 결과이다.

다이안 M/V는 많은 외국인들이 리액션하고 있다.

그들은 멤버 얼굴 하나하나가 원샷으로 잡힐 때마다 연신 'Goddess' 를 연발한다. 외국인들의 눈에도 멤버들 모두가 너무도 아름답게 비춰지는 것이다.

참고로, Goddess는 여성명사이다. '여신' 또는 '여신 같은 존재' 라는 뜻을 가졌다.

요즘 미국에서는 'You look like a Dian' 이라는 말이 많이 쓰인다. '너, 다이안처럼 보여' 라는 뜻이다.

이 말은 'You look so beautiful' 과 동일한 의미이다. 그런데 아무 근거도 없는 표현은 아니다.

위키피디아(Wikipedia)는 네티즌이 만드는 사전이다. 이 사전에는 'Dian' 의 뜻이 다음과 같이 기술되어 있다.

Dian [daian]

1. [pn] Korean female quintet

2. [pn] Beautiful woman enough to be like a goddess

일단 첫 스펠링이 대문자이니 고유명사(proper noun)이다.

그리고 누군가에 의해 정의된 뜻은 '한국 여성 5중창단' 과 '여신에 버금갈 정도로 아름다운 여인' 이다.

위키피디아는 그릇된 정보나 표현을 수정할 수 있도록 되어 있다. 그런데 모두의 눈에 아름답게 비춰져서 그런지 반론이나 이의(異議)는 전혀 제기되어 있지 않다.

요 대목이 뭔가 이상하다! 짚어볼 것이 있는 것이다.

한국에는 남 잘 되는 꼴은 절대 두고 보지 못하는 부류가 있다. 시샘덩어리 혹은 사회부적응 잉여들이다.

따라서 제기된 이의가 있어야 한다. 이들은 '못 먹는 감이라면 찔러나 본다' 는 심보의 소유자이기도 한 때문이다.

그럼에도 이의가 없다는 건 한국의 시샘덩어리 내지 사회부적응 잉여들의 영어 실력이 형편없어서일 것이다.

어쨌거나 다이안은 연예인들의 연예인이다.

도로시가 확인한 바에 의하면 다이안 팬카페에 가입한 회원 중 상당수가 연예인이다.

본인은 자신을 감추고 싶겠지만 도로시는 모든 것을 꿰고 있는 디지털 세상의 지배자이다.

아무튼 현재 한국에서 제일 잘나가는 연예인이 다이안이다. 그런데 차에 타기만 하면 대표님 타령을 한다.

요즘은 '보고 싶다' 는 말이 제일 많았다. 하여 대체 어떤 사람인지 궁금하여 회사 홈페이지를 찾아보았다.

Y—엔터 조직도를 보면 모든 이들의 사진이 있다.

건물 내부를 늘 청결하게 유지시켜 주시는 청소 아주머니와 주차장 관리인 아저씨의 얼굴도 있다.

1층 편의점과 분식집, 2층 미용실과 카페의 사장님과 알바 내지 직원의 얼굴도 있다. 한마디로 Y—엔터의 임직원은 물론이고, 빌딩 근무자 전부 확인 가능하다.

무례한 사생팬이나 좋은 않은 뜻을 품고 무단으로 침입하려는 자를 사전에 차단하려는 조치의 일환이다.

아무튼 구영탄은 현수의 얼굴을 확인하고 깜짝 놀랐다. 너무 젊은 사람이라 놀란 것이다.

프로필에는 31세라 되어 있지만 아무리 봐도 25세 정도로 보였다. 하여 언제 찍은 사진이냐고 물어본 적도 있다. 6년 전에 찍었으면 딱 맞는 때문이다.

구영탄은 운전을 하면서 뒷좌석 멤버들의 이야기에 귀를 기울였다. 자신에게 월급을 주는 사람이 어떤 분인지 알고 싶었던 것이다.

그런데 갈수록 놀라운 이야기뿐이었다.

'지현에게'와 '첫 만남'을 작사 작곡했다는 것만으로도 놀랍다. 빌보드 차트 1위는 결코 우연히 얻어지는 결과가 아니기 때문이다.

그런데 한때 유투브를 뜨겁게 달궜던 남성 5중창을 홀로 불렸던 인물이라고 하다.

같은 남자로서 자괴감이 느껴졌다. 누구는 사람의 영혼을 뒤흔들 만큼 뛰어난 가창력을 가졌는데 본인은 음치이다.

이걸로 끝인 줄 알았는데 언론에서 연일 대서특필하고 있는 베일에 싸인 투자제국의 황제라고 한다.

얼마 전까지는 509억 달러를 가진 사나이라 불렸는데 불과 20일 만에 2,258억 7,000만 달러로 불어났다고 한다.

무려 265조 5,666억 원이다.

누군가 계산을 해보니 현수의 재산이 불어나는 속도를 감안하면 대한민국의 2016년 국가예산 386조 7,000억 원과 같아지는데 걸리는 시간은 7시간 25분 7초라 하였다.

이 주장은 어제의 것이다. 따라서 현수의 재산은 이미 대한민국 국가예산을 훌쩍 뛰어넘었을 것이다.

구영탄은 그런 사람 앞에 섰다. 현수가 부드러운 웃음을 짓고 있지만 왠지 압도당하는 느낌이다.

"구영탄 씨!"

"네, 대표님!"

"이름하고 다르게 꺼벙하게 안 생겼네요."

"네……? 아, 네에."

구영탄은 쓴웃음을 지었다. 이 이름은 만화 작가 고행석의 '불청객 시리즈'의 주인공과 같다.

"전설의 야구왕이란 만화를 보면 주인공이 시속 200㎞가 넘는 강속구를 뿌리던데 진짜로 그런 거 아니죠?"

이런 질문은 중학교 1학년 때부터 들었다. 이름을 물었을 때 구영탄이라고 하면 며칠 지나지 않아서 듣던 이야기이다.

이제 고전이 된 만화인데 어디서 구해 보는지 궁금하다.

* * *

"네……? 아, 그럼요! 사람이 어떻게 그런 공을 던져요."

"아! 그런 공을 던지면 사람이 아닌 거군요."

본인이 시속 213㎞짜리 공을 던질 수 있으니 한 말이다.

"저 그런 말 많이 들었는데 저는 일단 꺼벙하지 않습니다. 보십시오. 제 눈은 반쯤 감긴 눈이 아니지요?"

"네, 그러네요."

"그리고 저 만화 주인공처럼 엄청난 능력을 감춰두거나 그러지 않았습니다. 그냥 평범 그 자체입니다."

만화 스토리로 본인을 놀리지 말라는 뜻이다. 그런데 어찌 그래줄 수 있겠는가!

"중학생 때까지 야구를 했는데 왜 포수를 했어요? 구영탄처럼 투수를 하죠."

"조금 전에도 말씀드렸듯이 제 능력은 평범합니다."

"아이고, 알았어요."

이런저런 이야기를 하다 보니 야구 연습장에 당도했다.

"타격부터 하시겠습니까? 아님 투구부터 하시겠습니까?"

"영탄 씨 스케줄을 모르니 일단 투구부터 하죠."

현수의 말이 떨어지자 구영탄은 포수 장비를 세팅한다.

미트는 물론이고 마스크, 틀, 목 보호대, 가슴보호대, 무릎 보호대, 다리 보호대, 발가락 보호대까지 모두 챙겨 왔다.

이것들을 착용하며 묻는다.

"대표님께서 잘 던지시는 공의 구질은 뭐고, 사인은 어떻게 정할까요?"

"일단 특별한 구질은 없어요. 다 비슷비슷하니까요. 사인은… 아, 이렇게 하죠. 스트라이크존을 9분할하여……."

잠시 현수의 말이 이어졌다.

1	2	3
4	5	6
7	8	9

현수가 손가락 하나를 펴면 1, 둘을 펴면 3, 셋은 7, 넷은 9에 던지고, 주먹을 쥐면 5에 던지겠다고 했다.

그리고 하나를 편 채 흔들면 2, 둘을 흔들면 4, 셋은 6, 넷은 8에 던지겠다고 했다.

그러면서 자신이 신호하는 대로 미트를 대고 있으면 공이 들어갈 것이라고 하였다.

구영탄은 '이게 웬 미친 소리인가?' 하는 표정이다.

방금 한 말은 메이저리그의 투수들조차 실현하기 어렵다. 사람의 컨디션이란 게 늘 일정하지 않은 때문이다.

곁에서 듣고 있던 조환도 멍한 표정이다. 말도 안 되는 제구력을 가지지 않으면 불가능한 때문이다.

"구영탄 씨! 내가 말한 대로 한번 해봐요. 보호대도 다 가지고 왔잖아요. 그리고 조 매니저님은 구심을 봐줘요."

연습장 구석에 구심용 장비들이 있는 걸 본 것이다.

"그러죠."

잠시 후, 조환은 구심(球審) 장비를 갖춘 채 구영탄의 뒤에 섰다. 그러는 동안 현수는 몸을 풀었다.

사실 별로 할 것도 없다. 일반인과 다른 때문이다. 그래도 하는 척은 해야 해서 도수체조의 동작 몇을 했을 뿐이다.

"매니저님! 진짜 하라는 대로 해요?"

"그냥 해봐. 해보고 안 되면 다시 상의하면 되지."

현수는 박스에 담긴 공을 꺼내 들었다. 실제로 KBO경기에 사용하는 공 100개가 담겨 있다.

"일단 직구부터 던질게요."

구영탄이 긴장된 표정으로 고개를 끄덕이고는 현수의 신호에 따라 가운데 높은 곳에 미트를 댔다.

휘이익—! 빠악—!

"스트~ 라이크!"

공은 정확히 미트 속으로 파고들었다.

"헐~! 이게 뭐죠? 엄청 묵직해요."

"시속 140km 정도 되는 공일 거야."

"네? 140이요? 어쩐지 엄청 빠르더라."

둘이 대화하는 사이에 이번엔 손가락 둘을 폈다. 우타자 기준으로 몸쪽 높은 공을 던진다는 뜻이다.

미트를 옮기는 동안 투구동작에 들어간다.

휘이익—! 빠악—!

"스트~ 라이크!"

현수는 계속 공을 던졌다. 그때마다 어디에 던질 것인지 미리 알려주었다.

패스트볼을 던질 때는 편안한 마음으로 받았는데 가장 무서웠던 건 142km/h짜리 너클볼이다.

위, 아래, 좌, 우로 마구 흔들리며 쏘아져 왔다. 하여 미트가 꿈틀꿈틀거렸다. 마음 같아선 옮기고 싶었던 것이다.

하지만 믿었다.

휘익—! 빠악—!

"스트~ 라이크!"

예고했던 대로 몸 쪽 아래인 9번으로 정확히 들어왔다.

"헉! 너클도 컨트롤이 가능한 거예요?"

현수는 포심, 슬라이더, 싱커, 포크, 투심, 커브, 커터, 스필리터, 스크루볼까지 5개씩 던졌다. 그러고는 곁에서 구경하고 있던 연습장 주인에게 뭐라고 이야기했다.

그러자 안쪽 사무실로 들어가더니 글러브를 건넨다.

현수는 끼고 있던 글러브를 빼곤 그걸로 바꿨다.

"어! 대표님, 그건 좌투수용인데요."

"내가 양손을 다 써요."

"네에?"

조환과 구영탄, 그리고 야구 연습장 주인까지 깜짝 놀라는 표정이다.

방금 전 현수는 구질별로 5개씩 45개의 공을 던졌다.

던지기 전에 구종을 이야기해 줬고, 손으로는 어디로 던질지를 표시해 줬다. 그 공은 전부 스트라이크 판정을 받았다.

현수의 실력을 빙산의 일각만큼 알고 있던 조환도 놀랐는데 구영탄과 야구 연습장 주인은 어떠하겠는가!

놀란 표정을 감추지 못했다. 그런데 이번엔 손을 바꾼다.

"자아! 신호는 전과 동이에요. 먼저 포심이에요."

구영탄은 6번에 미트를 대고 기다렸다. 그런데 조금 불안하다. 왼손도 오른손만큼 던질까 싶었던 것이다.

휘이익! 빠악ㅡ!

"스트으~ 라이크!"

공은 정확히 6번에 들어왔다.

"142㎞/h예요."

야구연습장 주인이 스피드건에 측정된 숫자를 불러주었다.

현수는 구종을 바꿔가며 던졌고, 구영탄은 신호에 따라 미트를 옮겼다. 조환은 스트라이크라는 말 밖에 모르는 듯 계속 같은 판정을 내렸다.

그리고 연습장 주인은 계속 숫자를 불렀다.

"142, 141, 139, 140, 143, 138, 140, 140, 140, 142, 141, 142, 142, 141, 141, …142, 142, 142㎞/h입니다."

이윽고 90개의 공을 모두 던졌다.

10개의 공이 남았지만 더 연습할 이유가 없어서이다.

현수는 컨디션 조절을 완벽하게 끝낸 프로야구 선발투수보다도 훨씬 컨트롤이 좋은 투수이다.

더 해서 뭐 하겠는가!

하여 조환과 구영탄이 고개를 설레설레 흔들며 자리에서 일어섰다. 이제 그만하려는 것이다.

그런데 현수가 연습장 주인을 부른다. 주인은 연습구 100개가 담긴 박스 하나를 더 가지고 왔다.

"영탄 씨! 기왕에 던지는 거니 조금만 더 해봅시다."

"네? 아, 네에."

고개는 끄덕였지만 더 안 던져봐도 된다는 말을 하고 싶었을 것이다. 이때 현수는 다시 우투수용 글러브를 끼었다.

투구판에 발을 얹고는 손가락 4개를 펼쳐 흔든다. 가운데 낮은 공을 던지겠다는 뜻이다.

"포심입니다."

휘이익—! 빠악—!

"스, 스트으~ 라이크!"

조환이 말을 더듬은 건 투구 동작이 달랐던 때문이다. 여태 오버핸드로 던졌는데 이번엔 사이드암이었다.

속력은 동일했고, 컨트롤도 여전하다.

휘이익—! 빠악—! 휘이익—! 빠악—! 휘이익—! 빠악—!

"스트으~ 라이크! 스트라이크! 스트~ 라이크!"

45개의 공을 던지곤 다시 좌투수용 글러브로 갈아 낀다. 이번에도 사이드암 투구 동작이다.

45개의 공은 금방 뿌려졌고, 모두 스트라이크였으며 속도도 오버핸드랑 별반 다를 바 없었다.

90개씩 180개의 공을 받았기에 자리에서 일어서려던 구영탄은 멍한 표정이 되었다.

또 하나의 연습구 박스가 들어온 것이다.

"또 던지시게요? 좌우 90개씩 던지셨어요."

"이번엔 언더핸드 연습 좀 해보려고요. 구영탄 씨 뭐 바쁜 일 있어요?"

"네? 아, 아뇨."

"그럼 딱 90개만 더 받아줘요."

"…네, 알겠습니다."

구영탄이 다시 주저앉자 조환도 자세를 다시 잡았다.

오른손 언더핸드로 던졌지만 오른손 오버핸드나 사이드암처럼 흠잡을 것 없었다. 왼손도 마찬가지였다.

그렇게 270개의 공을 모두 던졌다. 그런데 땀 한 방울 흘리지 않는다. 사람이라면 이럴 수 없지만 묻지는 않았다.

괜한 긁어 부스럼이 될 것이란 예감 때문이다.

"사, 사장님! 사장님은 언제든지 저희 연습장을 이용하셔도 됩니다. 오시기만 하면 무조건 자리를 내드리겠습니다."

야구연습장 주인은 전설적인 투수를 만난 듯한 표정이었다.

하긴 은퇴하자마자 명예에 전당에 헌액된 유일한 분이다. 전설적인 투수가 맞는 것이다. 황공해야 하는 것도 마땅하다.

"네에, 고맙습니다."

현수는 고개를 숙여 예를 갖추고는 연습장 밖으로 나왔다.

"매니저님! 우리 대표님 사람 맞죠?"

"그래. 근데 아닌 거 같다. 그렇지?"

"그럼요! 공을 270개나 뿌리셨는데도 전혀 안 지치셨어요."

"그러게! 암튼 대표님은 서포터 팀 비밀병기야, 시합하는 날까지 어디에 가서 입도 벙긋하지 마. 알았지?"

"네? 아, 네에. 근데 이걸 어디 가서 말을 해도 믿을까요?"

"아마, 안 믿을 거다."

"맞아요. 9개 구종 모두 140km/h 대이고, 마음먹은 곳에 정확히 꽂아 넣는다고 하면 매니저님도 안 믿으시죠?"

"그래! 내가 이 두 눈으로 보고도 안 믿긴다."

조환은 크게 고개를 끄덕였다. 전적으로 동의함이다.

"거기에 오른손 왼손으로 다 던지고, 두 손 다 오버핸드 사이드암, 언더핸드가 된다고 하면 어떻게 할까요?"

"그야, 만화를 너무 많이 봤다고 하겠지?"

"흐흐! 그러니 어디 가서 말을 하렵니다. 아! 서포터 팀 단톡방에 한번 이야기 풀어놔 볼까요?"

"흐흐! 흐흐흐흐! 그거 괜찮다."

조환은 악당의 웃음을 지었다.

탄: 형님들! 제가 오늘 우리 팀 투수로 새로 등록된 분의 공을 받아봤습니다.

A: 오! 그러냐? 어때? 강진이보다 낫냐?

탄: 죄송한 말씀인데 강진 형님을 우리 새 투수님에 비교하면 발가락에 낀 때만도 못한 허접입니다요. ㅋㅋ

A: 너! 강진이 없다고 뒷담화 하는 거야?

B: 그래. 발가락에 낀 때라니? 그건 조금 너무했다.

탄: 그만큼 새 투수님이 대단하시다는 거죠.

C: 투수님? 너, '님' 자를 붙인 거야?

탄: 넵! 너무 존경스러워서 안 붙일 수가 없습니다요.

D: 환 형님! 영탄이 이래도 됩니까? 얘, 혹시 약 했어요?

E: 그러게 오늘은 좀 해롱해롱거리네.

환: 난, 영탄이 말에 동의해. 글구 약 안 했어.

D: 헐! 환 형님까지……? Y—엔터의 미래가 어둡다.

환: 그게 무슨 뜻이냐?

D: 그 동네 물이 안 좋아진 거 같아서요.

환: 얌마, 이 동네 물 깨끗하니까 괜한 의심하지 마. 그리고 영탄이 말은 다 사실이야.

A: 오! 그럼 기대가 되네요. 담주에 쪽발이들 깹시다.

B: 타격에 자신 있는 갑다.

A: 아이고 형님! 제가 한 빠다 하잖습니까.

C: 그나저나 영탄아! 새 투수의 주무기는 뭐냐?

탄: 새 투수님은 주무기 그런 거 없습다.

D: 엥? 그러면서 투수님이야?

탄: 다 잘 던지시거든요. 특별히 나쁜 공이 없습다.

E: 믿어도 되는 거냐? 투수에 대한 설명 좀 해봐.

탄: 넵! 일단 새 투수님은 9가지 구질의 공을 던지십니다. 포심, 커브, 싱커, … 마지막으로 너클볼도 기가 막힙니다. 이 공들 전부 평균 구속이 141km/h쯤 됩니다.

A: 탄! 너, 그 거짓말 참말이냐? 아니면 죽는다.

B: 영탄이 너, 지금 장난하는 거지?

탄: 형님들! 제가 여기서 거짓부렁을 할 군번은 아님돠. 안 그렇슴까? 따라서 제가 하는 말은 다 사실임돠.

D: 좋아, 더 읊어봐. 구질은 9가지인데 컨트롤은?

탄: 그 또한 기가 막힙니다요. 새 투수님은 스트라이크 존을 완벽하게 9분할을 해서…….

Chapter 10

—

챔피언 결정전

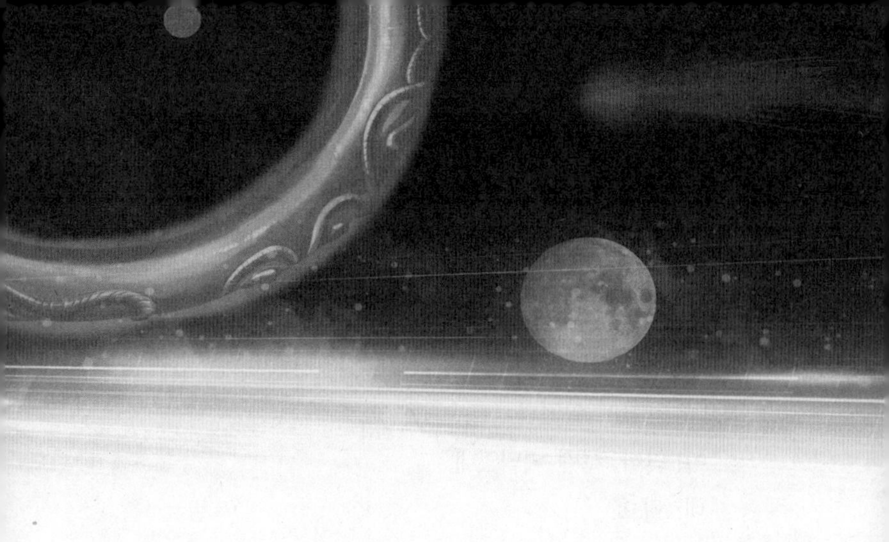

탄: 새 투수님은 오른손, 왼손 모두 오버핸드, 사이드암, 언더핸드로 다 던지심돠.

A: 영탄이, 너! 말이 되는 소릴 해라.

E: 맞아! 감히 하늘 같은 형님들을 상대로 농담 쌈치기를 해? 내가 빠따 한번 들어볼까?

B: 영탄이는 아무래도 정신 교육이 필요해. 형님들에게 할 농담이 있고, 아닌 게 있는데 구별을 못 하나 봐.

C: 형님들! 우리 영탄이가 만화를 너무 많이 본 거 같지 않수? 왠지 고행석 만화를 본 것 같은디…….

D: 헐! 그리고 보니… 근데 왜 갑자기 만화가 당기지?

E: 말나온 김에 단체로 만화방이나 갈까?

결국 서포터 팀 단톡방은 구영탄을 어찌 혼내줄 것인지를 성토하는 방이 되어버렸다.

조환과 구영탄은 핸드폰을 보며 킬킬거렸다. 그러다 문득 떠오른 생각이 있었다.

"아! 맞아. 그걸 빼먹었네."

"네? 뭘요?"

"대표님, 타격 연습. 그거 안 했잖아."

"설마, 타격에도 일가견 있고 막 그런 건 아니죠?"

"아니긴? 쳤다 하면 홈런이야. 것도 시속 150㎞/h짜리를."

"네에……? 아니, 그럼 왜 여기 계세요?"

"그럼? 그럼, 어디 있어야 해?"

"그야 메이저리그죠. 투구에 타격까지 완벽하면 당연히 거기로 가셔서 리그를 씹어 드셔야 하지 않겠습니까?"

"그래? 그럼 연봉은 얼마나 받으셔야 할까?"

"그야… 잭 그레인키 올해 연봉이 3,441만 달러고, 클레이튼 커쇼가 3,200만 달러니까. 한 4,000만 달러 정도는 받아야 하지 않을까요? 타격도 잘하신다면서요."

"헐~! 영탄아! 너 바보지?"

"네……? 제가 왜요?"

"넌 대표님 재산이 얼만지 몰라?"

"아! 재산……."

구영탄이 그중요한 걸 깜박 잊었다는 표정을 지을 때 조환의 말이 이어진다.

"아마 메이저리그 팀 전부를 통째로 사고도 남을걸."

2016년 현재 메이저리그 30개 팀의 구단 가치를 모두 합산한 금액은 359억 8,500만 달러이다.

1위인 뉴욕 양키즈가 32억 달러이고, 30위인 탬파베이 레이스는 6억 2,500만 달러이다. 이를 모두 합산한 금액이다.

인터내셔널 이코노믹에서 발표한 현수의 재산은 2,258억 7,000만 달러였다. 메이저리그 전체를 6번이나 사고도 무려 99억 6,000만 달러나 남는 돈이다.

우수리만 약 11조 7,104억 원인 것이다.

그런데 이 돈으론 KBO를 9번이나 살 수 있다. 그러고도 무려 7,763억 원이나 남는다.

참고로, 2016년 현재 한국프로야구 10개 구단 가치의 합은 1조 2,149억 원이다. 경기장까지 포함된 액수이다.

현수 개인의 재산은 세상 모든 프로야구팀, 프로축구팀, 프로농구팀, 프로배구팀, 프로미식축구팀, 프로하키팀을 다 사들이고도 남을 정도로 무지막지하다.

도로시가 관리하는 The Bank of Emperor의 자산은 이보다 훨씬 더하다.

"그, 그렇겠네요."

"근데도 메이저리그에 가서 땀 흘려야 해? 푼돈 벌자고?"

"죄송합니다, 제 생각이 짧았습니다. 우리 대표님 엄청 대단하신 분인 걸 제가 왜 깜박했을까요?"

"그거야 나는 모르지. 암튼 이건 재미있네."

조환은 여전히 구영탄을 씹고 있는 단톡방 메시지들을 보고 있다.

다들 발칙한 막내에게 속았다는 뉘앙스이다.

그들은 감히 형님들을 놀렸으니 10월 1일 시합이 끝나면 아주 강력한 인디언밥으로 구영탄을 징치하자고 결의했다.

이걸 보고도 구영탄은 웃는다.

10월 1일에 매 맞을 일은 없을 것 같기 때문이다.

오히려 만화 같은 이야기가 실제라는 걸 알게 된 알게 된 형님들의 표정이 몹시 궁금하면서도 기대되었다.

"흐흐! 그건 저도 재미있었지 말입돠."

"영탄아! 너, 어디 가서 입 벙긋해도 되겠다. 기왕이면 기자회견이라도 한번 해."

"에고, 그건 싫습니다. 보마나마 미친놈이라 할 겁니다."

"하긴! 그래도 우리 서포터 팀 애들이 참 착하다. 너더러 만화 많이 봐서 상태가 안 좋다잖아."

"네에, 인정합니다. 다음 시합 때 시원한 캔 맥주 하나씩 돌리겠습니다."

구영탄은 자신을 합격시켜 준 조환이 너무 고맙다. 취업 후 다른 기획사의 로드매니저의 연봉을 알게 된 때문이다.

대졸 신입의 평균 급여보다도 많고, 주거지도 공짜로 제공하는 회사가 대한민국 어디에 있는가!

하여 팥으로 메주를 쑤자고 해도 기꺼이 따를 생각이다.

*　　　*　　　*

현수는 Y—엔터에 소속된 모든 보이그룹과 걸그룹 멤버들을 가든호텔 그랜드볼룸으로 불러들였다.

연습생 포함 연예인만 280명이고, 이들을 지원하는 스태프 및 직원들의 숫자는 300명이 넘었다.

Y—엔터에 속한 모든 이들을 한 자리에 부르려니 넓은 장소가 필요했는데 사옥은 너무 좁았던 것이다.

아무튼 임직원 및 아티스트들은 대표가 하인스 킴이라는 건 알지만 만나본 사람은 거의 없다.

하여 상견례를 겸하고자 불러 모은 것이다.

이곳에 오기 전 현수는 조연 지사장과 상당히 긴 시간 동안 여러 사안에 대한 의견을 나눴다.

그중 하나는 보이그룹 및 걸그룹의 인원 재구성이다.

Y—엔터에는 여러 아이돌 그룹이 있다.

보이그룹은 4인조 하나, 5인조 셋, 6인조 둘, 그리고 7인조 둘이 있다.

총 8개 그룹이고, 연습생은 28명이다.

걸그룹은 5인조, 6인조, 7인조가 각각 셋이고, 9인조 하나가 있다.

다해서 10개 그룹이고, 연습생은 64명이다.

이들은 Y—엔터에 의해 합병된 DK 엔터테인먼트와 연예 기획사 C&R에 소속되어 있던 인원이다.

이들에 대한 파악은 조연 지사장만 한 게 아니다. 도로시 또한 각자의 특성을 면밀히 살펴보고 있었다.

현수는 그간 작곡해 놓았던 것이라면서 악보 200개를 꺼내 놓았다.

도로시가 미래의 히트곡을 편곡하여 만든 1,256곡 중 일부이다. 플로렌에게 준 24곡도 여기서 나온 것이다.

앞으로는 사무실을 자주 방문할 수 없을 것이다. 콩고민주공화국 자치령을 건설해야 하는 때문이다.

하여 한꺼번에 곡을 준 것이다. 이를 본 조 지사장은 인원이 많은 그룹에 손을 댔으면 하는 의견을 꺼내놓았다.

멤버수가 많으면 수익을 N분의 1을 했을 때 개개인에게 돌아가는 몫이 작기 때문이다.

그리고 인원이 너무 많으면 이동하는 것도 번거롭다.

예를 들어, 9인조 그룹이 이동하려면 밴 두 대가 동시에 움직여야 한다. 이게 아니라면 버스로 움직여야 한다.

멤버들 이외에 스타일리스트나 메이크업 아티스트, 그리고 매니저들도 따라 다녀야 하는 때문이다.

하여 보이그룹과 걸그룹의 멤버 구성을 새롭게 하였다. 아울러 연습생들도 대거 데뷔시키기로 했다.

가수보다는 연기자에 더 적합한 인원들이 있어서 이들은 아예 따로 분류했다.

그 결과는 다음과 같다.

	팀수	인원	비고
남성 2인조	2	4	
남성 3인조	2	6	
남성 4인조	5	20	
남성 5인조	4	20	
여성 솔로	3	3	
여성 2인조	2	4	
여성 4인조	6	24	
여성 5인조	5	25	다이안, 플로렌
혼성 4인조	6	24	
혼성 5인조	1	5	
남성 연기자		58	
여성 연기자		67	
개그맨		5	
남자 연습생		3	
여자 연습생		12	
합계	36	280	

연습생으로 남은 인원은 실력이 없어서가 아니라 아직 중학생인 때문이다.

그룹 수가 늘어난 만큼 차도 매니저도 많이 필요하게 되었다. 아울러 연기자들도 많아졌다.

이들 중에는 영화감독 경험이 있는 배우가 있다. 조연 생활을 오래했지만 끝내 뜨지 못한 상태이다.

면담을 통해 영화에 대한 열의를 확인한 현수는 영화를 제작하기로 했다. 배우가 많으니 드라마도 기획했다.

대본은 현수가 준다. 미래에 빅 히트를 기록할 것을 적당히 각색한 대본이니 무조건 본전은 건질 것이다.

조 지사장은 갑자기 왕창 늘어난 팀을 감당하기 위해 매니저들도 재배치하였다. 그리고 이동수단인 밴이나 승용차를 추가로 갖추기로 했다.

그래놓고 모든 식구들을 불러 모은 것이다.

새로 만나게 된 친구들이 있으면 서로를 알아가라는 뜻이고, 팀이 갈라지면서 마음 상한 게 있으면 풀라는 뜻이다.

맛있는 음식을 배터지게 먹고, 무대에 올라 끼를 발산하기 시작했다. 이에 호텔 종업원 및 손님들이 슬쩍 들어와 구경하는 중이다.

같은 순간 도로시는 각각의 그룹에 맞는 곡을 선별하고 있다. 다이안에게 줄 곡은 별도로 준비되어 있고, 플로렌에게는 이미 24곡을 준 바 있다.

이들 두 팀을 제외하면 솔로 3명과 31개 그룹이다.

이들을 34팀이라고 보고, 팀 당 6곡을 줘야 1년간 활동할 수 있다. 그러려면 204곡이 필요하다.

현재 도로시에게 남아 있는 것은 1,232곡이다. 모든 팀에게 4년간 활동할 곡을 분배하고도 416곡이나 남는다.

이는 플로렌처럼 특별한 경우와 곧 제작하게 될 드라마나 영화 OST 또는 삽입곡으로 쓸 분량이다.

어쨌거나 연회가 끝나면 각 팀마다 멤버의 특성에 딱 맞춰 편곡된 곡이 분배될 것이다.

한국뿐만 아니라 전 세계 음반시장은 연이어 발표되는 불후의 명곡 수준의 곡들에 몸살을 앓게 될 것이다.

한국에서 시작한 새로운 물결이 세계를 휩쓸 일만 남았다.

*　　　　*　　　　*

시간은 빨리 흘러 한일 연예인 야구팀 챔피언 결정전이 벌어지는 10월 1일이 되었다.

국제경기지만 국내에서 기미가요가 울려 퍼지는 막기 위해 국기에 대한 경례만 하고 국민의례를 끝냈다. 곧이어 원정팀인 일본 연예인 팀의 공격으로 경기가 시작되었다.

수비팀 투수는 백넘버 00인 현수다.

초구는 시속 142㎞짜리 너클볼이었다.

휘이익! 빠악—!

"……?"

타자는 이건 대체 뭔가 하는 표정으로 서 있다.

너클볼은 가장 속도가 느린 변화구라는 것이 사람들의 인식이다. 그런데 서포터 팀 투수의 손을 떠난 공은 기존 상식을 깼다. 빨라서 그런지 공의 변화 또한 엄청났다.

홈플레이트 위를 지나는 순간엔 곡이 서너 개로 보일 정도로 요동을 치더니 미트 속으로 들어갔다.

"스, 스트~ 라이크!"

이번 경기를 위해 특별히 초빙한 쿠바인 심판의 손이 번쩍 올라갔다. 앙헬은 은퇴한 메이저리그 심판이다.

"우와아~!"

경기장 전광판에는 초구의 느린 그림이 재생되고 있다. 일반적인 슬로우 비디오보다 훨씬 더 느리다.

이번 경기를 위해 NHK가 준비한 비장의 무기이다. 일본 팀 투수의 공을 설명하려 준비했던 것이다.

"요시다 상! 방금 한국 팀 투수가 던진 거 그거 너클볼 맞스므니까? 공이 상당히 빨랐는데 말이죠."

"네, 맞스므니다. 화면에 투수의 그립 보이시죠? 확실히 너클 그립이므니다. 근데 엄청 빠르네요. 구속이… 헐! 140㎞가 넘스므니다. 이건 이전에 없던 초고속 너클볼입니다."

사이영상을 수상한 최초의 너클볼러는 토론토의 R.A. 디키이다. 그의 너클볼 평균구속은 123.9㎞/h이었다.

메이저리그 평균인 109.4㎞/h 보다 훨씬 빨라 고속 너클볼이라고도 했다.

전문가들은 130㎞/h 대로 속도가 올라간다면 30승을 올릴 것이 어렵지 않을 것이라는 예측을 내놓았다.

그런데 방금, 무려 141㎞/h짜리 초고속 너클볼이 세상에 선을 보였다. 관객들은 물론이고 해설자들까지 놀란 표정을 감추지 못하고 있다.

아마추어 경기에서 세계 최고 구속인 너클볼이 나왔는데 어찌 놀라지 않겠는가!

2구는 엄청나게 꺾이는 슬라이더였다. 포수의 미트 속으로 공이 빨려들자 타자는 현수를 멍하니 바라본다.

'저 투수는 뭐지? 혹시 메이저리그의 누군가가 변장을 한 것은 아닐까?' 하는 표정이었다.

*　　　　*　　　　*

"어! 방금 141㎞/h짜리 고속 슬라이더가 들어갔스므니다. 그런데 꺾이는 각도가 예술이군요."

"느린 화면을 보니 일반적인 슬라이더가 아니네요. 일본에서 뿐만 아니라 메이저리그에서도 저 정도로 꺾이는 슬라이더는 본 적이 없습니다만……."

"네! 저도 꽤 오래 해설을 해왔는데 방금 전 같은 슬라이더는 처음이므니다. 한국 팀 투수, 정말 대단하므니다. 그럼 3구는 뭐가 될까요?"

"너클에 이어 슬라이더였으니 포심 패스트볼이 아닐까 추측해 보므니다. 아! 투수 와인드업을 하므니다."

휘익—! 빠악—!

"스트~ 라이크! 아웃!"

구심이 요란한 몸짓으로 아웃 콜을 냈다. 타석의 타자는 멍한 표정이다. 직구가 들어오는 줄 알고 냅다 방망이를 휘둘렀는데 홈플레이트 위에서 공이 꺼져 버렸다.

마치 날아가는 공을 누가 건드리기라도 한 듯 갑자기 팍 꺾였던 것이다. 타자는 고개를 설레설레 흔들며 들어갔다. 귀신에 홀린 것 같았던 것이다.

2번 타자는 루킹 삼진이었다. 커터, 커브, 투심에 당한 것이다. 3번 타자는 방망이만 휘두르다 들어갔다.

공수 교대되어 1회말 한국 팀 공격이 시작되었다.

투구판을 밟은 녀석은 재일교포가 알려줬던 선수가 아니다. 초구는 151㎞/h짜리 투심이었고, 2구도 투심이다.

바깥쪽 아래를 절묘하게 파고드는 공이었다.

3구는 체인지업이었다. 하여 공이 들어오기도 전에 방망이를 휘두르다 자빠져 버렸다.

2번 타자는 아예 방망이를 휘둘러보지도 못하였다. 그가

치기엔 너무 빠른 공이었던 때문이다.

3번 타자는 초구에 파울, 2구도 파울이더니 유인구인 3구에 헛스윙으로 타석에서 내려와야 했다.

2회 초가 되자 일본 팀 4번 타자가 타석에 올랐다.

도로시는 타자가 올라올 때마다 그 선수의 핫존과 쿨존을 가르쳐줄 뿐만 아니라 이전의 이력도 알려준다.

4번 타자는 한때 프로생활을 했던 녀석이다. 예리한 시선으로 현수를 쏘아보고 있다.

"자아, 한국 팀 투수 초구를 준비하므니다."

휘이익! 빼억—!

타석의 타자는 황급히 물러서다 볼썽사납게 자빠졌다.

본인의 머리를 향해 쏘아져 오는 공을 피하려다 그렇게 되었다. 하여 털고 일어서며 투수에게 강한 어필을 하려는데 구심이 손을 번쩍 든다.

"스트~ 라이크!"

"에에? 심판 눈이 삐었냐? 내 머리를 향해서 왔어. 그런 게 어떻게 스트라이크야? 심판! 똑바로 못 봐?"

빠른 일본말이라 알아듣지 못했을 것이다. 그런데 심판은 판정을 번복할 의사가 전혀 없는 듯 무표정이다.

타자의 머리를 향해 쏘아져 가던 공은 타자 앞에서 급격히 꺾이더니 5번으로 들어갔다.

스트라이크존 한복판이라 누가 봐도 맞는 판정이다.

"우와! 한국 팀 투수의 공 꺾이는 각도가 정말 예술이군요. 대단하므니다. 적이지만 칭찬하지 않을 수 없으므니다."

"네! 엄청나게 휘어져서 들어가네요. 게다가 구속도 느리지 않아요. 142㎞/h였스므니다."

"계속 이런 공을 던지면 일본 팀 점수내기 어렵스므니다."

"다양한 구질로 던지는데 볼 컨트롤이 아주 좋은 것 같아 눈에 익을 때까지는 일본 팀이 애를 먹을 것 같스므니다."

"네, 저도 그렇게 생각하므니다."

2구는 스플리터였고, 3구는 고속커브다. 일본 팀 4번 타자는 루킹 삼진으로 물러났다.

5번 타자와 6번 타자도 삼구삼진으로 타석에서 물러났다. 6타자 연속 삼진이다.

2회 말 공격이 시작되었을 때 현수가 타석에 올랐다.

"아! 한국 팀 투수가 4번 타자였군요. 투구는 좋은데 타격은 어떤지 모르겠스므니다."

휘익—! 따악—!

"아~! 초구, 맞았스므니다. 맞았어요. 공이 높아요. 그러면 외야에서 잡힐… 어? 계속 가므니다. 아! 홈런이므니다."

"한국 팀 4번 타자가 초구 슬라이더를 잘 잡아 당겨 홈런으로 만들었스므니다. 이렇게 해어 스코어는 0 : 1 일본 팀이 리드를 내줬스므니다."

현수가 그라운드를 한 바퀴 산책하고 더그아웃으로 들어서

자 일제히 손을 들어 하이파이브를 한다. 이어서 나갔던 5번 타자와 6번 타자는 모두 삼진으로 물러났다.

현수는 3회에도 세 타자 연속 삼구삼진으로 끝냈다. 이로써 9연속이며, 타자 일순 삼진이다.

현수는 4회 세 번째 타자로 다시 타석에 섰다. 그런데 이번엔 좌타석이다.

"어! 한국 팀 투수 이번엔 좌타석에 섰스므니다."

일본 해설자가 말을 이으려고 할 때 현수는 방망이를 들어 관중석 중앙을 가리켰다.

"저건 뭐죠? 아, 예고 홈런이므니까? 한국 팀 4번 타자 우리 선수를 상대로 도발을 하므니다. 지금 공을 던지고 있는 곤도 선수는 한때 프로야구 선수로……."

해설자가 말을 이으려 할 때 초구가 날아왔다. 홈 플레이트 앞에서 뚝 떨어지는 포크볼이다.

휘익! 따악—!

"아! 곤도 선수 또 맞았스므니다. 공은, 공은… 아~! 예고했던 대로 중월 홈런이므니다. 대단하므니다."

"네! 적이지만 칭찬할 건 해야죠. 한국 팀 4번 타자 연속 홈런을 쳤스므니다. 이제 스코어는 0 : 2. 한국 팀이 리드하고 있스므니다. 우리 선수들 심기일전해야 하므니다."

"네! 저 선수를 제외한 나머지 선수들의 타격 솜씨로는 곤도 선수의 공을 칠 수 없을 거므니다."

"저도 그렇게 예상하므니다. 일본 팀 타자들이 잘해줘야 하는데… 근데 한국 팀 투수의 공이 너무 날카롭스므니다."

서포터 팀 5번과 6번 타자는 분노한 곤도의 공을 건드려보지도 못하고 물러났다.

5회 초에도 마운드에 오른 현수는 왼손 사이드암으로 공을 던졌다. 시속 140㎞짜리 포심 패스트볼이었고, 한복판이었지만 일본 팀 4번 타자는 그냥 서서 봤다.

사람은 같은데 갑자기 투구 폼이 바뀌자 완전히 다른 투수를 만난 듯 했던 때문이다.

"아! 한국 팀 투수 왼손 사이드암으로 던졌스므니다. 한복판이었는데 야마시다 선수가 왜 못 쳤을까요? 140㎞/h 정도면 충분히 칠 수 있었을 텐데요."

2구는 싱커였고, 3구는 포크볼이었다. 또 삼구삼진이다.

"팀의 4번 타자면 해줘야 할 역할이 있는데 야마시다 선수 기대에 못 미치므니다."

타석을 내려가는 자국 팀 4번 타자를 나무라는 해설진이다. 이어서 타석에 선 5번과 6번은 또 삼구삼진을 당했다.

7회 말 현수 차례가 되자 일본 팀은 투수를 바꿨다. 부리부리한 눈과 짙은 눈썹이 인상적인 녀석이다.

체격 등으로 짐작컨대 선수 생활을 했던 녀석이다. 도로시는 새로 등판한 투수에 관한 각종 정보를 알려주었다.

'슬라이더를 잘 던진다고? 오케이, 알았어.'

초구는 볼, 두 번째 공도 볼이었다.

맞지 않으려고 바깥쪽 아래로 던졌는데 두 번 다 스트라이크존에 들어오지 않았던 것이다.

속도는 150㎞/h이다. 또 프로선수 출신을 내세운 것이다.

현수는 삼구를 노렸다. 그런데 또 볼이다. 네 번째 공은 애매했지만 배트를 휘둘렀다.

틱—!

파울이다. 5구도 파울이었다. 바깥쪽으로만 던지는데 너무 멀어서 배트의 끝에 맞은 것이다. 3볼 2스트라이크가 되자 배터리 간의 수신호가 요란해졌다.

그러거나 말거나 방망이를 어깨에 걸친 채 서 있기만 했다. 드디어 6구가 날아온다.

놈의 주력구인 슬라이더이다.

휘익! 따악—!

"아! 또 맞았스므니다. 이번엔 좌월이므니다."

"네! 대단한 타자이므니다. 슬라이더 나쁘지 않았는데 노려서 쳤스므니다. 이로서 0 : 3이므니다."

"일본 팀 분발하지 않으면 망신당하므니다."

해설진은 일본 팀 선수 중 6명이 선출이라는 것을 안다.

그것도 그냥 고등학교 때 해본 정도가 아니라 프로야구 팀에 몸담았던 전력이 있다.

그런데 6회 말까지 전원 삼구삼진을 당했다.

0 : 3으로 끌려가는 일본 팀에겐 이제 7회, 8회, 9회 이렇게 세 번의 공격이 남아 있다.

그런데 현수가 계속 던진다면 점수를 내지 못할 것이 염려되는지 해설진의 표정이 좋지 않다.

미리 준비된 상대 팀 선수 명단을 보았던 때문이다.

서포터 팀은 투수가 딱 한명이다. 위기상황일 때 계투나 마무리를 해줄 선수가 없는 것이다.

경기는 속개되었고, 한국 팀 나머지 선수들은 여전히 점수를 내지 못하였다. 사회인 야구팀에게 시속 150㎞짜리 공은 넘사벽처럼 느껴지는 때문이다.

평소에 경험이라도 해봤으면 건드리기라도 할 텐데 서포터 팀 투수나 다른 사회인 야구팀엔 140㎞/h짜리도 드물다.

하여 점수를 내지 못하였다.

현수는 7, 8, 9회도 무실점으로 끝냈다.

27명의 타자 전부를 3구 3진으로 처리한 그야말로 명실상부하고 완전한 퍼펙트게임으로 압살한 것이다.

최종 스코어는 3 : 0이다. 현수가 친 3개의 솔로 홈런이 점수의 전부이다.

구심을 보던 쿠바인은 마지막 아웃 콜을 하며 고개를 설레설레 흔들었다.

한국 팀 투수는 우투뿐만 아니라 좌투로도 공을 던졌고, 오버핸드, 사이드암, 그리고 언더핸드로도 공을 던져 일본 팀 타자는 물론 해설진과 구심의 혼까지 쏙 빼버렸다.

좌투든 우투든 똑같이 9개 구종을 던졌고, 구속은 평균이 140㎞/h였다. 그리고 누가 봐도 스트라이크만 던졌다.

유인구 하나 없이 완벽한 퍼펙트게임은 아마 지구 역사상 단 한 번도 없었을 것이다.

27타자 연속 삼구삼진!

던진 공의 개수는 딱 81개!

한 경기 최소 투구 퍼펙트게임!

단 한 번도 기록되지 않은 앱솔루트리 퍼펙트게임이었다.

누가 이 기록을 깨겠는가!

기네스북에 올라가게 될 텐데 영원히 지워지지 않을 그야말로 불멸의 기록이다.

나름 오랫동안 야구로 먹고 살았지만 이런 투수는 정말 처음이다. 하여 다들 멍한 시선으로 현수를 바라보았다.

같은 순간, 구영탄이 마지막 공을 들고 왔다.

"대표님! 퍼펙트게임 축하드립니다. 그리고 이 공……!"

구영탄이 건네는 공을 받아 든 현수는 저글링을 하듯 두어 번 던져보았다. 본인이 선수 생활을 하지 않는 한 다시는 나올 수 없는 지구 유일의 야구공이다.

현수는 조환으로부터 매직펜을 건네받아 사인을 했다.

2016년 10월 1일
한일 연예인 야구팀 챔피언 결정전
27타자 연속 3구 3진, 최소투구 퍼펙트게임
서포터 팀 투수 : 하인스 킴

이름 뒤에 멋진 사인을 하곤 관중들이 제일 많은 곳에 슬쩍 던져줬다. 서로 차지하겠다고 난리가 벌어졌지만 알 바 아니다. 한번 줬으면 끝이기 때문이다.

"아깝지 않으세요? 진귀한 기록인데."

"메이저리그 팀을 이긴 것도 아니잖아요. 양키즈 팀을 상대했던 공이라면 구영탄 씨에게 줬을 거예요."

"……!"

조환은 대표님을 메이저리그로 보내는 것을 신중하게 생각해 봐도 좋지 않을까 했다.

양키즈를 상대해도 퍼펙트게임을 기록할 것 같았던 것이다. 월드시리즈 7차전에서 그런 일이 벌어진다면 마지막 공의 가치는 아마 어마어마할 것이다.

아무튼 경기는 끝났다. 시상식이 준비되었고, 하인스 킴은 단상에 올랐다. 당연한 대회 MVP이다.

북치고, 장구 치면서, 꽹가리까지 동시에 울려서 연주한 셈이니 이론(異論)이란 건 있을 수도 없다.

서포터 팀은 감독, 코치들과 함께 제1회 우승컵을 번쩍 들어올렸다.

한일 연예인 야구팀 챔피언결정전은 매년 홈 앤드 어웨이 방식으로 치러진다.

제1회 우승팀은 특별히 우승컵을 영구히 소장하기로 했다. 2회부터는 우승팀이 1년씩 보관하는 것이다.

NHK는 일본 팀이 이길 것이 분명하기에 우승컵에 많은 돈을 들였다. 도금이 아니라 18K로 만든 것이다.

받침대를 제외한 컵의 무게만 3,750g이다.

한 돈이 3.75g이니 무려 1,000돈이다. 이 정도면 18K라 할지라도 가치가 상당할 것이다.

아무튼 NHK가 만든 우승컵은 서포터 팀 소유가 되었다. 그리고 선수 전원에겐 황금 20돈짜리 상품이 수여되었다.

세공비를 뺀 금값만 1인당 360만 원 정도이다. 보고 있는 일본 연예인 팀은 얼마나 배가 아프겠는가!

Chapter 11

사람은 고쳐 쓰는 게 아냐

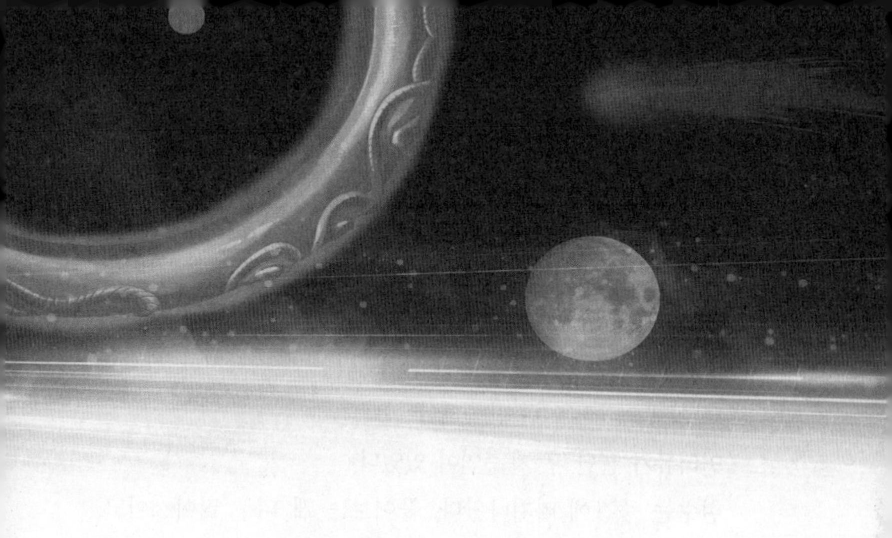

클라이맥스는 대회 MVP상이다. 그라운드 뒤쪽에 세워져 있던 도요타 승용차가 현수에게 수여되었다.

배기량 5,663cc짜리 렉서스 LX 모델이다. 출시가격은 8만 8,880달러, 한화로 약 1억 원이다.

시상식이 끝난 후 간단한 인터뷰를 했다.

상대는 경기의 주관사인 NHK의 스포츠 기자이다.

일본 연예인 팀 선수를 인터뷰 할 것이라 생각했던 모양인지 질문은 간단명료했다.

"오늘의 경기를 평가해 주시겠스므니까?"

"제 공이 일본 연예인 팀 선수들의 눈에 낯설어서 좋은 결과가 있었습니다. 저는 오늘의 결과에 만족합니다."

사회인 야구지만 일본 팀은 반 이상이 선출이다.

NPB에 몸담았던 인원만 여섯이고, 이들은 당장 프로야구 경기에 투입해도 될 만한 실력을 갖췄고, 컨디션도 좋았다.

그럼에도 27타자 연속 삼구삼진이라는 무지막지한 기록으로 작살냈으니 당연히 만족해야 한다.

인터뷰가 끝난 후 자축연이 있었다.

현수는 중간에 빠져나왔다. 물어보는 게 너무 많아서이고, 사람들의 관심이 한 몸에 쏠려 불편했던 때문이다.

밖에 나오니 지윤이 차에서 대기하고 있었다.

"대표님!"

뒤돌아보니 조환과 구영탄이 가방을 들고 따라온다.

현수의 야구용품이 담긴 것인데 서둘러 나오느라 미처 챙기지 못한 것이다. 받아서 트렁크에 싣고는 조환에게 다가갔다.

"오늘 재미있었습니다. 자, 이건 내 선물입니다."

얼떨결에 자동차 키를 받아 든 조환은 어리둥절이다.

"네? 네에……? 이, 이건……? 헉! 이걸 왜 제게……?"

조환의 눈이 대번에 커진다. 1억 원짜리 차를 거저 준다는데 어찌 놀라지 않겠는가!

"나는 타고 다니는 차 있잖아요. 이거요!"

그러고 보니 마이바흐가 렉서스보다 훨씬 비싼 차이다.

조환은 자동차를 받아도 되나 하는 표정으로 현수를 바라보았다.

"덕분에 야구 오랜만에 해봤네요. 근데 두 번은 못해요. 나 바쁜 거 알죠? 그러니 다시는 나더러 경기 뛰라는 소리 하지 말라고 주는 거예요."

"아! 네에. 알겠습니다."

고개를 끄덕일 수밖에 없다. 현수는 Y-그룹의 총사령관이다. 게다가 천지건설의 전무이사이기도 하다.

형은 Y-엔터 일만으로도 머리가 깨질 것 같이 아프다고 하는데 엔터뿐만 아니라 다른 계열사들도 많다.

그러니 바빠서 야구 못한다는 말이 충분히 이해되는 것이다.

"구영탄 씨는 퍼펙트게임 포수이니 이거 받아요."

현수는 미리 준비해 뒀던 작은 상자를 건넸다.

오늘 경기는 작정하고 나섰다. 처음부터 딱 81구로 끝낼 생각으로 임했던 것이다.

난다 긴다 하는 강타자들이 즐비한 메이저리그의 모든 팀들도 적어도 2번 이상 현수에게 퍼펙트게임을 당했다.

제일 많이 당했던 것은 뉴욕 양키즈이다.

현수가 메이저리그에 머물렀던 6년 동안 7번의 퍼펙트게임을 헌납했고, 11번의 노히트노런을 기록해 주었다.

하물며 일본 선수들은 어떻겠는가!

역대급 선수들로만 구성하고 임했어도 결과는 마찬가지였을 것이다.

독도가 자기네 땅이라고 우기는 한 일본은 현수가 타도해야 할 세 손가락 안에 드는 나라이다.

어쨌거나 퍼펙트게임은 예상되었다. 하여 도로시로 하여금 시계를 매입하게 했던 것이다.

"네? 이건 뭐죠?"

"메이저리그에는 퍼펙트게임을 한 투수가 포수에게 시계를 주는 관습이 있어요."

"네에? 시계를 주신다고요?"

"그래요! 열어봐요. 이제 그 시계는 구영탄 씨 겁니다."

구영탄은 시계함을 열어보았다.

줄은 금색이고, 알은 파란색이다.

흰색 시침, 분침, 초침이 움직이고 있는데 Rolex라 쓰여 있고 아래엔 Submariner라는 금색 글씨가 있다.

상품명 Mens Submariner Automatic Blue Dial Oyster 18k Solid Gold인 롤렉스가 맞다.

슬쩍 시계를 바라본 조환의 눈이 크게 확대된다.

"어! 이건……? 야! 영탄아, 너 땡잡았다."

"네? 이거 혹시 비싼 거예요?"

"그래 인마! 그거 4,000만 원 짜리야."

조환은 얼마 전 Y—엔터 소속인 연기자의 결혼식에 참석했었다. 제법 잘사는 집 딸과의 결혼이다.

축의금 봉투를 내고 축하한다는 말을 하러 갔을 때 신랑은 친구들에게 예물시계를 자랑하고 있었다.

구영탄이 받은 것과 동일한 것이다.

그때 누군가 그건 얼마쯤 하느냐고 물었는데 4,000만 원이라는 대답을 하여 몹시 놀랐었다.

"헉! 네에……?"

구영탄이 화들짝 놀라며 물러선다. 시계 하나가 웬만한 직장인 연봉이라는 데 어찌 놀라지 않겠는가!

"마음에 들길 바라요."

현수는 대수롭지 않다는 표정으로 차에 올랐다. 기다렸다는 듯 출발하자 구영탄이 화들짝 놀라며 뛰어왔다.

"대, 대표님! 이, 이건 너무 비싸요! 대표니임!"

현수는 손만 흔들어줬다.

2016년 10월 1일 밤에 있었던 일이다.

NHK는 아예 보도를 하지 않았고, 월요일에 발행된 일본의 극우신문인 산케이는 단신으로 보도했다.

일본 연예인 팀, 한국 매니저 팀과의 경기에서 석패!

10월 1일 서울에서 있었던 친선경기에서 일본 팀은 0 : 3으로 아쉽게 패하였다.

—야마구치 호스케 기자

NHK가 그토록 부르짖던 국제 경기이며, 챔피언 결정전이었다는 말은 한 글자도 들어가지 않은 축소 보도였다.

아울러 서포터 팀을 '매니저 팀'이라 지칭하여 본질을 희석시켰다. 일반 연예인보다 매니저가 기술적, 체력적 우위에 있어서 졌다는 뉘앙스를 풍긴 것이다.

그런데 이 기사를 작성한 기레기는 아무래도 석패(惜敗)의 뜻을 제대로 알지 못하는 무식한 놈이 분명하다.

27타자 연속 3구 3진을 당한 야구 역사상 단 한 번도 없었던 치욕스럽고, 일방적이었던 패배를 '석패'라고 하면 다른 패배는 대체 뭐라 표현할지 심히 걱정된다.

참고로, 패배의 종류는 다음과 같다.

약간의 점수 차로 아깝게 졌다면 석패(惜敗).

누가 봐도 완전한 열세로 졌다면 완패(完敗).

이기려 애썼으나 분하게 졌다면 분패(憤敗).

아주 큰 점수 차로 지면 대패(大敗).

남 보기 부끄러울 정도로 완전히 밀렸다면 참패(慘敗).

모든 경기를 한 번도 못 이기고 다 지면 전패(全敗).

매 경기마다 연속해서 지면 연패(連敗).

한 점도 못 내고 지면 영패(零敗).

이번 경기는 누가 봐도 완패였고, 참패였으며, 영패였다.

석패라고 하면 눈이 삐었거나, 양심에 털 났거나, 무식한 거다. 야마구치 호스케 기자는 세 가지 모두 해당되는 것 같고, 국어 공부를 처음부터 다시 해야 할 듯싶다.

한편, 한국의 방송사들은 이 경기에 관심이 없었다.

이름만 대면 누구나 아는 연예인이 포함된 팀이 결승에 올랐다면 생중계까지는 못해도 녹화중계라도 했을 것이다.

그런데 매니저와 기획사 임직원으로만 이루어진 팀이 결승에 진출하였다.

시청자들의 흥미를 끌 만한 요소가 현저히 떨어진다.

기자들이 온 것은 8회 말이나 9회 초쯤이다.

이 경기 때문에 온 게 아니라 오후에 예정되어 있는 프로야구팀 경기를 취재하려고 온 것뿐이다.

이런 경기가 있다는 것 자체를 몰랐으니 당연하다.

아무튼 9회 초 투아웃이 되었다. 그런데 아무도 응원하지 않고 고요히 바라보기만 하고 있다.

한국 팀 응원석엔 약 100여명의 관중이 있다.

매니저와 기획사 임직원의 가족 또는 동료 매니저 중 스케줄 없는 사람들만 온 것이다.

한국의 수도 서울이지만 오히려 일본 팀 응원석 관중이 훨씬 더 많았다. 약 500명쯤 되는 것 같다.

그러고 보니 NHK에서 촬영을 하고 있었고, 중계석엔 해설진이 부지런히 입을 놀리고 있었다.

치욕스러운 퍼펙트게임을 피하려면 데드볼도 불사해야 한다는 말을 씨부리던 중이다.

이상한 건 한국 응원석뿐만 아니라 일본 응원석도 고요한 것이다. 외야 관중석의 작은 헛기침 소리도 들릴 정도였다.

"여기 왜 이래요? 무슨 일 있었어요?"

궁금함을 참지 못하고 관중 중 하나에게 물었다.

"지금 퍼펙트게임 진행 중이에요. 이게 마지막 수비고요."

"네…? 퍼펙트게임이요?"

기자는 놀란 표정으로 물었다. KBO 경기에선 퍼펙트가 단 한 번도 없었고, 아마추어 경기에서도 본적이 없는 때문이다.

"더 놀라운 게 뭔 줄 아세요?"

"뭔데요?"

"저 투수 말이에요. 지금까지 26타자 연속삼진이에요. 현재 26K이고, 몽땅 다 3구 3진이었다고요."

"에이~ 말이 되는 소리를 하슈!"

기자는 농담으로 받아들였다. 외계인이 침공했다는 소리만큼 허황된 이야기라 생각한 것이다.

"뭐 못 믿으면 할 수 없고요. 자, 조용히 합시다. 경기 봐야 하니까요."

휘익—! 빠악—!

왼손 언더핸드로 던진 공이었고, 몸 쪽 낮은 직구였으며, 구속은 140km/h로 표시됐다.

프로야구에 흔한 구속이라 옆 사람을 보며 피식 웃었다. 저런 공으로 어떻게 그런 뻥을 치냐는 표정이다.

그러거나 말거나 관중들은 손에 땀을 쥔 채 2구를 기다리고 있다. 한국과 일본 쪽 응원석이 모두 그렇다.

일본 팀 더그아웃을 보니 모두 자리에서 일어나 시선을 집중시키고 있다.

모두의 염원이 타자에게 닿기를 바라는 표정이었지만 기자는 전혀 눈치채지 못하였다.

휘익—! 빠악—!

"스트으~ 라이크!"

이번 공은 바깥쪽 높은 공인데 타자는 헛방망이질을 하곤 휘청거리고 있다.

이 타자는 방금 라이징 패스트볼을 경험했다. 공이 떨어질 곳을 겨냥하고 휘둘렀는데 배트 위로 공이 지나간 것이다.

3구 역시 스트라이크였다. 이번엔 타자의 몸으로 쏘아져 가다 급격히 휘어지는 공이었다.

"스트~ 라이크! 아웃! 게임 셋!"

타자는 멍한 표정으로 투수를 바라보고 있었다. 세상에 뭐 이런 놈이 다 있나 하는 표정이었다.

"와아아! 퍼펙트! 퍼펙트! 퍼펙트! 퍼펙트……!"

한국 팀 응원석은 모두가 일어나 퍼펙트를 외쳤다.

"와아아아! 81구만에 경기 끝내는 건 처음 봤다."

"게다가 27K야. 끝내줘어."

"난 화장실 가고 싶었는데 꾹 참다가 팬티에 지렸어."

"세상에 이보다 완벽한 퍼펙트게임은 없다."

"우와아! 내가 퍼펙트게임을 직관하다니……."

"저 투수 당장 프로팀에 가도 20승은 할 거야."

"설마 KBO 말하는 거야?"

"아니! 메이저리그."

"하긴! 오른손 왼손 다 던지지. 구질은 9가지고, 오버핸드, 사이드암, 언더핸드를 모두 구사하는 투수잖아."

"20승이 뭐야? 30승도 가능해."

한국 팀 응원석에서 오가는 말은 좀처럼 믿을 수 없는 허황된 말뿐이다.

하여 기자는 좌우를 둘러보았다. 혹시 본인을 상대로 몰래카메라를 찍는 건 아닌가 싶었던 것이다.

같은 시각, 일본 응원석은 패잔병처럼 고요했고, 일본 팀 더그아웃의 선수들은 모두가 고개를 숙이고 있다.

너무도 치욕스러운 패배를 당했으니 당연한 모습이다.

"뭐야? 진짜였어?"

이런 건 특종이다. 하여 사방을 둘러보았다. 아직 시상식도 시작 안 했는데 NHK 중계팀은 철수하는 중이다.

중계석으로 가려 했으나 해설진도 모두 자리를 뜨고 있다.

얼핏 보니 녹화 중인 카메라가 있어서 다가가려 했으나 열광적인 관중들 때문에 운신이 편치 못했다.

시상식이 끝난 후 누가 녹화를 했는지 확인해 보니 Y—엔터에서 온 팀이라고 했다.

*　　　*　　　*

〈한국 연예인 야구 챔피언 VS 일본 연예인 야구 챔피언〉

2016년 10월 1일 오전 11시에 제1회 한일 연예인 야구 챔피언 결승전이 벌어졌다.

고척스카이돔에서 펼쳐진 이 경기에 한국 팀 투수는 9회까지 등판하여 27타자 연속 3구 3진으로 경기를 끝냈다.

흠 잡을 곳 없는 완벽한 퍼펙트게임이 챔피언 결승전에서 펼쳐진 것이다.

각국 연예인리그 우승자끼리 맞붙은 이 경기에서 한국 팀은 일본 팀을 3 : 0으로 이기고 우승컵을 차지했는데 놀랍게도 3점 모두 한국 팀 투수의 솔로 홈런으로 낸 점수이다.

투수가 3연타석 홈런을 쏘아 올린 것이다.

북치고, 장구치고, 꽹가리까지 울린 이 투수는 Y—엔터 임직원 중 하나라고 하는데…….

〈중략〉

81구, 27타자 연속 3구 3진으로 완벽하게 끝낸 이 경기는 인류 역사에 다시는 없을 경기이다.

지금껏 작성된 퍼펙트게임도 위대하지만 이보다 더 위대하진 못하다. 이에 본 기자는 이 경기를'앱솔루트리 퍼펙트게임' 이라 명명한다.

―전국신문 최명호 기자

이 기사가 보도되자 수많은 댓글이 달렸다.

대부분이 욕설이다.

―허~ 얼! 기레기가 기레기 했네.

―미친놈! 만화 좀 그만 봐~!!

―27타자 연속 3구 3진이라고? 기자를 정신병원으로…….

―기자야! 소설 쓰냐? 그럼, 좀 그럴듯하게 써.

―투수가 3연타석 홈런을 친 게 점수의 전부라고? 그럼 나머지 타자들은 뭐 했다는 거야?

―이 팀은 투수와 포수 딱 2명만 있으면 된다는 소리잖아

―자다가 일어나서 기사를 썼나?

―기레기들 에이프릴 증후군 때문에 엄청 많이 죽지 않았냐? 근데 이 기자는 어떻게 아직까지 살아 있지?

―기레기가 아닌 건가?

한국 네티즌이 기자를 무수히 씹을 때 일본 네티즌은 자국 연예인 팀 선수들을 씹고 또 씹었다.

—야마시타! 넌 야구장 근처에 얼씬도 하지 마라.

—도시마! 넌 내 눈에 뜨이는 날이 니 제삿날이다.

—후쿠시마 앞 바다에 수장시킬 놈들!

—일본의 치욕! 어떻게 안타 하나 없냐?

—영원히 깨지지 않을 불멸의 기록을 세워주니 좋냐?

—칼 보냈다, 할복해라. 븅신들아~!

—2회 대회는 열지 마라, 쪽팔려서 못 살겠다.

—씁새들! 니들 내 눈에 뜨이지 마라. 뒈진다.

—국가를 치욕스럽게 했다. 참수형이 마땅하다.

—프로 출신이 6명이나 있었는데 안타 하나 없었다고?

—븅신들이 븅신짓 했네. 다들 나가 죽어라!

—명실상부한 앱솔루트리 퍼펙트게임이라고?

한국인들이 비아냥거리고, 일본인들이 열폭하고 있을 때 미국 메이저리그에도 난리가 벌어지고 있었다.

NHK에서 생중계한 경기 장면을 편집한 파일 때문이다.

현수가 투구한 시간은 한 타자당 1분이 채 못 된다.

하여 1회부터 9회까지 27명의 타자들을 모두 3구 3진으로 제압한 장면만 편집한 파일의 길이는 21분 36초이다.

투구 간격이 16초에 불과했던 것이다.

도로시가 편집했고, 전송했는데 이 정도는 그냥 껌이다.

어쨌거나 이 파일을 전송받은 메이저리그 30개 팀 스카우트들에겐 비상이 걸렸다.

오른손 왼손 모두 던지고, 오버핸드, 사이드암, 언더핸드를 모두 구사하는 투수는 메이저리그 역사상 단 하나도 없었다.

게다가 디셉션도 좋고, 스트라이드도 완벽하며, 구종에 관계없이 투구 폼이 모두 동일하다.

제구력은 또 어떤가!

81구 모두 스트라이크 존을 파고들었다. 어떤 구심이라도 손을 들지 않을 수 없게 던진 것이다.

게다가 9개 구종 모두 완벽히 컨트롤되었다.

하여 무슨 수를 쓰던 한국 팀 투수를 찾아서 영입하라는 지시가 내려진 것이다.

이때까지는 현수가 투수라는 걸 모르고 있었다.

문제는 한국으로 가는 비행기가 없다는 것이다. 무시무시한 에이프릴 증후군 때문이다.

누구보다 먼저 만나고는 싶은데 그러려면 목숨을 걸어야 한다. 하여 사표를 내는 스카우트들이 여럿 있었다.

만난다 하여 자신의 팀으로 온다는 보장도 없고, 목숨보다 소중하지는 않다 생각하여 과감히 은퇴를 결정한 것이다.

아무튼 현수 덕분에 메이저리그 스카우트들이 물갈이되고 있는 중이다.

전국일보 최명호 기자는 명백한 사실임에도 욕을 먹는 게 너무 억울해서 NHK에 녹화 파일을 요청했다.

하지만 단칼에 거절당했다. 그걸 주면 한국에서 두고두고 써먹을 것이라 생각한 것이다.

하여 경기 당일 누가 녹화했는지를 확인하여 Y—엔터를 방문하였지만 뜻을 이루진 못했다. 편집자의 실수로 파일이 몽땅 지워졌다는 대답을 들은 것이다.

이후 메이저리그의 지인을 통해 투구 파일을 받았으나 이때는 이미 욕을 먹을 만큼 먹은 후였다.

* * *

"한국은 엘리트 카르텔이 부패의 출발점이야. 그중 검찰이 가장 큰 역할을 했어. 여기에 부화뇌동한 게 기레기들이고. 그걸 빌미로 온갖 분탕질을 친 건 정치인들이지."

"네. 제 생각도 그래요."

"그 와중에 돈은 번 건 기업인이었어."

"그것도 동의해요."

"그래서 말인데. 이젠 싸그리 청소를 할 시기인 것 같아."

"청소라면 뭘 어떻게……?"

"법조계, 언론계, 정계, 재계 인사들에게 투여된 데스봇 모두 레벨 10으로 조정하고 변형 캔서봇은 리미트 풀었지?"

"네, 하긴 했는데. 전부 다 하라고요?"

"그래! 전부. 생각해 보니까 인간 같지도 않은 놈들이 호의호식하면서 선량한 국민들을 핍박하거나, 그릇된 판결을 했고, 가짜 뉴스를 양산한 거잖아. 안 그래?"

"네, 그건 그렇죠."

"이런 것들은 산소를 소비하는 것조차 아까워. 그러니까 얼른 밥숟가락 놓게 모두 제거하라는 거야."

지난 4월에 데스봇과 변형 캔서봇이 투여되기 시작했다.

신문사와 방송사의 전 · 현직 기레기들에게 투여된 것만 31만 2,737개이다. 여기에 법조계와 정계 인사들에게 투여된 숫자까지 더하면 70만 개를 훌쩍 넘긴다.

이 중 5만 정도는 이미 죽었거나, 자살했다.

현수의 말은 남아 있는 65만 개의 쓰레기들에게 죽음을 선사하라는 것이다.

"정말 실시해요?"

"응! 아무리 생각해 봐도 쓰레기들이야. 사람은 고쳐서 쓰지 말라는 말도 있으니 치워야지. 그러니 즉각 실시해!"

"넵! 지시대로 할게요."

도로시와의 통신이 잠깐 끊였다.

신일호 형제와 위성에 지시를 전달하고 있는 것이다.

위성은 데스봇 또는 변형 캔서봇이 투여된 자들의 위치를 파악해서 정보를 전달하는 것이 임무이다.

실행은 신일호 형제들이 맡는다.

이날 이후 비명과 신음 소리는 더 커졌다. 그리고 아파트 옥상 등에서 뛰어내리는 놈들이 훨씬 많아졌다.

병원에 입원해 있던 암 환자들은 손을 쓸 수 없을 정도로 급하게 전이된 암세포 때문에 하나둘 세상을 떠났다.

전 · 현직 정계 인사의 63%가 죽었고, 법조계는 46%가 줄었다. 언론계는 아예 초토화되어 79%가 사라졌다.

그와 동시에 간신히 버텨오던 언론사의 폐업과 파산 러시가 시작되었다.

아무리 애원해도 기업에서 광고를 주지 않으니 고사(枯死)하기 시작한 것이다. 기업의 약점을 들이대며 협박을 해봤지만 그렇게 하고 싶으면 하라는데 어쩌겠는가!

그리고 협박의 대상이었던 자들은 이미 자리를 잃고 쫓겨난 상태이며 회사 등으로부터 배임, 횡령, 유용, 사기 등으로 고소, 고발된 상태이다.

완벽한 증거까지 첨부되어 있어 교도소 생활을 피하긴 어려울 듯싶다. 집행유예를 남발하던 판사들 모두 비명을 지르기에도 바쁜 때문이다.

2016년 3월까지 일간신문사가 163개나 있었다. 10월 말이 되면 12개로 줄어든다. 대부분이 쓰레기였다는 뜻이다.

대표 쓰레기였던 R신문사는 사주일가 전체가 데스봇 또는 변형 캔서봇이 투여되어 사망했다. 멸족(滅族)된 것이다.

버르장머리 없고, 예의도 없었으며, 싸가지까지 없는 데다 성질 더러웠던 중학교 1학년 여학생도 포함되어 있다.

이 신문사와 연관 있던 종편방송 종사자 중 91%가 목숨을 잃었다. 사실을 왜곡하거나 가짜인 뉴스로 국민들을 호도하더니 모조리 황천길에 오른 것이다.

이것으로 끝이 아니다.

테러를 당해 입이 귀 밑까지 찢어진 채 발견되는 자들이 계속해서 발견되고 있다.

주로 여당 정치인과 기레기들이다.

찢긴 상처는 불로 지진 듯한 화상으로 아물어 있어서 성형수술로도 원상복구가 어렵다.

즉각 경찰에 사건 접수를 하지만 인력이 부족하다.

경찰의 상당수가 에이프릴 증후군 때문에 휴직 내지는 퇴직한 상황이다.

그렇다 하여 인력이 아주 없는 건 아니다. 있기는 있는데 수사에 전혀 도움이 되지 않는 여경들만 많을 뿐이다.

입 찢어진 사람을 보면 비명 지르며 도망가거나 기절하는데 어찌 데리고 다니며 수사를 할 수 있겠는가!

하여 본격적인 수사를 할 수 없다.

경찰도 입 찢어진 놈들이 어떤지 잘 안다. 하여 내심으론 고소하다 생각하고 있기에 미적지근하게 하는 것이다.

아무튼 대한민국 국민 중 양심에 어긋나는 행동을 한 이들이 계속 죽어나가기 시작했다.

직계가족은 슬펐을지도 몰라도 대다수 국민들은 쓰레기가 치워졌다는 소식에 한마음으로 다음과 같은 생각을 했다.

—하하! 개새끼가 지옥으로 갔네.

—기왕이면 제일 큰 고통을 받는 곳으로 가길!

—그리고 다음 생은 벌레나 짐승으로 태어나길!

사람이 죽었으니 그간의 잘못을 용서하고 명복을 빌어주는 게 아니라 지옥으로 직행하기를 기도했다.

생전에 얼마나 미움 받을 짓을 많이 했으면 선량한 국민들이 이렇게까지 하겠는가!

아무튼 소위 엘리트라 칭해지던 정계, 재계, 법조계, 언론계 인사들의 죽음이 러시를 이루었다. 이들뿐 아니라 관료, 경찰, 군인들도 줄줄이 죽어나간다.

전쟁 난 것도 아닌데 장례업계는 때 아닌 호황이다.

벽제승화원은 오전 7시부터 17시까지 하루 9차례 화장하며, 11기의 화장로가 있다.

풀로 가동되면 하루에 99구의 시신을 처리할 수 있다. 그런데 갑자기 화장 신청자가 폭주했다.

2015년의 사망자 수는 27만 5,895명이다.

이 숫자는 사망자 통계를 작성하기 시작한 1983년 이래 가장 많은 인원이다.

그런데 2016년 9월 중순에서 10월 말 사이에 사망한 자의 수만 40만 명이 넘게 된다.

불과 한 달 반 만에 1년 치 이상의 인원이 죽는 것이다.

이들의 사망진단서는 대부분 '에이프릴 증후군으로 인한 사망' 이라고 기록된다.

수명이 다하여 자연사하신 분들도 계시지만 이분들은 얼마 되지 않고, 거의 대부분은 제명대로 못 죽은 것이다.

너무 고통스러워 자살하는 자가 절반 정도고, 온몸에 전이된 암세포 때문에 괴로워하다 숨을 거두는 자가 나머지이다.

이들은 보건복지부 장관의 긴급명령에 따라 전원 화장하도록 되어 있다. 매장을 했다가 나중에라도 에이프릴 증후군이 다시 발병될까 싶어서이다.

이런 상황이라 화장 신청자가 급증하는 것이다.

하여 승화원의 운영시간을 23시까지 연장했다. 하루에 27구를 더 처리할 수 있게 조치를 취한 것이다.

그럼에도 화장하지 못해 절반가량은 지방의 화장터를 찾아 떠나게 된다.

에이프릴로 인한 사망자가 폭증하였다는 보도가 나가자 미국, 일본 등 모든 국가에 에이프릴 포비아(Phobia)[21] 가 번졌다. 아울러 경계수위를 한층 더 높였다.

걸리면 약도 없고, 전염되면 무수히 죽어나간다는 괴소문 때문에 대한민국은 완벽한 국제 왕따가 되었다.

이전에는 7일간 격리하여 증상이 보이지 않으면 입출국을 허락해 줬다. 그런데 지금은 100% 불허(不許)이다.

그래서 외국에서 들어오는 비행기가 전혀 없다. 한국에서 이륙한 비행기는 현지에서 착륙 허가를 받지 못한다.

이러니 국제 왕따 소리를 듣는 것이다.

물론 예외는 있다.

극히 일부 국가에서 필요에 따라 사전 허가를 내준다. 현재는 아제르바이잔과 콩고민주공화국뿐이다.

그리고 두 나라 다 천지건설 임직원에 한해서만 허락한다.

에이프릴 포비아가 전 세계적으로 번진 결과이다.

하여 항공사들은 국내운항만 한다. 불경기라 여행객 수효가 급감하여 엄청난 적자가 쌓이고 있는 상황이다.

하여 주식을 갖고 있던 자들은 미련 없이 내던졌다.

그중엔 얼마 안 되는 지분으로 사주(社主) 소리를 듣던 자와 그의 일족도 포함되어 있다.

충분히 이해된다. 아마 침몰하고 있는 타이타닉 호에 탄 기

---

21) 포비아 : 공포증. 객관적으로 볼 때 위험하지도 않고 불안하지도 않은 상황이나 대상을 필사적으로 피하고자 하는 증상

분이었을 것이다.

결국 메이저 항공사 두 곳과 저가 항공사 여섯 곳의 주식 100%를 현수가 보유하게 되었다.

물론 차명이다.

이제 국내의 모든 항공사를 소유하게 된 것이다.

Chapter 12

—

드디어 시험

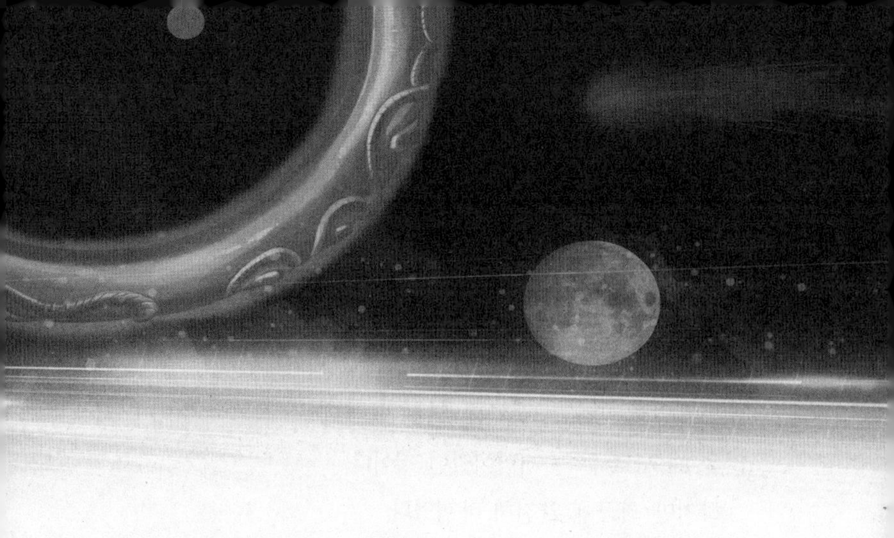

장례업계에는 비상이 걸렸다.

관(棺)과 수의(壽衣)의 재고가 너무 많이 부족하여 이를 확보해야 하는 때문이다.

이렇듯 수요가 많아지고 공급이 적으면 당연히 가격이 오르게 마련이다. 관과 수의 가격이 올랐을 뿐만 아니라 영구차 사용료도 늘어났고, 장례에 필요한 물품들도 비싸졌다.

이뿐만이 아니다.

2016년 3월까지 납골당 가격은 250~1,200만 원이었다.

그런데 수요가 폭증하자 1,000~3,000만 원으로 대폭 상승했다.

뒈진 놈들은 생전에 방귀깨나 끼던 놈들이라 그런지 체면 때문인지 찍소리 않고 모든 비용을 지불했다.

문제는 장례 문화이다.

그간엔 십시일반의 개념으로 5~10만 원 정도의 조의금을 냈다. 이는 한국의 미풍양속 중 하나로 평가되었다.

고인을 추모하고, 상주와 더불어 애도의 시간을 가지며, 어려울 때 서로 돕는 개념이었던 것이다.

하지만 최근엔 완전히 바뀌었다.

뒈진 자가 에이프릴 증후군이었다면 빈소에도 가지 않게 된 것이다. 당연히 조의금도 내지 않는다.

거의 모두가 휴대폰을 가진 세상이기에 툭하면 사진에 찍히고 곧이어 신상이 탈탈 털리는 때문이다.

매일 12번씩 고통을 겪으면서도 순식간에 전이된 암세포 때문에 고생하였는데, 설상가상으로 아가리까지 찢어져서 신음하다 뒈진 자가 있다.

아파트 옥상에서 뛰어내려 박살이 난 놈이다. 아나운서 출신이며, 여당 4선 의원인데 개소리를 많이 한 자로 기억된다.

그런데 비교적 좋은 이미지였던 배우 하나가 이놈의 빈소를 찾았다가 사진에 찍혔다.

얼마 후, 출연 중이던 드라마에서 하차당했다.

법적으로 연좌제는 없어졌다. 그럼에도 시청자들의 하차 요구가 빗발친 결과이다. 방송가에선 적어도 10년 동안은 방송

출연이 어려울 것이라는 말이 공공연하게 나돌고 있다.

빈소 한번 잘못 찾았다가 그간의 이미지 모두를 잃었을 뿐만 아니라 향후 10년의 일자리까지 잃은 것이다.

사회적 분위기가 이래서 죽은 자의 일가친척이 아니라면 굳이 빈소나 장례식장에 가지 않는 것이 풍습이 되었다.

십시일반 개념이 사라진 것이다. 덕분에 결코 적지 않은 장례비용은 모두 유족 부담이 되었다.

감춰두었던 금융자산은 몽땅 증발하였고, 보유하고 있던 부동산은 폭락에 폭락이 거듭된 가격에 매각해야 했다.

에이프릴 증후군으로 판정되면 국민건강보험에서 전혀 보조해주지 않는 때문이다. 하여 엄청나게 비싸진 병원비를 전부 본인 부담으로 내고 나니 얼마 남지 않았다.

그런데 장례비용 또한 만만치 않다.

게다가 조의금은 거의 들어오지 않는다. 하여 여러 비용을 내고 나면 정말 남은 게 얼마 없다.

뒈진 놈이 살아 있을 때엔 부유층이었는지 모르지만 자식들은 중산층 끄트머리, 또는 빈곤층이 된다.

설상가상으로 생전에 취업 청탁을 하여 직업을 갖게 된 자식들은 모조리 쫓겨나게 된다.

이번 기회에 적폐(積弊)를 일소(一掃)하자는 것이 사회적 분위기가 된 때문이다.

이 와중에 대통령 탄핵의 목소리가 커지고 있었다.

매주 주말마다 광화문 광장으로 나아가 촛불을 들고 탄핵을 외치는 인원이 점점 늘어나고 있었던 것이다.

경찰이 출동하여 청와대 진입을 막고는 있다.

하지만 형식적이다. 고위 경찰 중 문제 있는 놈들은 모조리 에이프릴 증후군 때문에 비명 지르기에도 바쁜 때문이다.

어쨌거나 출동한 경찰병력도 국민의 하나이기에 시위대와 같은 뜻이라 과거처럼 과잉진압을 한다는 등의 일은 벌어지지 않고 있다. 그마나 다행한 일이다.

* * *

현수는 무사히 국가의사시험을 치렀다.

진료문항과 수기문항 모두 만점이다. 사이시험도 당연히 만점이다. 대학생이 구구단 시험을 치른 것처럼 아주 쉬웠으니 당연한 일이다.

합격자 발표는 12월에 한다.

동생인 김현주를 불러 얼굴과 팔의 화상 흉터를 없애주려던 애초의 계획은 뒤로 밀릴 수밖에 없다.

면허를 받기 전의 의료행위는 불법인 때문이다.

시험장을 나서니 눈에 익은 차가 보인다. 마이바흐다.

"전무님! 시험 잘 보셨어요?"

김지윤이 배시시 웃고 있다.

"그럼! 잘 봤지. 근데 여긴 어떻게 알고 왔어?"

"호호! 다 아는 수가 있죠. 근데 합격하시겠죠?"

"당연한 거 아닌가? 하하!"

짐짓 너스레를 떨었다.

"미리 감축드려요. 곧 의사선생님이 되시겠네요."

"아마도 그럴 거야. 아무튼 고마워!"

"네에. 근데 어디로 모실까요?"

"흐음! 일단 향남 제약단지 쪽으로 가지."

"네! 모실게요."

지윤의 운전 실력이 눈에 뜨이게 향상되었음이 확연히 느껴진다. 코너링이랄지 정차할 때의 느낌이 그러하다.

가는 동안 창밖 풍경에 시선을 주었다.

정계는 시끄럽고, 사방에 죽는 놈들이 널렸지만 자연은 여전히 태평하다. 슬슬 가을로 접어들려는 준비를 하고 있다.

'도로시! 의사 면허 나올 때까지 기다릴 수 없으니까 조 부장 아버님에게 엘릭서 투여해.'

'네, 알았어요. 최대한 빨리 시행할게요.'

신일호 형제들에게 내려진 지시는 여러 가지이다. 그 때문에 아주 바쁘게 움직이는 중이라 즉시는 안 되는 모양이다.

'내가 시급히 처리할 건 뭐가 있지?'

'출국 준비를 하셔야죠.'

제프 카쿠지와 하원의장 부인 때문이라도 나가야 한다.

'알았어, 준비해 줘.'

'넵! 비행 편부터 알아볼게요. 근데 출국이 쉽지 않네요.'

'왜? 뭐 때문에?'

'그야 에이프릴 증후군 때문이죠. 외국으로 나가는 비행기도 없고, 외국에서 들어오는 것도 없어요.'

들고 나는 것이 없으면 출국할 수가 없다.

'그럼, 그냥 한 대 전세내서 가는 걸로 해. 그리고 언제 파리로 갔다가 가? 킨샤사로 곧장 가는 게 더 가까울걸.'

'그렇긴 하죠. 알았어요. 전세로 알아볼게요.'

'이참에 한 대 살까?'

'참으세요. 자주 나가시는 것도 아니니 잠시만 불편해하세요. 우리가 곧 만들 테니까요.'

'그건 그래! 그나저나 KAI는 어떻게 됐어?'

'뭐가요?'

'그 회사 주식 사는 거 말이야. 다 샀어?'

'그럼요. 100% 매입 완료했어요. 잘 분산되어 있고요.'

'알았어! 그럼 거기서 만들게 하면 되겠네.'

'폐하께서 타실 것이니 Y-133 기종이 괜찮을 거 같아요. 그걸로 제작토록 할까요?'

이는 이실리프 제국에서 서기 2133년에 개발을 시작했던 비행기를 뜻한다. 수동 조종도 가능하지만 완전자동으로도 운항 가능한 미래의 항공기이다.

자동차로 치면 완전자율주행차라고 생각하면 된다.

거의 전부 현재의 기술력으로 만들 수 있다.

다만 조종사 대신 위성이나 관제탑과 교신하며 자동으로 운항하게 하는 메인 컨트롤 시스템만 지금 기술로 안 된다.

핵심에 접근하려면 기술적 발전이 더 있어야 한다는 뜻이다. 하지만 현수에겐 만능제작기와 도로시가 있다.

하드웨어는 만능제작기가 맡고, 소프트웨어인 컨트롤 프로그램은 도로시가 업로드하면 된다.

충분히 검증된 AI가 사용되었기에 단 한 번도 사고를 내지 않았다.

이것의 특징 중 하나는 기존 항공기에 비해 연료가 12분의 1 정도밖에 들지 않아 경제적이라는 것이다.

그러면서도 마하 1.5의 속력으로 순항한다.

참고로, 보잉-737 MAX의 최고속력은 마하 0.82이다. 그리고 순항속력은 마하 0.785이다.

Y-133의 최대속력은 마하 1.85까지 가능하며 최대 2시간 동안 이 속력을 유지할 수 있다.

Y-133은 연료소비를 줄이기 위해 이륙할 때 동체 무게를 가볍게 하는 경량화 마법이 적용되고, 더 빠른 속력을 내기 위한 그리스 마법과 헤이스트 마법도 적용된다.

현재로선 적용 불가능하지만 그래도 기존 항공기에 비하면 연료 소모가 8분의 1 정도밖에 되지 않을 것이다.

Y-133의 특징 중 하나는 전자동 방어시스템이다.

혹시 있을지 모를 공격을 감지하기 위한 3차원 에너지장 레이더가 장착되어 있다. 반경 200㎞내의 움직이는 물체 100만 개를 동시에 감지하고 10만 개를 추적한다.

또한 전파스텔스 기능이 갖춰져 있고, 적외선추적 방해시스템과 열추적 차단시스템도 장착되어 있다.

따라서 현존 무기로는 공격 불가능하다.

이밖에 사람들의 눈에 보이지 않게 하는 광학스텔스 기능도 있다. 이건 마법이다. 하여 당장은 적용 불가능이다.

추락방지 장치 역시 사용 불가능이다.

아무튼 누군가로부터 공격을 받으면 회피만 할 게 아니라 이에 적극적으로 대응하여야 한다. 하여 Y-133에는 공대지, 공대함, 공대공으로 사용할 미사일이 다량 탑재된다.

평상시엔 일반 항공기이지만 누군가 공격을 가하면 즉시 전투기 및 폭격기 역할까지 하는 것이다.

여기에 사용되는 미사일은 추살(追殺)이다.

크기는 어른 팔뚝 정도이지만 약 1g의 하프늄이 담겨 있어 TNT 1,102.5kg과 같은 파괴력을 낸다.

참고로, 추살은 군산에서 건조하게 될 충무함에 탑재될 주요무기 중 하나이다.

추살은 작고, 가벼워 상당히 많이 탑재가능하다.

또한, 미래의 메인 컨트롤 시스템으로 발사하는 것이라 거의 100% 목표물에 적중한다.

10km 거리에선 오차가 1~2cm 정도이고, 20km에선 3~4cm, 100km에선 10cm 수준이다.

강력한 폭발력을 가졌기에 이 정도 오차는 무시해도 된다.

아무튼 Y-133을 여객 전용으로 만들면 승객 300명을 태울 수 있다. 공간 확장 마법을 쓰지 않았을 때이다.

이 마법과 경량화 마법을 중첩시키면 한 대에 2,400명을 태울 수도 있다. 그래도 연료소모량이 적어서 한번 뜨면 지구 어디든 갈 수 있다.

'만드는 김에 몇 대 더 만들어서 우리 항공사에 공급하는 걸 고려해 봐. 그래야 경제적이잖아.'

'넵! 알아보고 지시대로 할게요. 그리고 제일 처음 만드는 건 에어포스 제로(Air force Zero)로 만들게요.'

에어포스 원은 미국 대통령이 탑승하고 있는 모든 항공기에 대해 붙이는 특정한 콜사인이다.

대통령은 임기가 끝나면 물러나야 하지만 현수는 임기가 없는 황제 폐하이시다. 하여 에어포스 제로인 것이다.

황제 전용기로 만들면 좌석은 그리 많지 않다.

대신 황제에게 안락함을 제공할 설비가 많다.

침실과 샤워실은 물론이고, 사우나 시설과 피트니스 시설, 마사지 룸까지 갖춰지게 될 것이다.

'근데 송골매 제작은 어찌 진행하고 있어?'

송골매는 충무함에 올릴 전폭기이다.

곤충계의 깡패라 칭해지는 말벌 20마리는 꿀벌의 집을 공격하여 10,000마리 정도를 전멸시킬 수 있다.

이런 말벌이지만 벌매[22] 를 만나면 완전히 반대가 되어버린다. 말벌 수천 마리가 덤벼도 벌매 하나를 감당하지 못한다. 심지어 아무런 피해도 입히지 못한다.

실컷 잡아먹어 배가 불러진 벌매는 나중에 먹기 위해 말벌의 집을 뜯어가기도 한다.

F—14나 F—15 같은 전투기가 꿀벌이라면, F—22 랩터(Raptor)는 말벌이다.

F—22는 알래스카 공군기지에서 벌인 모의공중전에서 144대의 F—15, F—16, F—18 등을 격추시켰다.

모의전투지만 전무후무한 기록이다. 실제로 F—22는 러시아 최신예 전투기인 SU—35 전투기 10대를 동시에 격추시킬 수 있는 능력을 가진 것으로 평가된다.

F—22 랩터가 말벌이라면 송골매는 벌매라 할 수 있다. 아무리 많이 덤벼도 모두 다 격추된다.

*　　　　*　　　　*

---

22) 벌매 : 말벌 종류의 집을 털어 애벌레를 잡아먹고 산다. 한국에서는 봄, 가을에 무리를 지어 이동하는 모습을 볼 수 있다

'송골매의 제작대수는 일단 500대로 예상하고 그에 맞춰 부품 등을 주문하는 중이에요.'

'응? 왜 그렇게 많이 만들어? 그렇게 많이 안 필요해.'

'알아요! 충무함 함재기는 200대예요. 나머지 300대 중 150대는 공군에 공급하고, 나머지는 자치령 방어용이에요.'

송골매 500대가 있으면 전 세계 모든 국가의 전투기가 랩터라 할지라도 모조리 격추시킬 수 있다.

참고로, F—22 랩터엔 공대공 미사일 AIM—9 사이드와인더 2기와 AIM—120 암람 6기가 장착된다.

사이드와인더의 사정거리는 3km이고, 암람은 50~180㎞까지이다.

송골매는 400㎞ 거리의 적 전투기를 탐지할 수 있다. 스텔스기인 F—22나 F—35 등도 잡아낸다.

반면, F—22나 F—35는 송골매와 10㎞ 거리에 있어도 전혀 눈치 채지 못한다. 레이더에 잡히지 않는 때문이다.

똑같은 스텔스기이지만 차원이 다르다.

송골매는 400㎞ 거리에서 탐지된 F—22를 가만히 기다리고 있다가 200㎞쯤 다가오면 발사 버튼을 누르고 돌아간다.

추살은 알아서 쏘아져 가고, 인공위성이 목표물의 위치를 실시간으로 유도해주므로 100% 격추시킨다.

제아무리 뛰어난 조종사라도 결코 피할 수 없다. 목숨을 부지하려면 사출좌석 레버를 당기는 길 뿐이다.

추살의 사거리는 더 늘리지 않았다. 상대가 나의 존재를 알지 못하니 굳이 그럴 필요가 없는 것이다.

'현재는 엔진의 부품 따로 조립 따로 이런 식으로 해야 해서 마땅한 업체들을 물색하는 중이에요.'

'서둘러! 미리 갖춰둬야 마음 든든하니까.'

'네! 걱정 마세요.'

'그나저나 Y-메디슨 제약단지를 만들 부지 매입은 어떻게 되었어?'

'거의 다 되었다고 해요. 지주 가운데 하나가 안 팔겠다고 했지만 화성시장이 나서서 설득한 게 주효했어요.'

'그래서 얼마나 확보했어?'

'마골지라는 저수지가 하나 있는데 이를 중심으로 49만 8,854평을 사들였어요.'

'그래? 지도 띄워봐.'

말 떨어지기 무섭게 매입된 부지가 표시된 지도가 뜬다.

309번 국도와 39번국도, 그리고 82번 국로와 발안 일반산업단지로 둘러싸인 곳이다.

자그마한 야산이 하나 있지만 대부분 농지이다.

'흐음! 예상보다 많이 샀네.'

20만평 정도를 주문했는데 훨씬 많이 매입한 것이다.

'공장 지으면 아파트도 지어야 하는데 주민이 늘면 학교도 필요하고 하니까요.'

'그래, 그렇겠지. 잘했어, 좁은 것보단 넓은 게 낫지.'

'네! 경기도에서도 외국인 투자지역 지정을 해주겠다고 했어요. 근데 정부에서 지원하게 되어 있는 땅값 40%의 지불은 난감해하네요. 예산이 없대요.'

면적이 넓다보니 어마어마한 액수가 되어서 그렇다.

'그거 다 국민들이 낸 세금이잖아.'

'당연하죠.'

'그럼, 협상을 해봐. 외국인 투자지역으로 지정되면 7년간 법인세 및 소득세를 매년 100%, 그 이후 3년 동안은 매년 50%를 깎아주게 되어 있지?'

'그 외에도 취득세, 등록세, 재산세, 종합토지세 등 지방세 역시 8~15년간 일정수준 감면혜택을 주도록 되어 있어요.'

'좋아, 땅값 지원 대신 향후 50년간 재산세와 종합토지세를 부과하지 않는 것으로 협상을 해봐.'

'법인세랑 소득세는요?'

'거기서 생산되는 건 전부 수출품이야. 따라서 부가세는 해당사항 없고, 법인세나 소득세는 아마 낼 게 없을 거야.'

'거의 원가에 넘기시게요?'

무슨 소리인지 단번에 알아들었다는 뜻이다.

'그래! 유지비와 직원들 급여, 그리고 복지혜택에 충당되는 돈 정도만 남길 거니까 법인세나 소득세도 없을 거야.'

'그럼 수익은 아프리카에서 나는 거네요.'

'거긴 가난한 나라니까 최소 수익만 얻으면 돼.'

'회사명은요? 그리고 누구에게 맡기실 건가요?'

'약품 도매업이니까 Y-Pharmacy가 어때? 부사장으론 이춘만 지사장님이 적임자야.'

'에? 그분은 천지건설 직원이잖아요.'

'그래! 근데 그 양반은 돈이 좀 필요해. 기러기 아빠라서… 차장으로 진급해도 아마 부족할 거야.'

신형섭 사장이 부장으로 진급시키려는 걸 아직 모르기에 한 말이다. 설사 부장으로 진급된다 해도 이 지사장의 사정이 넉넉해지는 것은 아니다.

융자받은 돈이 적지 않기 때문이다. 아들의 교육비와 아내의 생활비를 대주기 위한 것이었다.

나중에 알게 되겠지만 아들의 유학 결정은 완전히 잘못된 판단이다. 그리고 아내가 따라가게 한 것도 그러하다.

이춘만의 아내는 장래를 위해 아들이 초등학교 6학년 때 유학을 보내자면서 아파트를 처분했다.

이 돈의 3분의 2 이상은 초창기 정착자금으로 사용되었다.

500만 원만 이춘만의 원룸 보증금이 되었고, 나머지도 모두 송금되었다. 아들의 학비며 생활비 등이 상당했던 것이다.

이후엔 받은 월급 대부분을 송금해줬다.

이는 밑 빠진 독에 물을 붓는 정도가 아니라 엉뚱한 곳에

엎질러 버린 것이나 다름없는 일이 되어버렸다.

아들은 유학 5년 차이지만 언어가 유창하지 못하다.

두뇌가 명석하지 못한 것도 이유이지만 그보다는 공부에 대한 열의나 의지가 전혀 없었던 때문이다.

교실에 앉아 있어도 거의 알아듣지 못하니 공부는 완전히 뒷전이다. 그 결과 친구 하나 없는 아웃사이더가 되었다.

지금도 휴대폰으로 게임이나 하고 있을 것이다.

그러는 사이에 먹기는 얼마나 처먹었는지 신장은 172㎝인데 체중은 116㎏이나 된다.

뚱뚱하고, 공부 못하는 아웃사이더가 된 것이다.

자식 뒷바라지를 해야 한다며 따라나섰던 아내는 도착 후 얼마 지나지 않아 다른 사내와 눈이 맞아버렸다.

집에만 있기 심심하다고 마트 캐시어로 나갔는데 거기서 만난 백인 매니저와 뜨거운 사이가 되어버린 것이다.

그런데 한국에서 하던 짓을 했다. 계속해서 고가(高價)의 선물을 노골적으로 요구했던 것이다. 미국 속어엔 이런 여자를 Gold digger라 칭한다. 한국말로는 김치녀 정도 된다.

아쉬울 게 없던 백인 매니저는 코웃음과 함께 이별과 해고를 통보했다.

한국에서처럼 시끄럽게 하고 싶었겠지만 이때는 영어가 안 되던 시절이고, 해고를 해도 법적으로 아무 하자가 없었으니 누워서 침 뱉는 일이 되었을 것이다.

캐시어를 하면서 돈을 훔쳤는데 CCTV에 모두 녹화되어 있었으니 시끄럽게 했다면 감옥으로 갔을 것이다.

어쨌거나 다음으로 일하게 된 곳은 스탠드바이다. 가장 먼저 눈이 맞은 건 가게 주인인 히스패닉[23] 이다.

돈이 있어 보여서 먼저 접근했던 것이다.

유부녀가 바람피우는 것은 처음이 어렵다. 터널을 뚫는 게 어렵지 한번 뚫으면 수없이 드나들 수 있는 것과 같다.

이춘만의 아내는 계속해서 파트너를 갈아치웠다. 그중에 동양인은 없고, 흑인이 제일 많았다.

같은 동양인은 소문날 우려가 있어서 피한 것이다.

어쨌거나 아들이 성장기에 있으니 반드시 균형 잡힌 영양식을 먹여야 한다는 이유로 미국까지 따라갔던 아내는 인스턴트 음식 또는 레토르트 식품[24] 만 잔뜩 사다 놓았다.

그러고는 이틀이 멀다 하고 집을 비웠다.

그렇게 지내다 만난 흑인의 술수에 넘어가 몸까지 팔게 되었다. 졸지에 창녀가 되어버린 것이다.

이러니 아들이 멀쩡하면 이상한 것이다.

2,900년쯤 전에 이춘만도 이런 사실을 알게 되었다.

빚지고 튄 아내를 잡기 위해 킨샤사까지 쫓아온 흑인이 셋

23) 히스패닉(hispanic) : 스페인어를 쓰는 중남미계 미국 이주민과 그 후손. 라티노(latino)라고도 한다

24) 레토르트식품 : 식품을 알루미늄으로 만든 주머니나 비닐봉지에 넣은 다음, 고압솥(레토르트)에서 고온으로 멸균하고 밀봉한 것. 통조림보다 가볍고 통조림과 같은 보존성을 갖는다

이나 있었던 때문이다. 이 중 하나는 포주였다.

이춘만의 아들은 엄마가 빼돌린 돈으로 마약을 샀고, 호화, 방탕한 생활을 즐겼다. 그리고 끝내 졸업하지 못했다.

완전 돌대가리라 기본적인 영어 외에는 의사소통 자체가 불가능하니 당연하다.

졸업도 못하고 취직도 못해 빈둥대더니 킨샤사로 왔다. 이춘만이 이사로 진급하고 무려 8년 만이다.

흑인들은 아내를 잡으려고 아들의 뒤를 쫓아온 것이다.

어느 날 그들을 만나게 되었고, 모든 이야기를 듣고 난 이춘만은 털썩 주저앉았다.

아내의 배신이 너무나 큰 충격을 준 것이다.

그리고 얼마 지나지 않아 아들이 본인을 전혀 닮지 않았다는 것을 인지했다. 하여 유전자 검사를 해봤다.

결과는 친자불일치이다.

친자식도 아닌데 개고생까지 해가며 뒷바라지를 했고, 본인은 무더운 킨샤사에서 비루한 나날을 보냈던 것이다.

분노한 이춘만은 아내에게 이혼을 통보했다. 그러고는 인연을 끊어버렸다.

자식이라고 온 녀석도 아빠가 좋아서 온 게 아니라 재산이 탐나서 왔다는 걸 알게 되었다.

아내는 이춘만의 곁에 머무는 동안 재산과 퇴직금 규모가 얼마나 되는지 파악했다.

그러는 동안 받은 월급 대부분을 빼돌렸다. 아들은 이걸로 호화, 방탕한 생활을 즐겼던 것이다.

둘은 적당한 기회에 이춘만 지사장을 살해하고 유산뿐만 아니라 퇴직금과 위로금까지 받아 챙기려고 했다.

이를 알게 된 이춘만은 아들도 호적에서 파버렸고, 내쫓았다. 그러고는 깊은 시름에 잠겨 있었다.

인생의 파탄 났는데 어찌 안 그렇겠는가!

'그나저나 알려주긴 해야겠지?'

'뭐를요?'

'아내가 바람 피우는 것과 친아들이 아니라는 거.'

'네? 그걸 왜요?'

'나중에 상처를 너무 크게 입거든.'

'바로 알려주면 덜 입고요?'

'그렇게 되도록 해야지.'

현수는 하마터면 이춘만 지사장을 잃을 뻔했던 기억을 떠올렸다. 오랫동안 잊고 있던 기억이다.

이춘만은 아내와 아들 둘이서 본인을 살해하려 했다는 걸 알게 된 후 넋이 빠져 지내던 어느 날 스스로 목을 맸다.

바로 그때 연락이 닿지 않아 찾아갔고, 서둘러 밧줄을 잘라내고, 심폐소생술을 실시하여 간신히 살려냈다.

이때는 부활 마법을 쓸 수 없을 때였다. 따라서 조금만 늦었다면 영영 안녕이었다.

이춘만은 그냥 놔두지 왜 구했느냐는 원망을 했다.

정관수술을 했는데 병원에 가보니 너무 오래되어 복원을 해도 자식을 볼 확률이 없다고 하였다.

일가친척 하나 없으니 돈을 모아도 물려줄 자식이 없다면서 몹시 침울해했다. 그리고 이제 자신은 무얼 위해 살아야 할지 목표를 잃었다고 했다.

주변에서 재혼을 권하는 이들이 많았다. 그리고 이춘만과 결혼하겠다는 여인들도 많았다. 돈을 잘 벌어서였을 것이다.

하지만 끝내 재혼하지 않았다.

전 아내에게 당한 배신이 너무 끔찍해서 더 이상 여성을 신뢰할 수 없었던 때문이다.

도로시는 현수의 이야기를 모두 들었다.

'그럼 작전 잘 짜야겠네요. 충격을 덜 받게요.'

'그래야지.'

'도로시! 영화랑 드라마 많이 보고 있지?'

'네! 엄청 많이 봤어요. 지금도 보고 있고요.'

'그거 보다가 좋은 아이디어가 생각하면 말해줘. 숙제야.'

'알겠어요. 근데 쉬운 숙제는 아닌 거 같네요.'

'그래! 그러니까 도로시에게 숙제를 내줬지.'

"전무님! 다 왔어요."

차창 밖을 내다보니 Y—메디슨 공장으로 들어서고 있었다.

"아! 그래? 수고했어."

"아뇨! 이게 제 일인걸요. 자, 이제 도착이에요."

딸깍—!

어느새 운전석에서 내린 지윤이 뒷문을 열어주었다.

"아이고, 어서 오십시오."

현관 밖까지 나와 대기하고 있던 민윤서 부사장이 반색하며 다가섰다.

"잘 지내셨죠? 오랜만이네요."

"하하! 네에. 자, 들어가시죠.."

"네!"

부사장실은 너무나 단출했다.

책상과 소파 한 조, 그리고 캐비닛 하나가 전부이다. 시계나 달력도 걸려 있지 않았다.

천장과 바닥은 콘크리트가 그냥 노출되어 있었다.

공장을 확장하고, 생산라인을 정비하는 동안 적지 않은 돈이 사용되었다.

아울러 직원을 뽑으면서 그들이 사용할 책상, 의자, 컴퓨터 및 사무집기 일체를 사들이느라 또 많이 썼다.

도로시의 보고에 의하면 현재 인원은 988명이다.

1,000명에 육박하고 있는 것이다. 따라서 사무용 집기를 파

는 누군가는 대박을 맞았을 것이다.

바로 앞 비서실엔 카펫도 깔려 있고, 책상과 소파는 현수도 익히 알고 있는 유명 메이커 것이다.

알려진 브랜드이니 결코 저렴하지 않을 것이다.

그런데 이 방의 책상과 소파는 노브랜드 가구이다. 민 부사장의 검소한 성품을 엿볼 수 있었다.

자리에 앉자 늘씬한 미녀가 음료를 내왔다. 독특한 향기라 쌍화차라는 것을 금방 알 수 있었다.

Chapter 13

—

저도 따라 갈래요!

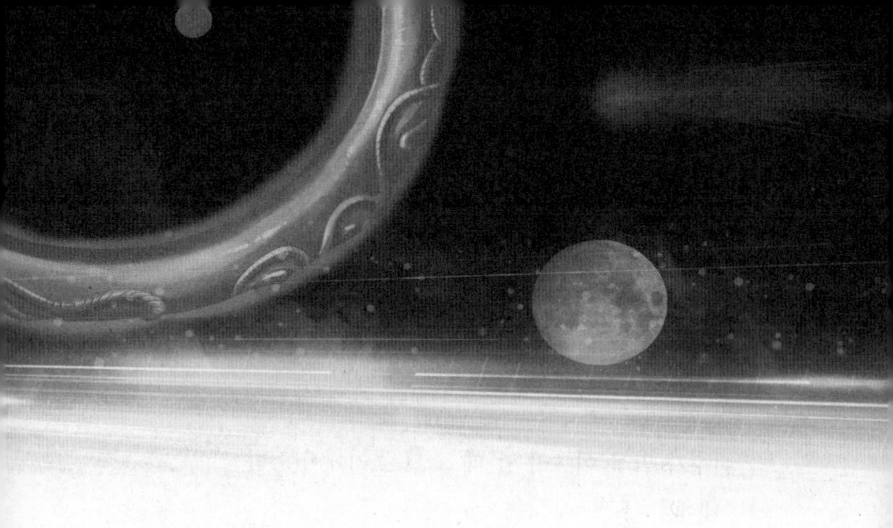

"윤 비서! 우리 회사 대표님이셔 인사드려."

"어머! 안녕하세요? 윤미지입니다."

공손히, 그리고 정중히 예를 갖춘다. 조신해 보였다.

"하인스 킴입니다. 만나서 반갑네요."

진짜로 반가워서 하는 인사말이다. 2,900년 만에 다시 보는 것이니 진짜 오래간만이기도 하다.

윤미지는 민윤서의 처제이다. 이미 작고한 윤영지의 친동생으로 탤런트인데 왜 비서를 하는지 모르겠다.

"대표님! 제 처의 동생입니다. 탤런트인데 지금은 쉬는 중이라 비서로 들였습니다."

"아! 네에. 어쩐지… 예쁘다고 생각했습니다."

"어머! 정말요?"

진심이냐는 표정이다. 눈빛이 반짝반짝이다. 혼인 적령기의 처녀가 멋진 청년을 만났으니 당연하다.

"아! 그럼요. 근데……."

똑, 똑—!

현수가 말을 이으려 할 때 노크 소리에 있었다.

"네에."

민 부사장이 반응하자 문이 열렸고, 김지윤이 들어선다. 손에는 다이어리와 펜이 들려 있다.

"어머……!"

현수의 시선을 따라 뒤를 보았던 윤미지는 낮은 탄성을 냈다.

탤런트라 상당히 많은 미인들을 접한 바 있다.

그중에서도 단연 톱클래스라 할 만한 미인이 들어선 것이다.

얼굴만 예쁜 게 아니라 몸매도 끝장이다.

하여 저도 모르게 탄성을 낸 것이다.

근데 처음 보는 얼굴이다. 하여 누구냐는 표정을 지었다.

"누구……?"

"아! 제 비서입니다. 지윤 씨! 민윤서 부사장님은 알지?"

"그럼요! 상견례 때 뵈었지요. 오랜만에 뵙습니다."

지난 4월 28일에 보았으니 거의 다섯 달 만이다.

민 부사장은 사람 좋은 미소로 화답했다.

"그래요! 여전히 예쁘시네요."

"호호! 감사드려요."

지윤은 흰 치열을 드러내며 화사한 미소를 짓는다. 예쁘다는 말이 싫지 않은 것이다.

"그리고 이쪽은 민 부사장님의 비서 겸 처제셔."

"네에. 반갑습니다. 김지윤입니다."

지윤은 윤미지를 모르는 모양이다. 공부만 하느라 드라마를 거의 보지 않아서 그럴 것이다.

"아! 네에, 저는 윤미지라 합니다."

지윤이 먼저 명함을 건넸다.

얼떨결에 이를 받아 든 윤 비서는 놀라는 표정이다.

너무도 유명한 천지건설 로고가 보였고, 이름 앞에는 '전무이사 비서실 부장' 이라고 쓰여 있었던 때문이다.

일반 비서가 아니라 직위가 부장이라는 뜻이다.

'진짜가? 재벌 계열사 부장이 뭐 이렇게 어리지? 근데 왜 이렇게 이쁜 거야? 영화배우 해도 되겠네. 우리 회사에 소개해줄까? 근데 연기 못하면 어쩌지? 그럼 가수는……?'

윤미지는 마구마구 떠오르는 상념 때문인지 약간 혼란스러운 표정이다.

한편, 김지윤은 더 이상 대화할 생각이 없는지 현수의 뒤로 가서 선다. 그러고는 조용히 다리어리를 펼쳐 들었다.

뭐든 메모할 준비가 되었다는 뜻이다. 윤미지도 뭔가 느꼈는지 얼른 나가 다이어리를 챙겨왔다.

이제 본격적으로 일 이야기를 할 타이밍이다.

"콩고민주공화국으로 보낼 백신은 어떻게 되었는지요?"

"네 종류 모두 100만 명분을 만들어서 항공화물로 보내려 포장하고 있습니다. 계속해서 100만 명 단위로 보내려 하는데 어찌 생각하십니까?"

현수는 도로시를 호출했다.

'도로시! 항공편 예약되었어?'

'네! 지난해 8월에 도입한 보잉 747—8i를 빼놨어요. 가장 컨디션이 좋은 기장과 부기장으로 지정해 놓았고요.'

'거기에 백신 실을 수 있어?'

'폐하 말고는 탑승객이 없을 테니 당연히 가능하죠.'

'알았어! 주사기 400만 개 확보해서 싣도록 해.'

'넵! 근데 그렇게 보내면 저쪽이 곤란해져요.'

'왜……? 뭐가 곤란해?'

'각각 100만 명 분이면 누군 주사하고 누군 안 해야 하는데 우선순위 때문에 그러죠. 차라리 한 종류씩 전량을 한꺼번에 보내는 편이 나을 거예요.'

'그래! 도로시 말에 일리가 있어. 알았어.'

'그리고 주사기 사용은 피하는 게 좋을 거예요.'

'그건 왜지?'

'주사를 놓을 인력이 부족한 것도 이유 중에 하나지만 반복사용으로 인한 2차 감염이 우려되잖아요.'

주사기를 빼돌리려는 사람이 있을 거라는 뜻이다.

'그럼! 아, 로렌츠의 힘(Lorentz' s force)을 이용한 자기분사 방식 주사기를 쓰게 하면 되겠네.'

현수가 말한 것의 구조는 피스톤 운동으로 약물을 밀어내는 것이니 방식 자체는 일반 주사기와 유사하다.

작고 강력한 자석을 배치하고, 그 자석 위를 코일로 둘러싼 후 전기적인 힘을 가하면 이때 만들어지는 자기장이 피스톤을 '확' 밀어낸다. 이게 바로 '로렌츠의 힘'이다.

그러면 피스톤 앞의 약물은 모기주둥이 같이 좁은 통로를 통해 쏘아져 간다. 이때는 '베르누이의 정리'[25] 가 적용된다.

제트 분사처럼 쏘아져 간 약물은 피부 속 혈관까지 전달케 된다. 이때 분사속력은 약 314m/s이다.

피부에는 흔적을 남기지 않는다. 모기에 물렸을 때 주둥이가 뚫고 들어간 구멍을 찾을 수 없는 것과 같다.

주사바늘이 없으므로 2차 감염을 전혀 우려하지 않아도 된다.

---

25) 베르누이의 정리 : 유체가 흐르는 속도와 압력의 관계를 수량적으로 나타낸 법칙. 유체가 좁은 통로를 흐를 때는 속력이 증가하고, 넓은 통로를 흐를 때 속력이 감소한다는 내용

'영유아와 어린이, 병약자와 성인의 투약량을 조절할 수 있도록 만들면 괜찮을 거예요.'

'그래! 그거 제작해. 충분히 많이, 알았지?'

'네! 지시대로 할게요.'

도로시와의 짧은 통신을 마치고선 민 부사장을 바라보았다.

"그렇게 보내지 말고 한 종류씩 다 만들어지면 한꺼번에 보내는 게 좋을 거 같아요."

"아! 그렇습니까? 알겠습니다. 말씀하신 대로 하죠."

민 부사장은 왜냐고 묻지 않았다. 그럴 만한 이유가 있으리라 짐작한 것이다.

"그보다 백신 품질은 어때요?"

"아이고, 그건 걱정 마십시오. 우리 회사 첫 상품이라 제가 각별히 신경 썼습니다."

하자 발생이 없도록 잘 지켜봤다는 뜻이다.

"앞으로도 그러셔야 합니다. 그러니 품질관리 인원을 넉넉히 배치해서 만전을 기해주십시오."

"그럼요. 품질은 걱정 마십시오. 제가 제일 중요하게 생각합니다. 책임지고 확실하게 만들도록 하죠."

"네, 그리고 오면서 보고받았는데 검정골 맞은편에 새 공장부지를 확보했습니다. 생각보다 넓어서 쾌적한 환경을 만들 수 있을 것 같네요."

"아! 그렇습니까? 얼마나 사셨는지요?"

몹시 궁금하다는 표정이다.

"일단 50만 평쯤 사들였답니다."

"네에…? 어, 얼마요?"

전혀 예상치 못한 면적인 듯싶다.

"정확히는 49만 8,854평이라고 합니다."

"허어……!"

민 부사장은 기가 막히면서 긴장이 풀렸는지 소파 등받이에 털썩 기댄다.

"목록으로 보내주셨던 의약품들을 생산할 공장은 조만간 지어질 겁니다."

"정말 그 많은 걸 다 생산하실 겁니까?"

"그럼요! 그러려고 부지를 확보한 거니까요. 우리가 생산하는 의약품이 아프리카 사람들의 생명과 직관되어 있다는 걸 늘 잊지 마시길 당부드립니다."

"네에, 그건 걱정 마십시오. 그나저나 공장 한번 엄청나게 크네요. 50만 평이라니……."

생각만 해도 질린다는 표정이다.

"공정은 거의 자동화가 되도록 설계될 겁니다. 필수 점검 인원과 사무인력, 그리고 연구인력만 있으면 되니 직원수는 1,000명에 정도로 맞추세요."

"알겠습니다."

민윤서가 고개를 끄덕일 때 윤미지와 김지윤은 'Y—메디슨 직원수 1,000명으로 제한' 이라고 메모하고 있었다.

"그럼 검정골 아파트 110세대가 남지요?"

"네! 그렇겠군요."

"그중 20세대는 외부에서 오는 손님들이 머물 수 있도록 레지던스처럼 운영하세요. 나머지 90세대는 Y—PS에 배정토록 하겠습니다."

"말씀대로 하지요."

각자의 등 뒤에 서 있는 김지윤과 윤미지는 열심히 메모를 하고 있다.

"82번국도와 43번국도, 그리고 309번국도와 제약단지로로 둘러싸인 대양리의 땅 80만 평도 사들일 생각입니다."

"……!"

현수의 재력을 짐작하는 민윤서와 김지윤은 크게 놀라는 표정이 아니었지만 윤미지는 몹시 놀란 표정이다.

방금 언급된 곳의 땅값은 길가 쪽은 평당 200만 원, 안쪽은 100만 원의 가격이 형성되어 있던 곳이다.

도시의 주거지는 부동산 가격이 크게 폭락했지만 이쪽은 상대적으로 덜 떨어져 이전 가격의 1/2~1/3 정도를 유지하고 있다.

원래는 더 떨어졌었는데 하길리 쪽 땅 50만 평이 팔리면서 소폭 오름세로 돌아선 결과이다.

어찌되었건 80만 평을 평당 50만 원에 산다면 4,000억 원이다.

그런데 너무 쉬운 듯 이야기하니 놀란 것이다.

그러거나 말거나 현수의 말이 이어진다.

"이미 사들인 땅 사이에 82번 국도가 있어요. 하여 국도의 일부 구간을 지하로 내리는 대신 두 부지를 트려고요."

"그러시려는 이유가 있을까요?"

"거기에 버섯재배단지를 만들면 어떨까 해서요."

"네? 버섯이요?"

민윤서와 윤미지, 그리고 김지윤은 뜬금없다는 표정이다.

"네! 송이, 느타리, 그리고 표고, 팽이버섯 이런 거요."

"……!"

땅 사서 농사를 짓겠다는 건 반대하지 않는다. 그런데 굳이 버섯일 필요가 있을까 하는 표정이다.

지금 당장은 아니지만 언젠가는 다시 마법을 쓸 수 있는 날이 올 것이다.

그때가 되면 포탈마법이 물류혁명을 일으킬 것이다.

조차지에서 생산된 각종 농·축·임·수산물을 수확당일에 한반도든 어디든 신선한 상태로 보낼 수 있게 된다.

반둔두에서 서울까지 직선거리는 약 1만 2,000㎞이다. 화물기로 운송하면 20시간 이상이 걸릴 거리이다.

그럼에도 불과 몇 초면 화물이 전송된다. 운송비는 없다.

다 좋은 데 딱 하나 문제가 있다.

목적지에 당도한 각종 산물에 붙여 있거나 서식하던 세균이나 곰팡이 등이 완전히 박멸된 상태가 된다.

사람도 마찬가지이다. 이쪽에서 저쪽으로 이동하면 신체 외부의 세균이 모두 박멸된다.

예를 들자면, 지긋지긋하던 무좀이 사라지는 기적 같은 일이 일어나는 것이다.

개나 고양이 피부병도 마찬가지이다.

운송비만 안 드는 것이 아니라 외부로부터 각종 병원균이 이전되는 것을 원천적으로 차단하는 효과가 있다.

따라서 미생물 방역 같은 절차가 필요 없다.

왜 그런지는 알아내지 못하였다.

과학자들은 마법을 이해하지 못했고, 현수는 전혀 관심이 없었던 때문이다.

문제는 버섯이다.

버섯은 동물도 아니고 식물도 아니다. 곰팡이나 효모 같은 균류에 속하는 균사체[26] 일 뿐이다.

하여 포탈을 통해 이동시키면 아예 사라지거나 쓰레기인 상태가 된다.

이 때문에 미래를 위해 대규모 버섯농장을 구상한 것이다.

---

26) 균사체(菌?體) : 진균(眞菌)의 기본적 형태 중 하나로 균사가 서로 얽혀서 집합된 것. 균사(hypha)는 포자가 관의 모양으로 뻗어서 갈라져 나간 것

80만 평 규모의 버섯농장이라면 대한민국에서 필요로 하는 양은 웬만큼 충족시킬 것이다.

어쨌거나 두 부지를 통합하면 크기는 약 130만 평이며, 외곽에 9㎞ 정도 되는 조깅코스를 만들 수 있다.

이곳엔 제약공장과 버섯농장 이외에 화성시민을 위한 종합병원도 고려하고 있다.

대한민국은 거의 모든 것이 서울 중심이다.

하여 대형 종합병원은 몽땅 서울에 있어 중한 병에 걸리면 짐 싸들고 올라가야 한다.

지방에 소재한 병원은 규모가 커도 서울의 중형병원 정도로만 인식하고 있다.

하여 2,000병상 규모의 병원을 신설할 생각이다. 개원되면 경기 남부의 의료중심지가 될 것이다.

이곳은 주로 군산 Y—메디컬 대학교를 졸업하는 의료진으로 채워지게 될 것이다.

아울러 Y—메디슨에서 생산되는 의약품을 가장 먼저 공급받는 병원이 될 것이다.

*　　　*　　　*

어쨌거나 버섯농장에서 일을 하게 될 사용인과 의료진을 위한 아파트도 당연히 지어진다.

따라서 상당한 시간이 걸릴 일이다.

*　　　*　　　*

'도로시! 기업들 광고 관리 잘 하고 있지?'

'그럼요! 일단 폐하께서 말씀하셨던 방송사와 신문사엔 광고를 넣지 않도록 했어요. 포털 사이트도 선별했고요.'

바퀴벌레만도 못한 기레기들의 서식지를 제거하기 위한 첫 번째 조치였다.

그 결과 상당수 언론사가 망했고, 나머지는 모조리 휘청거리고 있다.

광고가 있어야 유지되는데 밥줄이 완전히 끊긴 상태이다.

각각의 기업들은 광고에 쓸 돈으로 불합리한 것을 개선하는데 힘쓰고 있다.

덕분에 시청자들은 광고 없는 방송을 즐기고 있다.

'잘했네, 계속 유지하도록 해.'

'근데 방송사가 너무 없어도 안 되는데 어쩌죠?'

'그럼 몇 개 인수하면 되잖아. 단, 무조건적인 고용승계는 받아들이지 마.'

'그야 당연하죠. 철저하게 옥석을 가릴 거예요.'

'일단은 전부 망하게 해. 그런 다음에 골라도 돼.'

'전부요?'

'그래! 한국엔 공정한 보도를 하는 언론사가 없어. 그러니 일단 싹 다 망하게 해. 인터넷도 있고, 유투브도 있으니까. 즐길 콘텐츠는 많잖아.'

막장에 막장을 거듭하는 아침드라마에 열광하는 팬들에겐 미안한 이야기지만 이번 기회에 정리를 하고 넘어가야 한다.

취재와 보도 관행도 싹 다 뜯어고쳐야 한다.

잘못된 것을 찾아내어 공정하게 보도하고, 개선방향을 제시하는 것이 언론사의 의무이다.

그런데 지금껏 그러지 않았다. 그러니 벌을 받아야 한다.

선배 기레기들의 온갖 못된 짓을 보고 배운 후배 기자들에게 경각심을 주기 위함이다.

'알겠어요.'

Y—메디슨을 떠나 Y—스틸 공장으로 이동하는 동안 주고받은 대화이다.

"어서 오십시오. 대표님!"

지윤이 미리 연락했는지 현관 앞까지 나와 기다리던 김인동이 차문을 열어주며 깍듯이 고개를 숙인다.

"그래요! 격조했네요. 잘 지냈죠?"

"그럼요!"

김인동은 크게 고개를 끄덕였다. 정말로 잘 지내고 있는 때문이다.

출장차 일본을 방문했던 김인동은 로또7 1등에 당첨되자 빚쟁이들을 불러 모든 빚을 청산했다.

그러는 동안 말도 안 되는 요구를 했던 사채업자들은 작살나고 있었다.

어쨌거나 홀가분한 마음이 되어 일에 전념하는 동안 사랑하는 아내가 출산을 했다. 얼마 전의 일이다.

아들의 이름은 김현(金賢)이다. 현명하게 살아달라는 뜻으로 지은 이름이라고 한다.

입주하여 남의 애를 봐주고 계시던 어머니는 출산 소식을 듣자마자 집으로 와서 해산구완을 해주고 있다.

장인인 권철현 대구지청장은 가을 정기인사 때 서울고등검찰청장으로 영전하였다.

대구 외곽 한사랑 요양원에 있는 장모님만 그저 그렇다.

모든 게 만족스러워 그런지 김인동의 얼굴은 예전과 다르다.

살도 약간 올랐고, 무엇보다도 일에 대한 자신감과 열의가 느껴진다.

"작업은 잘 되고 있죠?"

"네! 잘 만들어서 창고에 보관해두었습니다."

Y—스틸은 현재 수입이 전혀 없다. 팔 물건이 없는 때문이다. 그럼에도 쉬지 않고 작업하고 있다.

스테인리스 철판을 기계에 넣어주기만 하면 규격에 맞춰 절단하고, 정해진 위치에 구멍을 뚫은 뒤 단프라 박스에 담겨져 나온다.

이를 검사 후 창고에 적재하는 것이 일이다.

장차 Y—어패럴에 납품하게 될 물량만 최소 60억 장이다.

항온의류가 발매되면 10년 이내에 60억 벌 이상이 팔리게 될 것이기 때문이다.

이밖에 항온유지장치를 발매하게 될 Y—템퍼러쳐에 납품할 것도 미리 만들어둬야 한다.

조차지에 조성될 주거지, 사무실, 창고, 공장, 근린시설 등에 쓰일 물량만 20억 장이 넘을 것이다.

부지런히 찍어도 어쩌면 제때에 공급하지 못하는 일이 빚어질 수 있을 정도로 엄청난 물량이다.

현수는 김인동의 안내를 받아 공장 구석구석을 살펴보았다. 그러고는 신축 중인 기숙사로 향했다.

그런데 와서 꾸벅 인사를 하는 청년이 있다. 누구냐고 물었더니 목포 병원에 있을 때 만났다고 한다.

경제학과를 나와 공무원 시험을 봤던 청년이다.

성품이 올곧고, 성실해서 경리 파트를 맡겼다고 한다. 장차 경리과장 내지 경리부장이 될 것이라는 뜻이다.

반갑게 인사를 나누고는 신축되고 있는 기숙사를 살펴보았다.

현황판을 보니 설계자는 한창호건축사사무소이고, 시공자는 천지건설이다.

둘 다 믿을 만하기에 금방 되돌아 나왔다. 공사를 방해하고 싶지 않은 것이다.

이때 마이바흐가 공장으로 들어선다. 그리고 백화점 로고가 그려진 트럭 한 대가 뒤따라 왔다.

현수의 뜻에 따라 백화점에 갔던 김지윤이 신생아용품을 잔뜩 사 가지고 온 것이다.

트럭기사는 부지런히 박스며 쇼핑백을 옮긴다.

아기옷, 유모차, 분유, 장난감 등 아기용품과 산모용품이었는데 승용차엔 싣고 올 수 없을 만큼 많은 양이다.

"김 과장님! 이건 출산 선물입니다."

"네? 뭘, 이렇게나 많이……? 고맙습니다!"

"그리고 선물 하나가 더 있어요."

"이거 받아요."

현수가 건넨 것은 명함 한 장이다. 이게 뭔가 싶었던 김인동 과장의 눈이 대번에 커진다.

"대, 대표님! 이건……."

"승진을 축하합니다. 부사장님!"

과장에서 차장, 부장, 이사, 상무, 전무를 뛰어넘어 대번에 부사장으로 올라간 것이다.

예상했던 것보다 유능하다는 도로시의 보고가 있어서 미리 준비한 명함이다.

"이건 아내분에게 전해주세요."

마이바흐에 싣고 온 작은 쇼핑백 하나를 건넸다.

"감사합니다. 정말 감사합니다. 흐흑!"

김인동은 뜨거운 눈물을 쏟아냈다.

세상을 버리려던 찰나에 어찌 알고 와서 목숨을 구해주었고, 번듯한 직장까지 주었다.

그러고는 1등에 당첨될 복권을 주어 빚쟁이 신세를 면하게 해주었으며, 널찍한 아파트까지 제공했다.

상견례 때는 알 수 없는 무언가를 복용시켰다.

그게 뭔지는 몰라도 이후부터 늘 최상의 컨디션이다. 하여 열성적으로 일을 할 수 있게 되었다.

임신으로 인한 육체적 스트레스와 남편의 파산으로 인한 정신적 스트레스 때문에 몹시 힘겨워하던 아내도 완전 쌩쌩 모드가 되었다.

그 결과 무사히 출산을 마쳤다. 현재는 출산휴가 중이다.

그런데 산더미 같은 아기용품 이외에 6계급 승진이라는 무지막지한 선물을 주곤 아내를 위해 또 무언가를 주었다.

너무도 고맙고, 또 고마워서 급기야 뜨거운 눈물을 흘리고 만 것이다.

쇼핑백 안에 담긴 것은 마나포션을 희석한 것이다.

기력 회복에 탁월한 효능을 가졌으니, 출산 후유증은 결코 생기지 않을 것이다.

*　　　*　　　*

"폐하! 논문 게재 결정되었습니다."

도로시는 사이언스지에 하인스 킴 명의 논문 한 편을 보낸 바 있다.

제목은 '방사능 오염물질의 정화' 이다. 이걸 받아본 사이언스지 편집자는 집요하게 원리 등을 문의했다.

이에 대한 답변은 당연히 도로시가 했다. 어떤 원리로 방사능이 제거되는지 그럴듯한 설명을 한 것이다.

이에 여러 전문가를 초빙하여 원리에 대한 논리적 가능성을 파악해 본 바 있다.

"무슨 논문……?"

"방사능 제거에 관한 거요. 저더라 적당히 알아서 하라고 말씀하셨었는데 설마 잊으신 건 아니죠?"

"아! 그거? 사이언스지에서 실어준대?"

"네! 그 때문에 Y—PS 공장에 사람들이 왔었어요. 박제삼 부장이 애 좀 먹었죠."

"왜?"

"영어가 안 돼서요."

사이언스지에서 온 전문가들은 여러 질문을 했다.

하지만 만족스러운 대답은 듣지 못하였다. 도로시의 말처럼 박제삼 부장의 영어 실력이 형편없어서이다.

어쨌든 전문가들이 보는 앞에서 방사능 제거 시연을 했다. 전문가들은 놀랍다는 표정을 지었다.

논문에 설명된 방사능 제거장치가 실재하는 것이 첫째 이유였다. 이론뿐인 줄 알고 왔던 것이다.

둘째는 놀라운 효과이다. 가로 세로 높이 1m짜리 수조에 담긴 오염수를 정화하는 데 불과 3분이 걸리지 않았다.

이후 충분한 시간을 두고 방사능 측정을 해봤는데 확실하게 제거되었음을 확인했다.

엄청난 질문공세를 받았지만 박제삼 부장은 더듬더듬 안 되는 영어로 그간 배운 바를 설명해 주었다.

전문가들은 열심히 받아쓰기를 했고, 회의 끝에 게재 결정을 내린 것이다.

"그럼, 슬슬 가동해."

"넵! 일단 인터넷과 유투브를 이용하겠습니다."

사이언스지에 논문이 게재되면 의문을 가진 놈들이 덤벼들 것이다. 이를 미리 대처하겠다는 것이다.

"체르노빌의 방사능 수치는 어때?"

1986년 4월 26일, 체르노빌 원자력 발전소가 터졌다.

전원이 끊어진 상태에서 터빈의 회전에너지가 원자로의 냉각펌프 등에 얼마나 오랫동안 충분한 전력을 공급할 수 있는지 알아보려는 실험 때문이다.

히로시마에 투하된 원자폭탄의 168배에 달하는 폭발은 주변을 쑥대밭으로 만들었다.

사고 직후 56명이 방사능 피폭 등의 이유로 사망했고, 이후 1년 사이에 직 · 간접적 영향으로 약 2만 5,000명이 목숨을 잃었다. 그리고 70만 명이 더 치료를 받아야 했다.

30년이 지난 현재에도 이곳은 유령의 도시이다.

"방사능 수치가 사고 직후보다 확실히 많이 떨어지기는 했으나 완전히 안전하지는 않아요."

"거기가 지금은 우크라이나 땅이지?"

"네!"

"알았어. 정화장치 많이 만들어둬."

"지시대로 하기는 하는데 어떻게 하시려고요?"

"쪽발이들 돈을 뜯어내려면 확실한 효과를 먼저 보여주는 게 낫지 않겠어?"

"하긴요! 의심 많은 족속이죠."

"이번에 나가면 체르노빌에도 가봐야겠어. 어디지?"

"우크라이나 중북부요."

도로시와의 대화가 끝날 때 누군가 노크를 한다.

똑, 똑, 똑—!

"네에, 들어와요."

문이 열리고 김지윤이 들어섰다.

"전무님! 콩고민주공화국으로 가신다면서요?"

"응! 곧 가야 해."

"이번에 가실 땐 저를 데리고 가시면 안 되나요?"

"지윤 씨를……? 거긴 환경이 열악해서 가면 불편할 텐데?"

"그래도 괜찮아요. 명색이 수행비서잖아요."

"거긴 후텁지근하고 벌레도 많아. 그래도 괜찮아?"

"벌레요……? 어떤 벌레가……? 아니, 괜찮아요. 그래도 데리고 가 주세요. 거기도 사람 사는 곳이잖아요."

지윤은 나라가 다르면 의식구조는 물론이고 모든 것이 다를 수 있음을 아직 경험해 보지 못한 듯하다.

"정말 가고 싶어?"

"네, 꼭 데리고 가주세요."

"거기 가면 자다가 벌레가 나올 수 있고, 잠자리도 불편할 거라고 분명히 경고했어."

"…네! 괜찮아요."

조금 징그러울 거 같지만 애써 참아낸다.

"그리고 거기 가면 링갈라어로 은빈조(Nbinzo)라고 하는 송충이처럼 생긴 유충도 먹는데 진짜 괜찮아?"

노트북으로 검색하여 시장에서 파는 은빈조 사진을 보여주었다.

누에 말린 걸 수북이 쌓여놓은 모습 비슷하다. 이걸 가루

내어 물고기 밥으로 던져주면 아주 좋아한다.

화들짝 놀랐던 지윤은 이내 고개를 끄덕인다.

"네! 괜찮아요. 그래도 갈게요."

"알았어! 예방주사나 맞아둬."

"그건 이미 맞았어요. 황열병, 장티푸스, 파상풍이요."

"말라리아와 콜레라도 접종해."

『전능의 팔찌』 2부 11권에 계속…